いつか、きみのヒーローに

椎崎夕

幻冬舎ルチル文庫

CONTENTS ✦目次✦

いつか、きみのヒーローに

✦イラスト・六芦かえで

✦カバーデザイン=コガモデザイン
✦ブックデザイン=まるか工房

いつか、きみのヒーローに

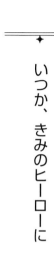

0

――後悔先に立たず、という。

よく知っているはずのその言葉を、改めて実感する羽目になるとは思ってもみなかった。

1

「五十五円お返しします」

「あ、ええ、はい」

声とともに差し出された硬貨を目にして、ようやく我に返った。慌てて受け取ったそれを財布に流し込んで、西谷夏生（にしやなつお）は食料品が満載のレジ籠（かご）を抱え上げる。

初めて訪れたスーパーは地元企業らしく、レシートに記された名称に見覚えはない。店内の広さは以前の夏生の住まいから最短距離にあったコンビニエンスストアと同じくらいだが、陳列棚の間が立て込んでいる上、弁当類が置かれた平棚も窮屈な印象だ。

サッカー台が無人だったことに安堵（あんど）して、持参の袋に買った物を詰め込む。その間にも、視線を感じた。

レジ待ちの時から貼りついていたそれに気付かないフリをしているのは、とにかく「人と関わりたくないから」だ。とはいえ気になるのは事実でついちらりと目を向けてしまい、ひとつだけ稼働中のレジ前で順番を待つ人物とまともに目が合った。

思わず全身が跳ねたのと同時に、死ぬほど後悔した。

Tシャツにジーンズという軽装の男だ。短めの袖から覗く日焼けした腕は筋肉質で、肩から首のラインも見るからに分厚い。やや遠目にも、夏生が見上げるほどの長身だと知れた。

それだけで全力回避したいのに、顔立ちがまた強面だったのだ。任侠映画の主人公を連想させる荒削りな顔立ちに、切れ長の目つきは刃物みたいに鋭い。そんな男がまっすぐに、どう解釈してみても夏生「だけ」を睨んでいる。

蛇に睨まれた、蛙の気持ちがよくわかった。

自分でもわかる大根役者っぷりで、それでもできるだけさりげなく視線を逸らす。袋詰めのペースを倍速まで上げた。

夏生は二週間前にこの土地に引っ越してきたばかりだ。今は亡き母方の祖父が長年暮らした町だが、夏生自身が前回――引っ越し以前に訪れたのは二十年前のことになる。

つまり土地勘はなく、知人らしい知人もいない。引っ越し当日から仕事に追われていたため、家の外に出たのも二週間ぶりだ。……もとい、一応翌日に一番近いご近所さんまで挨拶には行ったが。その結果、とても胡乱な表情で見られて早々に退散することとなったのだが。

どうにか袋詰めを終えた視界の端で、件(くだん)の男の精算が始まる。レジのおばちゃんと話しながらもこちらを見ているのは何故(なにゆえ)なのか。視線が特撮映画のレーザービームのようだ。嵩張(かさば)るわりに軽い荷物を抱え、そそくさと店の出口へと向かう。背後から聞こえた低い声は聞こえないフリで、外に出るなりダッシュした。

久しぶりに走ったせいか、ほんの十数メートルで息切れがした。強い日差しに目眩(めまい)まで覚えて、夏生は仕方なく足を止める。たらりと顎まで落ちてきた汗を肩先で拭(ぬぐ)ってずれ落ちそうな買い物袋を抱え直すと、そろりと振り返ってみた。

追ってくる人影がないことに、胸を撫(な)で下ろす。どうやら逃げ切れたようだ。

「何だったんだ、アレ。目えつけられた……？　でも、どうして」

言いかけて、ふと気付く。顔を向けた先にあったカーブミラーに、自分の姿が映っている。凹凸(おうとつ)のせいで歪(ゆが)んでいるが、見るからにくたびれた恰好(かっこう)なのは明らかだ。

「いや待て出る前に着替えた、はず」

改めて眺め下ろした袖には妙に既視感があって、即座に「一昨日(おととい)着ていた服」だと思い出した。……そういえば引っ越し以来、まだ一度も洗濯していない。

生来体毛が薄いせいで髭(ひげ)もまばらにしか生えない夏生は、かえって髭剃(ひげそ)りだけは欠かさない。そこは合格点として、どうして今日に限って髪を括(くく)ってくるのを忘れたのか。外出が面倒で放置した結果、いつの間にか肩に届くほど伸びていたくせっ毛はあちこち跳ねた上、微妙に纏れていて清潔感があるとはとても言えない。そこに、人目を避けたくて似合いもしないサングラスに帽子まで被っている。

「あっつくてあたりまえ、かあ……おまけにこれじゃあ、」

(おまえ、気をつけないと不審者に間違われそうだよな)

ふっと脳裏によみがえった台詞に「いやまさかそこまでは」と首を振った——ものの、改めてカーブミラーを見直して撃沈した。

「えー……じゃあもしかして、さっきのアレって不審者扱い？　実はあのヒトが私服警察で、おれに目をつけたとか言う？」

いくら何でもとは思うものの、この土地はそこそこ有名な観光地だ。あり得ないとは言い切れない。というより、警察でなかったら何なのか。

「まさかそっちのスジのヒト、とか……ない、よな……？」

立っているだけで汗ばむような気温なのに、ぶるっと背すじが震えてしまった。

平日の午後も早い時刻とはいえ、通りにはそれなりに車も人も行き来している。ちょうどすれ違った観光客らしいカップルに妙に大回りで避けられたことに、凹むより先に安堵した。

短く息を吐いて、夏生は自分に言い聞かせる。

「いや、ないない。けどアレだよな、次回の買い物は別の店を探し、て——……いっ⁉」

語尾と重なるように、足元に何かが当たった。ぎょっと動いた足が蹈鞴を踏んで、ものの見事に纏れて固まる。うわ、と思った時にはその場に尻餅をついていた。

「え、ちょ、何」

半ばしゃがみ込む形になったおかげでか、痛いのは手や尻がほんの少しだ。座り込んだ恰好のまま、散らばった食料品に手を伸ばした時、
あんっ。

「……——は？　え、何オマエ」

大真面目に問いかけたら、再び「あんっ」と返事が来た。それも、わざわざ夏生の腹のあたりに登った上で、だ。

声の主は、全身小麦色の子犬だ。身体の大きさの割にぶっとい脚で夏生のシャツの胸元を踏んで、嬉しそうに見上げてくる。

「え、捨て犬？　……じゃないか、首輪ついてるし」

すごい勢いで振られている尻尾が目について、よく飛んでいかないものだと感心した——隙に、喉元に前脚をかけた子犬にべろんと顎を嘗められた。

すぐさま見渡した近辺に、飼い主らしき人影はない。耳につくのは時折行き交う車の音と、街路樹の枝が揺れる音に虫の声、そして間近な子犬の呼吸音だけだ。

「いや待てコレで放置はないよな？」

両手で掴んで持ち上げてみても、子犬は尻尾を振るばかりだ。赤い首輪にリードはついて

おらず、迷子札らしきものも見当たらない。

「散歩中にはぐれた、のか……？」

以前住んでいた町ではノーリード禁止だったはずだが、果たしてここではどうなのか。そんなもの、夏生にわかるわけもない。

「こんなちっこいのが遠出できるわけもなし、たぶんこのへんの犬だよな……おし、おれはオマエとは無関係の他人だ。とっとと自分ちに帰りな。場所くらいわかるだろ？」

夏生を嘗めようとじたばたする子犬を、そっと地面に下ろす。散らかった品物を拾いながら、底のあたりに詰め込んだ弁当類の無事が気になってきた。

立ち上がりチノパンの埃を叩き落として、いつの間にかズレていたサングラスをかけ直す。落ちてくる汗を拭うと買い物袋を肩にかけ、子犬は放置で歩き出した。

薄情だと言わば言え。あいにくこちらは寝不足な上に空腹だ。ついでに、できるだけ地元の人とは関わりたくない。

「じゃあ何で引っ越してきたって話だよなあ……我ながら、何考えてたんだ二週間前のおれ」

気を抜いたせいか、ずっと思っていたけれどあえて言わなかったことが口をついて出た。ついでのように、自嘲気味の言葉がぼろぼろとこぼれ落ちていく。

「あー、でも見た目不審者だったら向こうから避けてくれるから好都合、なのかも……まあ、事情話しても避けてもらえそうだけどさ。引っ越し理由が会社でミスして大問題起こして中途退職させられたあげく、二股に遭って捨てられ逃亡とか、」

自分の現状を、自分で聞いて落ち込んだ。はあ、と息を吐いて顔を上げ、「この道でよかったか」とふと思う。

ポケットから引っ張り出した地図を開いて、先ほどのスーパーの位置を確認する。現在地に見当をつけ、向かう方角を決めた。

夏生の住まいは観光客や、町の住人が行き来する地域より奥まっている――らしい。何故「らしい」なのかと言えば、今回の引っ越しが下見なし事前調べなしの唐突かつ衝動的なもので、近隣の地理も状況もまるで把握できていないためだ。

……今朝買い物に出る前に最寄りのスーパーまでの経路をパソコン検索して、徒歩で片道小一時間という結果に目を剝いた。印刷した地図を手に心づもりをして出てきたはずが三度ばかり道に迷ってしまい、スーパーに着いたのは家を出て二時間後だった。

「車ないんだし、せめて自転車は買っといた方がいいか。通販、の方が気楽だけどさ」

行きは良い良い帰りは怖い、という童謡が思い浮かぶが、実際今は「帰る」しかない。嵩張るだけで軽かったはずの荷物がどんどん重くなっていっても、シャツの背中がぐっしょり濡れても歩き慣れない足に疲労と痛みが滲んできても、だ。

今度こそ迷わないと決意したのに、やっぱり二度ほど道を間違えた。そのたび引き返し地図で位置確認をして、軽く一時間以上過ぎた頃にようやく見覚えのある分かれ道に辿りつく。

正面に続く道は舗装されておらず、剝き出しの地面の左右に並ぶ高い樹木が影を落としていた。そこを進んだ先に、今の夏生の「自宅」――母方の祖父が遺した家がある。

管理していた不動産屋曰く「一応住宅地」に位置するらしいが、周囲には空き地と林が多く家はごくまばらにしかない。それだけはラッキーだったと安堵の息を吐いたタイミングで、右手から物音がした。反射的に目を向けた先、日本家屋の庭先で作業していた夏生からすれば親世代ほどの人と目が合う。

夏生にとっての、「一番のご近所さん」だ。慌てて浅く会釈したものの、先日の挨拶の時と同じく露骨に怪訝そうにされて、つい目を逸らしてしまった。

反射的に足を速めた後で、「そういえばサングラス」と気がついた。とはいえ、今さら引き返して外して声をかける気力もない。

駆け出したくなる足を辛うじて堪えて、「ご近所さん」の敷地の横を行き過ぎる。追い掛けてくる視線が消えたと感じる頃には、背中に暑さからとは違う汗が浮いていた。

いきなり引っ越してきたかと思えば以降半月ほど引きこもりで、ろくな挨拶もしてこない。それは確かに、客観的にも立派な不審人物だ。おまけに引っ越し先がまた、

「どう見ても廃屋、だもんなあ……二年無人だっただけでここまでなるもんなのか?」

つぶやいて、夏生は真正面に立つ「自宅」を見上げる。

祖父が若い頃に建てたというその家は、当時としては珍しかっただろう洋館めいた造りだ。

塀と揃いの煉瓦の壁に這う蔦は、二階どころか屋根にまで届いている。ベランダの手摺りに巻き付く様子は、緑で作ったロープのようだ。

　問題はその蔦が、建物と敷地を野放図に覆っていること、だろうか。

　外壁の一部に這うだけなら「お洒落」に見えるはずの蔦も、一階の窓全部と二階の窓八割に加えて外壁の九割に達するとただの怪物だ。建物のみならず庭から塀まで達して垂れ下がる風情は、もはや「完全に放置された不気味な家」でしかない。

「この状態で、電気水道ガスにネットまで全部使えるとか普通は思わないよな。引っ越しの荷解きもまだ全然だし、どこもかしこも掃除以前の埃まみれだけど」

　一階の仕事部屋と寝室と、台所に風呂トイレまではどうにか「使える」ようになったものの、玄関横に位置する居間はドア口から覗いただけで手つかずだ。二階に至っては、階段を上がってすらいない。

「いくら何でも周辺環境ってか買い物の便くらいは最低限、引っ越し前に調べとくもんだよなあ……本気で馬鹿じゃないのか、おれ」

　この家が夏生のものになったと知らされたのが、確か引っ越しの四日前だ。電話での唐突な知らせに驚いて、それ以上に祖父が二年も前に亡くなっていたことを——つまり通夜や葬式がとうに終わっていたことを知らされて、愕然とするしかなかった。

（それで、家の相続には条件があるの。最低五年以上は住むっていう）

（すぐ引っ越しますから住所とか詳細教えてください）

即答した夏生に、電話の相手——母方の叔母はほっとしたような声で「正式な手続きが必要だから弁護士に会ってほしい」と言ってきた。

了承した翌日には弁護士を通じて必要な処理を終え、その二時間後には不動産屋と引っ越し業者に連絡を入れた。幸いにもオフシーズンだったため、三日後には住んでいた単身者用アパートからこの家に移り住むことができた。

インフラ関係の手続きは、この家を管理していた不動産屋が代行してくれた。一番遅れたインターネット環境も、引っ越し翌日に無事に開通した——のだけれども。

「管理って、中の掃除とか庭の整備とか外壁の保全は入って……なかったんだろうなあ」

錆の浮いた門扉に手をかけるなり、その奥にもっさり茂る緑が目に入る。出かけた時に思い知ったが、アレの高さは夏生の膝より上だ。二週間前の引っ越しでできたはずの踏み分け道は、すでに跡形もない。

「草むしりしないと蛇が出そうだし。荷解きと、あと洗濯も。居間もあのままにしとくわけにはいかないし、窓掃除とあっちこっちの埃と、ああそうだ二階も見とかないと。それと、蔦もこのままじゃなあ」

思いつく限りを口にしただけで目眩がしてきた。とたんに押し寄せてきた空腹と眠気に、夏生はぶるりと頭を振る。

「と、りあえず今日は食べて寝て、明日でいいや。どうせ客なんか来ないし今日の弁当は買ったから、他の買い物は明日ネットで」

食料品そのものは「まだ当分ある」のだ。引っ越し以降続いている、レトルトカップ麺インスタント三昧にうんざりして買い出しに出ただけで。

今後またアレが続くと思うだけで厭になる、けれども。

眉間を揉んでため息をついた時、足元で「あんっ」と声がした。

「——……は？」

ぎょっとして見下ろした脚の間に、小麦色の子犬がお座りしていた。舌を出して呼吸しながら、じいっと夏生を見上げてくる。

「え、嘘だろ。オマエ、ずっとついてきてた、のかよ」

あん、と声を上げた子犬の尻尾の動きは、竹とんぼだったらとうに羽根が飛んでいるレベルだ。夏生のスニーカーにいったん乗せた前脚をジーンズにかけてあんあん鳴く様子は、「構え」と訴えているようにしか見えない。

「いや無理ってか、ウチに帰れって。おれみたいな社会不適合者に飼われてもどうしようもないだろ？　ここ何年か一番近くにいたヤツのお墨付きだぞ」

ぼやきながらもつい屈んで子犬の頭を撫でてしまったのは、言葉とは裏腹に気持ちがぐらつぐらに揺れているせいだ。

……実を言えば幼い頃からずっと抱えていた夢が、「犬を飼うこと」なのだ。

一軒家に独り住まいの今、誰の反対も規則もない。家の中も外もひっくり返った有様ではあるが、そこは子犬が出入りする範囲を限定してしまえはどうにでも——。

「いや待て、おまえ首輪してたよな。……飼い主、いるんだよな？」

人懐こさといい毛並みのよさといい、きちんと世話してもらっているのが明らかなのだ。無断で奪われたりしたら、きっととんでもなく辛いだろう。

「ウチに帰りな。それか、家の人が探しに来るか、知り合いが通りかかるのを待つか」

後ろ髪を鷲掴みされた気分で、小麦色の毛から指を離した。ついて来ようとする子犬を避けて敷地に入り、門扉を閉じる。

目の前で閉じた門扉に思うところがあったのか、子犬は隙間から入ろうとはしない。そのくせ、期待に満ちた目で見上げてくる。

視線を振り切ってざかざか草をかき分け、買い物袋を玄関ドアの中に入れる。つい振り返ってしまい、まだ門のところにいた子犬と目が合った。

「よし、そっから動くな……って、それじゃウチの犬に見えるだろー」

高速で動く尻尾に引かれるように、門の前まで戻ってしまった。よほど躾がいいのか、子犬は同じ場所でお座りしたままで夏生を見上げて首を傾げている。

「よっぽど可愛がられてるんだろうなあ……だったら飼い主もすぐ探しに来る、よな？」

ぼやいた時、盛大に腹の虫が鳴った。

そういえば、さっき買った弁当が今日最初の食事なのだ。ついでにここ二週間寝不足が続いた反動でか、とてつもなく眠い。

だからといって、このままベッドに潜り込んだところで子犬が気になって落ち着かないだろうことは明白だ。

「――……待ってみる、か」

短く息を吐いて門から離れ、塀寄りの草地にしゃがみ込む。こちらから子犬の姿は見えるものの、行き過ぎる人からは夏生自身が目につきにくい絶好のポジションで、目の前の草を引っこ抜く。眠気覚ましを兼ねて、庭が少しでもマシになれば万々歳だ。

(朝だけでいいから頼むぞう)

素手のままぶちぶちと作業するうち、ふっと祖父の言葉を思い出す。

小学校低学年の頃の夏生は、夏休みと春休みは決まってこの家に遊びに来ていた。夏生が生まれる前につれあいを亡くし、ここで独り暮らしをしていた祖父は掃除洗濯炊事に庭の手入れまでこなす人で、毎回ほぼ休みの間中滞在する夏生にも当然のように手伝いをさせた。

それを厭だと感じなかったのは、夏生が祖父を大好きだったことに加えていつも祖父が一緒に作業していたからだ。思い起こしてみれば天気や日差し、時間帯も考えてくれていたし、終わると必ずおやつを出してくれた。庭に出したテーブルを、祖父と夏生とその友達で囲むのも楽しみだった。

「あー……あの子、何て名前だったたっけ……？」

子どもの頃から人見知りだったせいか、夏生の友人はそう多くない。春休みと夏休みしか滞在しないこの土地で唯一できた友達はいくつか年下で、初めて会った時は小学生ですらなかった。身体が弱いせいか小柄でやせっぽちで、兄弟はもちろん近所の子どもの遊びにもついて行けないと聞いた覚えがある。

知り合ったきっかけは覚えていないが、不思議なくらい夏生に懐いてくれた。嬉しそうな、はにかんだ笑顔であとをついてくるのが可愛くて、その子に合わせた遊びをするのも苦にならなかった……。

「……って、もしかしてアレ、おれの初恋かよ。あっちゃん、だったたっけ？　まだこのへんにいんのかなー……まあ、とっくに誰かの嫁さんになってそうだけど」

薄れかけた記憶の中でも、色白で線が細くて可愛い子だ。田舎暮らしなのに虫が苦手で、子犬や子猫を怖がっていて、なのに妙にその類に懐かれる。そのたび、半泣きで夏生にしがみついてくるのがたまらなくて。

「おれが守ってやるとか言ってたんだよなあ……あの頃は若かった、うん」

「なあ、だいじょうぶかな」

「だいじょうぶだってば。今日こそたしかめないと」

妙に空(むな)しくなって毟(むし)った草を適当に放った時、やや遠めに子どもの声がした。瞬(しばた)いて顔を向けた先、いつの間にか子犬の姿は門扉の前から消えている。

「だって、ここんとこ明かりがついてるって」

「それがおかしい。人がすんでるわけないのに」

「だって、ここおばけが出るって……あれ、犬だ」

「わ、ほんとだ」

続けて近づいてきたのは、子どもらしい軽い足音だ。気になって腰を上げるのとほぼ同時に、きゃんきゃんという甲高(かんだか)い鳴き声が聞こえてきた。

「すて犬かな?」

「だと思う。ここだれもすんでないし」

「かわいいじゃん。オレ、このまんまつれて帰ろっと」

「――……は?」

思わずこぼれた声は、けれど身動(みじろ)ぎした拍子に揺れた草ずれの音に紛れた。

「けんたくん、だめだよ。おかーさんに聞かないと」

「こないだひろって帰って、もとのばしょにもどしにいったんだよね?」

「それに、今日はここのたんけんするやくそくで」

「たんけんは明日でもいいじゃん。あと、つれて帰って家にあげて、えさあげちゃえばだいじょうぶ。前だめだったのは、げんかんで見つかったからー」

「えー、でもこの子、首わしてるよ。かいぬしさん、いるよ?」

「いや待ておい」

不穏すぎる会話の流れに、慌てて門に駆け寄った。そこに、決意したとばかりの声が届く。

「首わとって、ここんちになげこんじゃえばばれないよ。おさえて、手つだって」

「はーい、ってあばれてるしー」

きゃんきゃん、と聞こえてくる鳴き声は、明らかに悲鳴だ。さきほど自ら夏生に寄ってきた時とはまるで違う。

門にかけた手に力が入りすぎていたのか、金属製の蝶番(ちょうつがい)が軋(きし)むような音を立てる。焦って首を出した先、塀からやや離れた草地で複数の子どもが固まっているのが目に入った。中でも体格のいい子どもの腕の中で、小麦色の子犬が暴れている。

「おい」と発した声は我ながら低く、とたんに子どもたちがびくっと肩を揺らすのがわかった。直後、こぼれるようにその腕から逃れた子犬が一目散(いちもくさん)に夏生に向かって駆けてくる。

飛び込んできた毛玉を、無造作に抱き上げる。じろりと睥睨(へいげい)して言った。

「首輪を外して連れて行くのは泥棒じゃないのか?」

「ひ」

「わ」

「えっ」

最初の「おい」は恫喝じみていたが、続きはやや低い程度だったはずだ。にもかかわらず、子どもたちは化け物でも見たように顔を引きつらせた。中には半泣きになって、別の子どもに抱きついているのまでいる。

「お、ばけ」

「出たー！」

「やっぱりいたー！」

「にげろーっ」

転がるように駆け出した子どもたちが、すぐ先の角を曲がって消える。呆気に取られてそれを見送った後で、ふと気がついた。

引っ越し後から引きこもっていた二週間に、子どもの声を聞いた覚えはほとんどない。それはつまり近隣に子持ち世帯が少ないか、ほぼいないということだ。そこに先ほどの会話を重ねてみるとどうなるか。

「オバケ屋敷探検ってことかよ。あー……いや、不審者扱いよりはマシなのか？」

胃袋がはみ出るような、ため息が出た。がっくり下がった顎の先をぺろぺろ嘗められて、夏生は改めて途方に暮れる。

放置したら、今度こそ連れ去られそうだ。ついでに今さらな話だが、子犬と会った場所からここまでは徒歩小一時間の距離になる。それを「自力で帰れ」はいくら何でも無理だろう。

「おれが連れて行くしかないんじゃん……あー、でも今日はもう無理。そんな気力ないし」

貧乏籤を引いた気分で、頬を嘗めてきた子犬の頭を押さえた。これは不可抗力だと自分に言い聞かせながら、のろりと門の中に引き返す。

「言っとくが、邪魔しないでくれよ。おれはこれから食べて寝るんだ」

あん、と元気に返った鳴き声が、承諾なわけもない。承知の上で草を踏み分け、辿りついた玄関に入って靴を脱いだ。引っ越しのどさくさのまますぐ近くに転がっていた古タオルで脚の先を拭って板の間に下ろすなり、興味津々に買い物袋を嗅ぎ始めた子犬を見下ろす。

「そういやウチ、ドッグフードなんかないぞ?」

ぽつんとこぼれた自分の声が、やけに途方に暮れて聞こえた。

2

またきてね、と言われて力強く頷いた。

（やくそくする。ぜったい来年も、さ来年もくる）

安心させたくて、繋いでいた指にぎゅっと力を込めたら、「あっちゃん」はこぼれそうに大きな目を少しだけ細くして笑った。

（ぜったい？）

（ぜったい。おれ。うそはつかないから、しんじていい）

嬉しそうに頷いた「あっちゃん」が、ぎゅっとしがみついてくる。負けじと抱き返していたところで、懐かしい声に「夏生」と呼ばれた。腕を放さないまま見上げた先、少し呆れ顔になった祖父と目が合う。

（そろそろ乗りなさい。時間だ）

頷いて、渋々「あっちゃん」から離れた。差し出されたリュックサックと弁当の包みと、最後に切符を受け取って、鳴り始めたベルと競争するように開いたままの入り口から電車に乗る。振り返ったのとほとんど同時に、目の前でドアが閉まった。

駆け寄ろうとしていたのか、祖父に捕まったままの「あっちゃん」が口を開く。もう聞こえない言葉が気になって前のめりになったのと同時に、がたんと音を立てて電車が動き出した。後ろへと流れる祖父たちを追うように手をかけた車両のドアは当時の夏生にはひどく重くて、ようやく開けて進んだ時にはもう、窓の外にはホームすら見えなくなっている。

大事なものをもぎ取られたような気持ちでぎゅっとこぶしを握って、それでも「だいじょうぶ」とつぶやいた。気を取り直し席を探して歩く夏生の肩に、リュックサックの重みがずしりと沈んでくる。

ちゃんと、来年も、来るから。ぜったい。

幼い頃の自分のつぶやきを聞きながら、「今の」夏生は小さく息を吐く。

そういうわけにはいかなくなったんだよなあと。妙にやるせない、悔しいような気持ちで。


目覚ましも鳴っていないのに、まだまだ眠いのに、トイレに行きたいわけでもないのに目が覚めた。

「……いや待て七時前、なんだけど……？」

擦れ声でぼやく間も、夏生の胸の上に乗っかってべろべろと顔を嘗めまくるあたり子犬はすこぶる元気だ。昨日急ごしらえした食事が合うのかどうか気になっていた身としては、安心はするけれども、

「腹、減ったのかよ。おれのおかず、取っといてさあ」

つい出てきた恨み節に、子犬はいい笑顔――としか思えない表情で尻尾をぶん回す。あん、と鳴く声に、そういえば昨夜はこの顔と声の催促でさんざん振り回されたんだったと思い出した。

昨日はひとまずネット検索してから、食事とトイレを用意した。後者は段ボール箱に庭から掘り起こした土を入れただけのもので、これでいいのかと悩んだものの子犬はあっさりそこで用をすませたのだ。その後も自主的に、玄関先に置いたそこに出向いてくれた。

きちんと躾がされていることに心底安堵した。子犬の食事を見届け自分も食べ終え、シャワーを浴びてベッドに潜り込もう……としたら、あんあん鳴きながら飛びつかれ期待いっぱいの笑顔を向けられたわけだ。

「遊べ」という催促だと、残念ながら理解できてしまった。結果、夏生は子犬が充電切れのごとく唐突に眠るまでずっと「おつきあい」する羽目になった、わけだが。

「まあ、こっちの都合考えろってのが無理か」

ぽすんと布団に下ろしたとたんに今度は枕に前脚をかけて耳から頰をべろべろやりにきたのに辟易（へきえき）――もとい降参して、渋々起き出す。

「探すんだったら飼い主じゃなくて交番かな。……何で昨日思いつかなかったんだ、おれ」

布団を押しのけ床に足をついて、少々げんなりする。並んだ段ボール箱の中、いくつか空いた蓋（ふた）から衣類その他がはみ出しているのは、この場合間違いなく――

「……そりゃ、やるよなあ。ちゃんと蓋しなかったから仕方ない、か」

犯人もとい犯犬を床に下ろし、散乱する中から適当に服を選ぶ。その後は、ひとまず朝食だ。台所という言葉が似合う年代物のスペースに行き、冷蔵庫から目当てのものを取り出す。

買い置きの「温めるだけごはん」を温めている間に、朝食用の海苔（のり）弁当を開けて魚のフライと小さめの唐揚げから衣を剝（は）がす。袋麺用に買っておいた卵をフライパンで焼き、丼に移した「温めるだけごはん」少量の上に魚のほぐし身と細かく切った鶏肉とともに載せ、上からインスタント味噌汁を薄めたものをぶっかけた。

「とりあえず、今日はこれでいいかな……不味(まず)いから食べないとか言うなよー？」

シンクのすぐ近くに置いた二人用のテーブルの横、新聞紙を敷いた上に丼を置くと、待ち構えていた子犬がすぐさま顔を突っ込んだ。……昨日も思ったが、こぼさないのが奇跡だ。

「まあ、育ち盛りだしな。——たぶん、コレだとまずいこともある、気がするけど。ウチで食べるのは最後ってことで勘弁な」

微笑(ほほえ)ましく眺めつつ、海苔弁当の残りと味噌汁をテーブルに運ぶ。残ったおかずは竹輪(ちくわ)ときんぴらゴボウと海苔及びその下の昆布の佃煮(つくだに)のみだが、それはそれで良しとした。

ちなみに昨日の夕飯は唐揚げ弁当だったが、肝心の唐揚げが全部子犬行きになったため、夏生の分は削いだ衣とキャベツの千切りとごはんにカップラーメンと相成った。

ちなみにこの家にあるインスタント味噌汁は葱(ねぎ)類なしだ。単純に夏生が嫌いで避けた結果だが、今回はそれに感謝した。

ネットで調べたところ、この家には他に子犬に食べさせてもよさそうなものがなかったのだ。安易なことをするもんじゃないと、昨夜は心底後悔した。

食べ終えていた子犬の丼とまとめて片付けた後は、パソコンでスーパー近くの交番を検索し、昨日使った地図にマークをつける。脱・不審者を意識し台所にあった輪ゴムを使って首の後ろで髪の毛を束ね、仕上げにサングラスをかけ帽子を被り子犬を抱えて家を出た。

午前七時過ぎの今、空気はまだ少しひんやりしているものの、周囲を取り巻く蝉時雨だけで今日も暑くなるだろうと予想がついた。

「自転車が届くのが明日、なんだよな……」

片道小一時間、と思っただけでうんざりしたが、さすがに二晩泊めるのはナシだ。

腕の中でもぞもぞうぞうぞする子犬は、逃げる気はないらしく思い出したように伸び上がって夏生の顎を嘗めてくる。それが微笑ましく映ったのか、たまにすれ違う人の視線は昨日より格段に柔らかい。とはいえ、胡乱なものもちゃんと健在だったが。

ずいぶん町中に入ったと思った頃に、いくつか目の分かれ道にさしかかる。地図を見直そうとしたタイミングで、腕の中の子犬がいきなり動いた。

え、と思った時にはすぽんと夏生の腕から抜け出て、バウンドするように地面に着地する。そのまま、一目散に駆け出した。

「お、ちょ待っ、それまずいってっ」

慌てて呼び止めたのが合図だったように、小麦色の子犬は右手にあった生け垣の隙間へと駆け込んでいった。

すぐさま後を追いかけようとし、一瞬躊躇して「失礼します」とだけ口にする。樹を傷めないよう慎重にかい潜った先、こちらを向いて尻尾を振る子犬と目が合った。追いかけっこの気分なのか、またしても駆け出そうとするのを辛うじて捕獲する。

「だから駄目だって、ここ余所んちで、」

「いらっしゃいませ。あらあら、珍しいところから」

不意打ちでかかった声に、足だけでなく思考まで固まった。ぎこちなく顔を向けると数メートル先に目元の皺も柔和そうな和装に割烹着姿の老女が立っている。

反射的に後じさりかけて、それはまずいと踏みとどまった。その場で、夏生は慌てて頭を下げる。

「すみません、その、子犬が勝手に」

「いえいえ。そうね、わんちゃんがいるならお外の席がいいわよね」

「は……？」

瞬いたら、どうぞとばかりに近くにあったテーブルを示された。ご丁寧にも日陰を作るパラソルつきで、それもよくある洋風ではなく和風だ。素朴な木製テーブルの上には「メニュー」を記されたスタンドがあって、そのすぐ下には別の書体で「喫茶ひより」とある。見れば、同じようなテーブルが他にも三つばかり並んでいた。

「本日の朝定食は小松菜おにぎりとお大根のお味噌汁で、モーニングはチーズオムレツとミネストローネですけど、どちらがお好み？」

「あー……小松菜、の方で」

「かしこまりました。すぐにお冷やをお持ちしますから、座ってお待ちくださいね」

「あ、あのっ」

にっこり笑顔を残して背を向けかけた老女に、慌てて声をかけた。持っていた地図の、今朝描き足した印を示して問う。

「すみません、この交番に行きたいんですが、現在位置って」

「はいはい、ここで間違いありませんよ。そこの生け垣をまっすぐ行って、二つ目の角を左に入ってすぐ」

「……ありがとう、ございます」

苦手なはずの年代の人に声をかけることができたのは、老女の表情がとても柔らかかったからだ。付け加えれば、これ以上迷うのだけは避けたかった。

礼を言う間にも、べろべろと顔を嘗め回されたのに閉口する。くすくす笑いの老女は十メートルほど離れた先の、いわゆる古民家に入っていった。それを見届けて周囲を見渡せば、さらに奥の駐車場に数台の車が停(と)まっているのが目につく。

つまり、ここは「喫茶ひより」の敷地内になるわけだ。

「勝手してくれるよなあ……おかげで交番行くの後回しじゃんか。店だったし朝ごはん足りてなかったし不法侵入にならなくてよかったけど」

ため息交じりにテーブルについて、久しぶりの日陰にほっとした。膝に下ろした子犬の胴を、逃亡阻止のためしっかり掴んでおく。にもかかわらず嬉しげに見上げて尻尾を振るあたり、もしかして確信犯か。

「テーブルの上に上がるのは禁止な。あと、おれが食べてる間はおとなしく待つこと」

ひと息ついたせいか、急に暑さを覚えた。夏生の手を嘗め始めた子犬を抱いたまま、乱雑に帽子を取る。軽く頭を振るだけで、頭に籠もっていた熱が散っていくのがわかった。

「これ、いわゆるおーぷんてらす、ってヤツ……？　庭だからがーでん、かも」

詰めれば四人座れるだろうテーブルが並ぶ庭は、見た感じ和寄りの和洋折衷だ。やや遠目には枯山水っぽいものがある反面、すぐ近くにはとりどりの花が咲いている。目の前のテーブルも座った椅子も無骨な木製で、座面には手縫いとわかる座布団が敷かれていた。

「ち、び……？」

ぼうっと庭を眺めているうち、ふとすぐ近くで声がした。見れば数メートル先にひとりの青年がいて、食い入るような目でこちらを——正確には夏生の膝の上の子犬を見つめている。

「な、……——って、アンタが盗んだのかよっ」

一気に距離を詰められたかと思うと、もの凄い勢いで怒鳴りつけられた。とたんにびくんと震えた子犬をそっと撫でながらつい眉を寄せた夏生を、睨みつけるようにして続ける。

「その首輪、間違いな……っ、首輪ついてんのに黙って攫っていくとか窃盗だろ！　あり得ないってか、信じらんないんだけどっ？　返せよ、そいつはオレのなんだからっ」

言うなり、夏生の膝から子犬をかっ攫った。きゃんきゃんと悲鳴じみた声を上げるのを、傍目にもわかるほどきつく抱き込んでいる。

「……おい待て、そっちこそ何すんだよ」

考える前に腰が浮いて、詰め寄るように前に出ていた。

逃げるように下がった青年は、二十歳そこそことといったところか。憎々しげに夏生を睨んでいるが、顔立ちそのものは愛嬌があって、染めたらしい明るい茶髪がよく似合っている。

「それはこっちの台詞。言ったろ、コイツはオレのなんだよ。昨日急にいなくなったって聞いて、どんだけ探したと思ってんだ。アンタが犯人なんだな警察呼ぶぞ」

せっかくの可愛い顔が、表情と物言いで台無しだ。他人事のように思いながら、夏生は短く息を吐く。

「飼い主、ね。それにしてはそいつ、やけに厭がってるけど？」

いつもなら無言で退くところをあえて言い返したのは、相手がそこそこ年下だということと――彼の腕の中の子犬が悲痛な鳴き声を上げてもがきまくっているからだ。どう見ても、「本来の飼い主との再会」ではない。

「はあ？　犬攫いしといてよく言う。信じらんない、とっとと通報……って、ちびっ」

きゃんきゃんと響く子犬の声に負けないようにか、張り上げた青年の声が半端に途切れた。その時には、子犬はこぼれるように地面に落ちている。軽くバウンドしたかと思うと、夏生の足元に突進してきた。あんあん鳴きながら、後ろ脚立ちでジーンズを引っ掻いてくる。

青年より先にそれを拾い上げ、今度はこちらから距離を取った。腕の中から伸び上がった子犬がいつものように顎から頬を嘗めてくるのをそのままに、意図的に声を低くする。

「確かにおれは正式な飼い主じゃないけどな。少なくともそっちより、コイツに信頼されてるみたいだけど？」

「な、」

唖然としていた青年が、一気に顔を赤くする。投げつけるように言った。

「そ、んなんアンタには関係ないだろっ、だいたいちびはまだシエルといるんだしなかなか人慣れしないヤツだしそんなのオレだけじゃないしっ」

「は？　人慣れしないって何……っぷ」

素できょとんとしたところに唇へのぺろぺろ攻撃を受けて、つい腕が緩んだらしい。頭突きの勢いで手のひらを押しのけられて、今度は鼻のあたりを嘗められる羽目になった。

「これのどこが？　そもそもおれはコイツを拾ったわけじゃなくて、コイツの方が追っかけてきたんだけど？」

子犬の胴を摑み直し、自分の腹のあたりで捕獲する。抗議らしく高い声で鳴かれたが、甘えを含むそれは先ほど青年に向けられたものとはまるで響きが違っていた。それがわかったのだろう、夏生を睨んでいた青年の目が子犬へと落ちていく。

「首輪してるのは最初の段階でわかったから、拾う気なんかなかったんだ。なのに、家に帰ったら足元にいるわ、帰れって言ってもウチの門の前から動かないわ」

「だから自分のものにしてもいいって？　やっぱり窃盗じゃんか」

「……自力で帰るだろうって放置したら、小学生にとっ捕まってたんだよ。首輪捨てて連れて帰るとか言ってたから、それは駄目だと思って止めた。今日これから、交番に連れていく予定だったんだけど？」

「無断で自分ちに泊めた上、ここで優雅にモーニングしといてよく言う」

心底馬鹿にしたように言われて、心底うんざりする。うぞうぞする子犬を無意識に撫でながらため息をついた時、横合いから声がした。

「――真っ先に交番の場所を訊かれたと、おばあさんは言っていたが？　そもそも店に来たわけじゃなく、敷地に入り込んだ子犬を追ってきたようで無断侵入を謝られた、とも」

「はっ？」

「え、……」

ふいに聞こえた声に顔を向けて、夏生はぎょっと後じさる。

ほんの五メートル先に大柄な男がいた。妙に小さく見えるトレイを手にした体躯が身につけているのは濃紺の作務衣だ。袖から覗く腕には、しなやかそうな筋肉が浮いている。

それだけなら、どうということもない。問題はその男が、昨日のスーパーで夏生を注視していた私服警察だということだ。切れ長な目元とシャープな顎のライン、荒削りに整った顔立ちはやっぱり強面そのもので、夏生は絶望的な気分になる。

ペットへの危害は、確か器物破損に当たるはずだ。だったら「連れ去り」は青年が言うように「窃盗」になるのかもしれない。

あいにくそのあたりの知識は皆無だが。ついでに生き物を「モノ」扱いするのには、どうにも抵抗を感じるのだが。

――いずれにしても、現状で証人と状況証拠が揃ってしまったわけだ。

「いや、だから盗むつもりでも連れ去るつもりでもなくて、その……昨日買い物の帰りに出くわしたらウチまでついて来たんだけど、あいにく引っ越してきたばかりで地理もわからないし、仕事上がりで頭が回ってなくて、一晩だけ保護するつもりで」

途方に暮れたせいか、やけに気弱な声になった。

引っ越し早々窃盗犯確定とか。今後買い物も全部ネットですませてあの家に完全に引きこもるか、再度引っ越すかの二択しか浮かんでこない。

「――っ、まだ言い訳すんのかよいけ図々しい。いいからとにかくちびを返せってばっ」

「だ、から、本当の飼い主に返すって」

「さっき言ったじゃん、ちびはオレのなの！　いいから返せ泥棒っ」

「一応訊いておく。いつシエルから許可が出た？」

尻馬に乗ったように夏生にがなり立てていた青年が、男の言葉で唐突に黙る。ばつが悪い様子で男を見上げているが、夏生には意味不明でしかない。

「許可って、だって言ったじゃん！　オレ、シエルの仔なら大事にするって」

男に向き直った青年が言い募る声は、わかりやすく懇願混じりだ。それを平然と聞き届けてから、男は言う。

「こちらも言ったよな。決めるのは本人――本犬で、シエルの許可も必須だ」

「だ、……それ言うならコイツだってシエルの許可なんか貰ってないじゃんっ！　本犬が決めるも何も、ちびはえり好み激しすぎて引き取り手がないって言っ――」

「他に引き取り手がないわけじゃないし、いざとなればそのままうちで飼う。そう説明したはずだ」

「聞いたし覚えてる、けど！　でもコイツ窃盗犯じゃん！　一晩帰って来なくてばーちゃんもアキちゃんもシエルだって心配して探し回って、なのに平然とここに連れて来るとかっ」

言い様にこちらを見た青年にぴしっと指さされた。思わず身を竦めた夏生の腹に、子犬の尻尾がぱたぱたと当たってくる。あん、と鳴いたかと思うともぞりどしんと地面に落ち――もとい、下りた。

反射的に向けた視線の先、脱兎のごとく駆けていった先は件の男の足元だ。あんあんと鳴きながら、後ろ脚立ちで男のズボンに前脚をかけている。

「交番の場所を訊かれた時、チェック入りの地図を見せられたと聞いたが？　第一、自分のものにする気なら首輪くらい換えるだろ」

トレイを手にしたままの男が、足で子犬をあやしながら夏生に目を向けてくる。

思いがけない助け船に、ぶんぶんと首を縦に振っていた。とたんに眦(まなじり)を吊り上げた青年が、怯(ひる)んだように男に言う。

「それ、は……単に手持ちがなかったとか、」

「だとしてもせめて外すくらいするだろうし、昨日の今日で連れ出したりはしないんじゃないか？　半月ばかり家に閉じ込めておけば誤魔化(ごまか)しも利くだろうしな」

低く落ち着いた声で青年に答えながら、男が歩き出す。足元にじゃれつく子犬を器用に避けながら、持っていたトレイを夏生の前のテーブルに置いた。

じ、と見つめられてまともに目が合う。びく、と肩を揺らした夏生に少し困った様子を見せたかと思うと、足元にいた子犬を摑み上げた。

「え、……あの……？」

当然のように差し出されたのを反射的に受け取って、今度こそ大混乱に陥った。――つまりこの男こそ子犬の飼い主で、なのにどうして夏生に預けてくるのか。

「ずいぶん懐かれましたね？」

「は、あ……？」

辛うじて声を発した顎を、またしても嘗められた。男から視線を逸らせない夏生が物足り

なかったのか、「あん」と鳴いたかと思うといきなり腕の中から身を乗り出す。

「え、ちょ待っ」

あんあんと鳴いて訴える先にあるのは、テーブルの上のトレイだ。見れば緑の葉も美味しそうなおにぎりと味噌汁、青菜のお浸しにだし巻き卵と香の物までセットされている。彩りはもちろん匂いも極上で、とたんに食欲をそそられた——のは、どうやら子犬も一緒らしい。

「駄目だって。おまえもう食べただろ。あと、テーブルの上には乗るんじゃない」

じたばたするのをしっかり抱き込むと、振り仰ぐ恰好で「あん」と鳴かれた。それが「でもだって食べたい」のように聞こえてため息をつくと、すぐ傍でくすりと笑う声がする。顔を上げた先、こちらを見ていた男とまたしても目が合った。

「面倒をかけたようですみません。保護していただいて助かりました。何しろ、脱走常習犯なもので」

「はあ、……」

だったら対策くらいしておいていただきたい。思ったのが顔に出ていたのかどうか、男は強面には不似合いな少し困った風情で言った。

「ところで、できればの話なんですが。そいつを飼う気はありませんか?」

3

世の中、何が起きるかわからない。

ということは、よくよく知っていた。

自分なりに真面目に正直に生きていたとしても、人生にはイレギュラーがつきものだ。思いがけないことはもちろん、あり得ない、信じたくないことが起きることだって普通にある。我が身を振り返ってみても、ほんの数か月前に「どうしてこうなる」と天に向かって文句を言いたくなるようなことが起きたばかりだ。この土地に引っ越すことになったきっかけだって、夏生にとっては「あり得ない想定外」でしかなかった。

どうしようもない時は、どうしようもないのだ。いつまでも悩んでうじうじしていたところで、起きてしまったことは——変わってしまったことは元に戻らない。それは身に染みて知っている、のだけれども。

「……いや、何がどうしてそうなった？」

ぶちぶちと草を毟っていた手に、でろんと絡（から）みついてきた小麦色の毛玉——子犬に向かって、ついそうこぼしていた。

仰向（あおむ）けになってまるっとぷりぷりな腹を見せつつきょとんと見上げてくる様子は、凶悪なほど可愛い。ついつい伸びた手が、その腹をわしわしと撫で回してしまうくらいには。

舌を出していた子犬が、全開に喜んで身体をくねらせる。見上げる目はまっすぐ夏生に向けられていて、それがやけにじんときた。同時に、先ほど「喫茶ひより」で言われた台詞が脳裏をよぎる。

（ところで、できればの話なんですが。そいつを飼う気はありませんか？）

男の台詞に、子犬の「飼い主」を自称していた青年は激高した。何でそうなる、先約は自分だそのつもりで準備してきたし毎日のように会いにも行ってた、なのにどうして――。

あまりの剣幕に言葉が出なくなった夏生に会釈した男は、「話はまた後ほど」と言い残し青年を引き摺るようにして古民家に引き返していった。その姿が見えなくなっても動けずにいたところに例の老女がやってきて、柔和な笑みで食事を促されたわけだ。

（お騒がせしてごめんなさいねえ）

（顔と首輪ですぐわかったんだけど、あんまり懐いてるから）

（わたしがどうこう言うより責任者に任せた方がいいと思って）

生返事しながら食事を終えて精算を頼んだら、「今日の分は迷惑料で」とにこやかに受け取り拒否されたのだ。根負けして礼を言い、それではと子犬を返そうとしたら、

（ごめんなさいねえ。わたしは責任者じゃないから）

（あと、ここは飲食店だから置いておくわけにはいかないの）

それもそうだと納得して、しまったのだ。そこに、「責任者からの伝言」を告げられた。

（詳しいお話は後ほどお伺いした上で。――そう言ってましたよ？）

無銭飲食のまま、子犬を交番に預けることもせず帰途につくしかなかったわけだ。小一時間かけて辿りついた門扉から草ぼうぼうの庭を突っ切り、玄関ドアを開けるなり知っていたはずの惨状を目にして思った。

いや、この状況で子犬を飼うとかないだろ。

ひとまず引っ越しの荷解きだけでもと考えて、けれど子犬連れで一階を一巡しただけで途方に暮れた。

埃まみれの廊下や空き部屋もだが、仕事部屋や寝室の窓すらも蔦で覆われ昼間でも明かりが必要な状態をまったく気にしていなかった自分に呆れた、とも言う。最終的には逃避のように、昨日の続きの草むしりをしている。

「せっかくの朝定食だったのに、なあ……」

見るからに美味しそうだったのに、久しぶりの外食だったのにろくに味も覚えていないのがもったいない。できればもう一度、ちゃんと味わってみたいものだと思う、けれども。

「また行く、って言っても出くわしそうだよなあ……アレ、絶対恨まれてそうだし」

最後の最後まで、夏生を睨んでいた青年を思い出す。

あの店での彼の立場が何であれ、「責任者」の男とかなり親しげだったのは事実だ。

窃盗犯扱いされなかったのを幸運として、面倒事や厄介事には近づかないのが一番いい。結論づけて、夏生は子犬の横の草に手をかける。毟ったとたんに濃い緑の匂いがした。

軍手をつけた作業は、昨日より格段にはかどっている。とはいえ始めてみれば敷地は思う以上に広く、まだ前庭の半分も終わっていない。

は、と短く息を吐いてから、気付く。手元に落ちる影がずいぶん小さい。じりじりと降り注ぐ日差しのせいで、シャツを着た背中が痛くて暑い。あれ、と振り仰いでみれば、帽子のつば越しにも太陽はちょうど真上に差しかかっていた。

「あー……そろそろ昼？　かな」

帰宅したのが確か九時過ぎで、だったら三時間近く経った頃合いだ。その間、ほぼぶっ通しで作業していたことになる。

視界の端で動いた子犬が、開けっぱなしの玄関先に突入していく。水入りの器に顔を突っ込んでいるのを眺めて、ふと思う。そういえば、自分はいつ水分を摂っただろうか。

あれ、と傾げた首が、さらに傾くのがわかる。おや、と思った時にはもう全身が傾きかけていて、慌てて逆方向に力を込めた――ら、今度はそちらに身体が動いた。気付いた時にはもう、目の前に毟った草の山が迫っている。

ざらりばさばさという音が、やけに身近に聞こえた。どこかに刺さりでもしたのか、ちくちくと頬が痛いのを妙に間遠に感じて、なのにそれすらも立ち上る湯気のようにうっすらと溶けていく。

おん、という声が、かすかに聞こえた気がした。それを追いかけるように、人声が耳につく。けれど、それはすでにざわめきにしか聞こえなかった。


ドアが開閉する音で、目が覚めた。

がんがんと、頭が痛む。それと同じタイミングで、耳の奥で脈動が響く。絶え間なくこみ上げてくる吐き気に呼吸が詰まって、けれど咳をするだけの余裕もない。

視界に映った天井はアイボリーの地色にベージュの模様が走っていて、「あれ」と違和感を覚える。——今住んでいる単身者用アパートの天井は、無機質な白一色だったはずだ。

じゃあ、あのアパートに引っ越したこと自体が夢だったのか。頭痛で途切れがちな思考のすみでそう思い、けれど一拍の後に否定する。

それ以前に暮らしていた家族向け2LDKアパートの天井も、確か同じように白一色だったはずだ。そのせいで、引っ越し後もしばらくの間は寝起きに混乱した。

あの引っ越しが夢ならそれ以前の別れも夢のはずで、だったら「ひとり」じゃないかもしれないと。目を覚ましたらかつてのように「おはよう」と声がかかるかもしれないと期待して、そのたび「現実だった」と思い知らされた……。

小さく首を振ったとたんに、頭痛がさらに強くなる。思わず息を詰めた拍子に、額にあった湿った重みがずるりと右耳の傍に動いた。何が、と眉を顰めどうにか顔をそちらに向けて、

「……――え、れ……？」

発した声はひどく擦れて、ほとんど音をなしていない。それでも、自分が「何の」名前を口にしたのかがわかった。

くぅん。

短く返った音――声の主は、小麦色の成犬だ。たぶん後脚で立ち上がったら夏生と大して大きさが違わないだろう、長毛種の大型犬。垂れた耳と少し下がり気味の目元が優しいその犬が、夏生がいるベッドの布団の上に顎を乗せるようにしてこちらを見ていた。

「え、れ」

わん。

もう一度、呼んでみたら返事のようにひと吠えされた。

やたら重い右腕をどうにか動かしてみたものの、じりとしか動かない。おまけに肘のあたりが何やらちくちくする――と思ったら、肘の内側に刺さった針が細い管になって上に伸びていた。何だコレ、と眉を寄せて、けれど夏生はすぐに意識を犬に戻す。

力の入らない指を、べろりと湿った体温が撫でたせいだ。見れば、顔もとい頭部を乗り出すようにした犬がどこか遠慮がちに夏生の手を嘗めている。

「えれ、」

　ふわ、と自分の顔が緩むのがわかる。同時にそんなはずがないと、頭のすみで妙に冷静に思う。――ここがどこであれ、夏生の傍に「エレ」がいるわけがない。

　知った上で、ひどく安堵した。とたんに視界がブレて輪郭を失っていく。どうやら限界らしいとどこかで思って、それと同時にすぐ近くでドアが開く音を聞いた。

　やや低めの、ひとの声がする。ベッドに近づいた気配が、夏生を覗き込んできた。

「……――？」

　短いはずの声は、音としてしか認識できなかった。けれどそっと額に触れてきた手とその後で置かれた湿って冷たい感触に、じわりと浮かんでいた不安は氷解していった。

　遅れて、思い出した。

　アイボリーの地色にベージュの模様の天井は、祖父宅のものだ。滅多に風邪も引かない夏生は、祖父宅にいる時に限って熱を出すことがあって、そのたびこうして看病してもらった。

　――夏生が初めて「ひとりで」祖父宅に行ったのは、小学校に上がって初めての夏休み初日だった。一か月以上も前から自分なりに準備して、早朝に最寄り駅から電車に乗った。

　初めての一人旅は不安が大きくて、だから何度もの乗り継ぎをこなして昼過ぎに目的の駅に着いた時はホームで待っていた祖父に飛びついた。

　以後、三年間続いた祖父宅で過ごす長期の休みは、当時の夏生にとって最大の楽しみであり宝物になった。

ぶっきらぼうで口数が少ない祖父はスジが通らないことや嘘が大嫌いで、夏生が何かやらかすと容赦なく叱(しか)った。そのくせ他愛のない悪戯(いたずら)には真面目な顔で乗っかってくれたり、時には真剣に一緒に遊んでくれる。こうして看病してくれる時には別格に優しくて、頭を撫でてもらうだけで安堵した。

大好きで大好きで、できればずっと祖父の家で暮らしたかった。なのに、小学校三年の夏休みを最後に夏生は祖父の家に行けなくなった。会いに行くどころか、会わせる顔がなくなってしまった……。

少し低い体温が、投げ出していた夏生の右手を捉える。そっと位置を直され、軽い布を上からかけられた後で、気付く。首の両側や脇の下、大腿(ふともも)のあたりにひんやりした感触がある。

祖父はもう、亡くなったはずだ。ちゃんと謝ることも話すこともできないまま、あのホームでの別れが最後になった。

小学生だった夏生が必死で書いた手紙の返事すら、貰えなかった……。

ぽつんと落ちてきた事実に、思考のすみで波紋が起きる。だったら、今触れてきたのは誰なのか。共働きの両親は出来のいい兄に期待していて、夏生のことは放置気味だ。兄が体調を崩した時は仕事を休んで付き添うのに、夏生が熱で学校を休む際には普通に出勤していく。

(あんたは丈夫だし平気でしょ)

……だから、こんなふうに世話を焼かれることはまず、ない。

それ以前に夏生は大学進学を機に家を出たきり、一度も実家に帰っていない。就職後の転居ではあえて新住所を知らせなかったし、今回引っ越す時もいっさい連絡はしなかった。

じゃあ――だったら誰、が……？

（また体調崩したのかよ。しょうがないなあ……オレは仕事行くからな）

ふっと脳裏によみがえった声と、その主――「あいつ」の姿はすぐに自分で消去した。

夏生との関係を一方的に切り捨てたのは「あいつ」の方で、だから傍にいるわけがない。

それ以前に「あいつ」こそ、今の夏生の居場所なんて知りもしないはずだ。

あん、と鳴く声が、ふと耳を打つ。あんあん、と続く催促じみたそれが、記憶のすみに引っかかる。――そういえば、ついさっきまで傍に子犬がいたはず、で。

でも、今の今――ベッドに顎を乗せてこちらを見ていたのは、エレ、のはず……？

そこまでが、思考の限界だった。そのまま、夏生の意識は深く底に沈んでいった。


夏生が初めて「エレ」に会ったのは、祖父宅に滞在していた春休みのことだった。

小学校入学を目前にした「あっちゃん」から、子犬が怖いと相談されたのだ。しつこく追い回される上に群れでやってくるから困る、だったか。

（だいじょうぶだって。そんなの、おれがやっつけてあげるからっ）

若気の至りと言うべきか、子どもなりの年上の男としての見栄と言うべきか。状況も知らず言い切った流れで、夏生は初めてあっちゃん宅に出向くことになった。

意外と近所だったのにその時が「初めて」だったのは、あっちゃんが夏生を自宅に呼びたがらなかったためだ。

（だって。おにいちゃんたちがいるとしつこいもん。なのに、あそぶときはおいていかれるし。……なっちゃんまでつれていかれるかもだから、やだ）

そうと言われてまで押す気はなかったし、遊ぶだけなら祖父宅やその近所でも十分だから夏生にも不満はなかった——のに、実際に行ってみて思ったのは「もっと早く来ればよかった」だった。

あっちゃんが「怖い」と言っていた子犬は、生まれて一か月にも満たない小麦色の毛玉が七匹だった。いわゆる古民家の土間でうごうごころころしていたのが、あっちゃんを見るなり示し合わせたように突進してくる。

悲鳴を上げて抱きついてきたあっちゃんを恰好よく背中に庇ったくせに、夏生の足元に辿りつくなりふんふんと鼻を鳴らし、後ろ脚立ちで鳴く可愛さに秒で陥落した。その場に座り込み子犬まみれで遊びまくってしまい、我に返った時には背中から横に移動していたあっちゃんにじいっと見つめられていた。

ばつの悪さにへらりと笑ったら、あっちゃんは少し拗ねたように「ずるい」と言ったのだ。

（ごめん、その、あっちゃんちのいぬなのに、）

（なっちゃんじゃなくて、こいぬがずるい。なっちゃんのともだちは、あっちゃんなのに）

そう言って抱きついてきたあっちゃんに、その年なりにでれっとなった。

（だいじょうぶ、おれがいちばんすきなのはあっちゃんだから。あっちゃんはとくべつで、ほかの人とはちがうから）

言い募った甲斐あってか、あっちゃんはじき笑顔になった。その後は毛玉たちと、実はすぐ近くで様子を見ていた母犬と一緒に遊んだ。

その母犬が「エレ」だった。今思うにゴールデンレトリーバーだったのだろうエレは人懐こくて優しくて、以降夏生が遊びに行くたびに近くに寄ってきてくれた。落ち込んでいる時はじっとくっつくように傍にいてくれて、あっという間に大好きになった。

転機が来たのは、その数日後だ。たびたび訪れるようになったあっちゃん宅で、子犬の一匹が貰われていくところに居合わせた。七匹いた毛玉はその時点で二匹しか残っていなくて、寂しいと思いながら何も言えずにあっちゃんと一緒に物陰から見送った。

その時に子犬を抱いて車に乗ったのが、夏生と同年代の子どもだったのだ。

もしかして、自分もエレの子犬を貰えるんじゃないのか。

思いついた勢いであっちゃんのおばあさんに訊いてみたら、まだ行き先が決まっていない子が一匹いると教えてくれた。

（十年以上生きるし大きくなる犬だから、責任を持ってくれる人にしかお譲りできないの。まずはおうちの人に相談してみてね）

頷いて、祖父宅まで駆け戻った。ちょうど庭にいた祖父にせがんで電話してもらって、母親に一生懸命頼んでみた。

（何言ってるの。お兄ちゃんが犬嫌いなのは知ってるでしょ）

（夏生がお世話？　そんなの、できるわけないじゃないの）

（我儘もいい加減にしなさい）

呆れ声で言われたあげく、「用はそれだけ？」の一言で通話が切れた。静かになった子機を手に奥歯を噛んでいたら、横合いからぎゅっと誰かに抱きつかれた。ぼんやり顔を向けた先には困り顔のあっちゃんがいて、じっと夏生を見上げていた。

勝手にひとりで飛び出した夏生を、追い掛けてきてくれたのだ。少し遅れてそれに気がついて、急に泣きたくなった――。

駄目と言ったら絶対駄目なのが、夏生の両親だ。家の中でも外でも優先されるのは兄で、「出来が悪い」夏生はいつでも後回しになる。

よく知っていて、それでも毎日のように電話した。散歩もお世話も自分でやる、お金がかかる分は家の手伝いをするし、大きくなったらアルバイトだってする。もちろん勉強も頑張るからと一生懸命に訴えたけれど、許可が出ないまま春休みは終わってしまった。

それでも諦めきれなくて、一学期の間に何度も両親に頼んでみた。何でも言うことを聞く、我が儘も言わない、かかるお金は働くようになったらちゃんと返す。どんなに訴えても聞き入れられることはなくて、最後にはその話が出ただけで無視されるようになった。

次の夏休みに訪れた時には、当然のことにエレの子犬はすべてどこかに貰われていた。わかっていても悲しくて、悔しくて泣いてしまったら、あっちゃんとエレに慰められた。

（エレが、つぎにまたこいぬをうんだら、なっちゃんにあげる）

（うちにいるあいだは、むりだと思う。……大きくなって、はたらくようになったら）

兄がいるから駄目だと言うなら、夏生が家を出てからにすればいいのだ。子ども心に決意して、その後数年は必要な情報を集めた。必需品は何か、何を食べさせればいいのか、どんなお世話が必要か。

けれど実際に就職したところで住まいは賃貸アパートだ。ペット可の物件は家賃が高い上、飼えるのも中型犬まで。だからといって戸建てで独り住まいは金銭的にも広さとしても不向きだ。大型犬の室内飼いとなると許可される物件も少なく、さらにハードルが上がっていく。

就職したての頃は仕事を覚えるのに精一杯で、日常に忙殺されていた。落ち着く頃には同居人もとい同棲する恋人がいて、いつしかその気持ち自体を忘れてしまっていた――。

「――おいこら、待てって」

低く響く声で、目が覚めた。

湧き起こった違和感に飛び起きる前に、胸から喉にのしっとした重みが落ちる。ピンポイントで鎖骨の真ん中、少し上の窪みのあたりに押し込まれて息が詰まったと思ったら、唐突にその重みが消えた。

反射的に大きく息を吐いたとたん、発作みたいな咳が出た。止まらないそれを必死で堪えている間に、うっすらと頭痛が起きてくる。同時に、喉の奥で吐き気がしてきた。

アイボリーの地色にベージュ模様の天井は、祖父宅の――かつて祖父の部屋だった場所のものだ。位置と広さから、引っ越してすぐに自分の寝室にすると決めた。

ひとりで決めてひとりで引っ越してひとりで暮らしているから、合鍵は誰にも預けていない。住所変更を知らせたのも勤務先だけで、だからこの家に夏生以外が「いる」わけがない。

……なのに、どうしてすぐ傍で人声がするのか。すぐ近くに複数の気配があるのか。

庭で草の山に突っ込んだのが最後だったはずなのに、どうして自分は寝室にいるのか？

「う、――……っ」

「水、飲めそうですか」

ヒリつくように、喉が痛む。かかった声に辛うじて頷くと、すぐ傍で動いた気配に予想外に丁寧なやり方で上半身を起こされた。ぐらりと襲った目眩に瞼を閉じた直後、唇にひんやりと硬い何かが――おそらくコップが押し当てられる。

開いた歯列から、少しずつ水が入ってくる。冷たすぎず温すぎずのそれはかすかに柑橘系の味がして、かつて感じたことがないほど美味しい。

うまく飲み込めないことに焦れて少々噎せたら、今度は口元にタオルを当てられた。ゆるく息を吐いた直後に再びコップの感触があって、今度は意識してゆっくり嚥下する。

「まだ飲みますか？」

声に、小さく首を横に振る。かすかな物音の後、またしてもゆっくりと、先ほどとは逆の動きでベッドに下ろされた。

頭が枕につく感触に心底安堵した後で、違和感を思い出す。

間違いなく「誰か」いる。この感じだと明らかに、介抱されている。

何がどうしてそうなったと、改めて記憶を浚ってみた。

……草の山に顔を埋めたまま動けずにいたのを、誰かが引き起こしてくれたのだ。うろ覚えだけれど、その誰かの肩を借りてこのベッドまで辿りついた。いくつかの質問をされてどうにか受け答えをして、水を飲ませてもらった――ところで、記憶はいったん途切れている。

……でも、いったい誰が？

改めて、思い至るなり全身から血の気が引いた。勝手に落ちようとする瞼を必死で押し上げて、夏生は絶句する。

「……え、れ――じゃない、よね……？」

やっとのことで絞った声は、我ながらひどく擦れていた。

垂れ気味の耳と垂れ目がちの優しい顔が、ぽすんとばかりにベッドに乗ってじいっとこちらを見つめていた。夏生と目が合うなり、小麦色の頭が傾げる形に小さく動く。

ゴールデンレトリーバーの寿命は、確か十二、三年のはずだ。夏生が小学生の時に出産していたエレが存命していたら、それこそとんでもない長寿に違いない。それに、よくよく見れば顔の輪郭が記憶にある「エレ」とは違う気がする。

いや待て、問題はそこではなく。

気を取り直した拍子にか、額にあった重みがずり落ちる。視界を塞いだそれをやたら重い腕で押しやる間も、犬とは視線が合ったままだ。

「えー……もしかしてコレも、さっきの水もオマエ――」

「残念ながら、そこまでの躾は無理じゃないですかね」

不意打ちの声にぎょっと顔を向けるなり、犬よりももっと手前の夏生の枕元にいた人物と目が合った。

時間までもが、止まった気がした。――それが、昨日のスーパーでは夏生を睨み、今日の午前中には古民家喫茶で出くわした強面の男だったからだ。

私服警察という言葉が、瞬時に脳裏に浮かんだ。

「気分はどうですか。食欲は？」

「あ、……や、その」

気遣う声で我に返って、慌てて身を起こす。とたんにぐらりと襲った目眩に、あれと思う間もなく身体が傾いだ。ヤバい、と思った時にはバランスが崩れていて、ベッドから落ちるかもなと他人事のように思っ――ていたら、横合いから伸びてきた腕にあっさりと捕獲された。

「ぅあ、その、申し訳……」

「軽度の熱中症だったようですよ。あとは寝不足と疲労に栄養失調気味」

「え、」

「昨日の往診でそう言われて、点滴もすませました。今朝は熱も下がって落ち着いたとさっき電話したら、念のため明日まで休養するようにとのことです。ああ、治療費は立て替えておいたので、後で領収証を渡しますね」

立て板に水とばかりに淡々と言われて、夏生はぽかんとする。

「ねっちゅうしょう……おう、しん？」

「診察の時も自分で受け答えしてましたし点滴も自分で希望されましたけど、覚えてない？」

そんなことが、と首を傾げてから急に思い出す。

そういえば、枕元に白衣の老人がいた記憶がある。「このあたりでいつも献血する」と右腕を出して自己申告し、そこに刺さった針を見ていた、ような。

「往診を頼む時もですけど、家の中に入るのも台所を使うのも一応許可を取りました。でも、その様子だと覚えてないみたいですね。改めて謝っておきます。勝手をしてすみません」

「ゃ、……こっち、こそ、めんどう、をありが、と——って、え？　なん、で、ここ……？」

丁重な仕草で謝罪されて慌てて礼を言っているうち、夏生の頭の中でぽつぽつと記憶の断片が浮かんできた。

ひどい頭痛と吐き気で魘（うな）されていた時、額や頬の汗を拭ってくれた手。折りに触れ頭を起こし、水を飲ませてくれた。汗ばんで不快になった枕カバーを取り替えてもらった、ような覚えもある。

（昨日の往診でそう言われて）

つまり、この男は昨日も今日も傍についていてくれたということにならないか。

（詳しいお話はまたのちほど、お伺いした上で。——そう言ってましたよ？）

ふっと耳の奥によみがえったのは、古民家喫茶の老女の声音だ。けれど、それが現状と繋がらない。

何より気になるのは、この男がどうやってこの家——夏生の「自宅」を知ったのか、だ。

初対面は目が合っただけで、喫茶でも名乗った覚えがない。名乗ったとしてもこの家の表札は祖父の生前のまま替えておらず、つまり夏生とは苗字が違う。

定まらない思考を凝らしてゆるく頭を振るなり頭痛と目眩が強くなって、つい口元を押さえる羽目になった。

「大丈夫ですか。横になりますか？」

耳元で聞こえた声に瞬いて、唐突に――今さらに気付く。視界がぐらぐら揺れるのに、身体が安定しているのは長い腕が背中に回っているからだ。そういえば、先ほどベッドから落ちるところを支えてもらったが、どうしてずっと抱えられたままなのか。

「あ、すみま……？」

近すぎる距離を意識したとたん、伝わってくる体温を生々しく感じた。離れようと慌てて分厚い胸を押した――ら、どういうわけだかかえってきつく抱き込まれる。思わず見上げた先、強い視線に見据えられて怯んでしまった。

(いかにも職質とかされそうだよな)

いつかの「あいつ」の台詞が脳内でリピートして、辻褄が合った気がした。

不審者として、警察にマークされていたということか。だから住まいを調べて様子見に来て、夏生を逃がさないために昨日今日と付き添った。

……うろ覚えだが、確か殺傷事件の犯人断定であっても、怪我や疾病があればそちらの治療が優先されるはずだ。

思い至って、ざあっと全身から血の気が引いた。

「ぁ、の……おれ、なにか、しました、……？」

やっとのことで絞った声に、至近距離の男が軽く眉を寄せる。「ひとまず横になりましょう」との声に頷く前に、丁寧なやり方で枕に頭を戻された。布団の上に落ちていた濡れタオルを、絞り直して額に置いてくれる。

支えてくれた体温が離れたのを、妙に寂しく思う自分は何なのか。自己嫌悪と同時に遅まきな覚悟を決めて、夏生はまっすぐに男を見上げた。

「なに、かふしんな、真似、とか……で、もあの、おれ、前科、とかは別、になくて。やましい、ところ、も……えと、子犬を勝手に泊めた、のはたしかにせんりょ、でした、けど。ぬすも、うとか、そういう、のではなく、あたま、がうまく働いてなく、て」

必死で喉を絞る間に、あんあん、と聞き覚えた鳴き声がした。

真面目な顔で聞いていた男が、軽く身を屈める。上体を起こした時には、見覚えのある子犬を捉えていた。かなり雑な扱いに見えるのに、小さな尻尾は高速でぶんぶん動いている。

「一応、もう一度確認しますが。コイツを布団に上げても構いませんか」

「ぁ、……ぅ」

声に詰まって、慌てて頷いた。

布団に下ろされた子犬が、すっ転ぶ勢いで胸元まで上がってくる。

鎖骨の上を踏まれる感触で、寝起きのアレはコレだったようだと悟った——とたん、べろんべろんと顔を嘗められた。

「ぅわちょ、」

どうにか上げた腕でガードしたら、今度は耳側に移動され目元をべろべろとやられる。さすがに辟易していたら、ふいにその攻撃が止んだ。見れば、子犬は男に捕獲され抗議するようにあんあんと鳴いている。

「完全に懐かれましたねえ」

「……はあ」

「水分は必要ですか。空腹では？」

「あー……今はまだ、いいです」

とても微妙な気分でそう言ったら、男は少し思案顔になる。

「で、確認なんですけど。もしかして、俺のこと警察か何かだと思ってます？」

「……違う、んですか？　その、不審者としてマークしてた、んじゃあ」

「まさか。昨日見たでしょう、あの店で厨房担当として働いてます」

「えー……」

あり得ない、という言葉こそ飲み込んだものの、一音にもろにその響きが出た。またしてもずり落ちかけた濡れタオルをどうにか押さえて、夏生は改めて男を見る。

今は私服らしい黒シャツ姿だが、古民家喫茶では作務衣姿だったはずだ。手ぐしでかき回したのか昨日は整っていた髪が今は乱れて、それが精悍さに繋がっている。

「――その身体、と顔で？」

先ほど触って痛感したけれど、思っていた以上にしっかりした体軀だ。横に並んだら夏生なんか、貧弱以下に違いない。夏生が使うと下手な変装か、不審者でしかないサングラスも、この男がかけたらそのスジの人に早変わりだ。

「いや、それは関係ないでしょう」

「そ、うかもしれませんけど……ええと、マジで？」

「マジです」

苦笑した拍子にか、男の雰囲気がふいに砕ける。夏生の言葉まで崩れたのはそれにつられたのに加えて、子犬が彼の腕の中で背伸びをし、強面の顎と言わず鼻と言わずべろべろと嘗め回しているせいだ。

「あの、じゃあ何で、ここが」

「レジにいた祖母から伝言は聞いてますよね」

「聞きました、けど」

微妙に問いを外されて、夏生はつい顔を顰めた。それを見て、男は軽く笑う。

「昨日の続きですけど。コイツを飼う気はありませんか」

軽く掲げるようにされた子犬が、きょとん顔で男を見下ろす。あん、と鳴いてもだもだともがいた。それを眺めて、夏生はいやいやと首を振る。

「や、でも昨日だったか、先約があると」

「それは気にしなくていいです。希望があったのは事実ですけど、許可が出なかったので。コイツも全然、懐かなかったですし」

「……はあ」

確かにとそこは納得し、覚えた疑問を口にした。

「でも、そいつずいぶん人懐っこいですし。おれじゃなくても、飼いたい人はいくらでも」

「残念なことに、これまでの希望者の誰にも懐かなかったんですよね」

言いながら、男は子犬を布団に下ろす。仰向けに転がしたかと思うと、腹をぐりぐりと撫で始めた。子犬はと言えばされるがまま、舌を出して尻尾をぶんぶんに振りたくっている。

「あー……でもその、おれも許可とか貰ってません、よ？」

「出てますよ、ちゃんと」

軽く笑った男がぽんと叩いたのは、布団に顎を乗せたままの大型犬の頭だ。わずかに顔を動かし、上目に男を見上げている。

意味がわからず、夏生は瞬く。と、男がふと表情を移した。

「一応、脚は拭いたんですが。室内不可であれば、こいつはすぐに外に」

「いやそれはないですから」

どのみち、掃除もろくにしていない家だ。むしろこの惨状に上げてしまったことの方が申し訳ない――もとい、みっともない。

それに、ゴールデンレトリーバーは室内飼いが推奨されている犬種だ。シーツに転がった子犬はもちろん、成犬の方も毛並みや艶からしてきちんと世話されているのは明らかだ。

「あの、それより許可っていうのは」

「シエル。本当にいいんだな？」

夏生の問いに、男が声をかける。何故か、傍らの大型犬に。

応えるように、どうやらシエルという名前らしい成犬が吠えた。ぽかんと見返すだけの夏生に、男はシエルの頭を撫でながら言う。

「こいつの仔の譲渡には、こいつの許可が必要なんです。うちだけの決まり事なんですけど」

「えー……そんなん、アリなんですか」

「うちではアリなんです。アリにするしかない、とも言いますが。……シエルはうちの五代目なんですけど」

一代目の初めての出産の時から、特定の相手にしか懐かない子犬がいたのだそうだ。その時は「いずれ馴染むだろう」と譲ったものの、そうした子犬は必ずと言っていいほど懐かずに返されたり、反抗したり脱走したりする。その後の出産でも二代目になっても毎回でこそないものの、生まれた子犬のうちのごく少数——一匹か二匹にそういう子犬がいた。

加えてそうした子犬を譲る時に限って、母犬が抗議のような行動を見せたのだそうだ。二代目になるとかなり露骨で、該当する子犬だけを隠そうとしたり、飼い主希望者に近づけるのを厭がったりしたのだとか。

そうした紆余曲折を経て、「特定の相手にしか懐かない」子犬に限っては「本犬の意向と母犬の許可優先」になったらしい。

「なので、懐いた相手が引き取ってくれないと困ったことになるんです。特にコイツはえり好みが激しくて、うちでも俺と祖母にしか懐いていないので」

「え」

「他の家族にも、よく知ってる近所の人にも俺の友達にもまず近寄りません。店で会ったあいつはコレの目が開いてすぐに顔を合わせたんですけど、未だにあの通りです」

はあ、と長いため息をつく男の手元で、子犬はいつの間にか眠りに入っている。どうやらスイッチが切れたらしい。

「見た限り、コイツのことは気に入ってくれてますよね？　一晩とはいえきちんと世話もしてもらったようですし、店でもコイツを優先してくれてましたし。玄関先にトイレと水が置いてあって、室内飼いにも抵抗がない。おまけに庭もそこそこ広い」

「え、いやちょ、待っ……あの、おれ今まで犬とか飼ったことがなくて、だから世話の仕方がわからないです、し。その、食事とか、ちゃんと面倒見られるかどうかも」

「そこは俺がお教えしますよ。食器やリードも、うちにあるコイツ用のを譲ります。獣医も紹介しますし、手作りフードを売ってる知り合いもいます」

「いや、でもあの、そういえば！　ウチに泊めた時の子犬の食事ですけど、たぶんまずかったと思うんです。その」

この際とばかりに与えた内容を詳細に説明し、潔く謝罪もしておいた。それへ、彼は「あ、そうなんですか」と軽く頷く。

「そこは今後きちんとしてもらったら十分です。さっき言った知り合いのところなら子犬用から成犬、老犬用フードまで取り揃えてますから安心ですよ」

「で、でもその、おれなんかその程度のこともできなくて」

「困った時はいつでも連絡してください。幸い、俺の家はここからそこそこ近いんです。仕事中はさすがに無理ですが、それ以外なら最優先で応じますよ」

にこやかな笑みとともに言われて、逃げ場のない際に追い詰められている気がしてきた。ぶり返してきた目眩を堪えて、夏生はそれでも反論する。

「そ、れはありがたいと思います、けど！　でも見ての通り独り住まいですし、引っ越しの荷解きもまだで家の中もこの状態な上、庭だってあの通り草ぼうぼうで」

「だったらそれも手伝いますよ。お安いご用です」

　あり得ない言い分に、今度こそ絶句した。それをじっと見ていた男が嬉しそうに笑う。

「久しぶりすぎたかな。まだ思い出せない？」

「……は？」

　唐突に変わった口調に、別の意味で虚を衝かれた。追い打ちのように、男が続ける。

「犬飼いたいってずっと言ってたよね。お兄さんが嫌いだから今は無理だけど、家を出たら絶対飼う。その時はエレの仔が欲しいって。――……エレはもう逝ったけど、シエルはそのひ孫だよ。なっちゃんに懐いたコイツは玄孫（やしゃご）」

　お座りしたままじっと夏生を見つめるシエルをひと撫でして、男はすぴすぴと寝入ったままの子犬の剝き出しの腹をつつく。

「えれ、って……なっちゃ、ん――？」

　どうしてそこでその呼び名が出るのか。

　エレはともかくとして、夏生を「なっちゃん」と呼ぶのは「あっちゃん」だけだったはずだ。それだって二十年も前の、ほんの二年ほどの間のことで。

「……あっちゃんの、お兄さんか、弟さん……？」

　目の前の男を、まじと眺めてみる。夏生と同世代とも年上とも年下とも判じにくいが、他に心当たりがない。

　男が、落胆したように肩を落とすのがわかった。

「そう来るか。結構……かなりショックだなあ」

苦く笑った男が、ふと身を乗り出す。ベッドの上、思わず首を縮めた夏生を覗き込むようにして声を落とした。

「本人だよ。ばあちゃんからは未だにあっちゃん呼びされてる。——本名は明良だけど」

「……——え、？」

ごくん、と息を呑む音が、自分の耳にもはっきり聞こえた。

「いや待て、あっちゃんは小さくて細くて、身体が弱くて」

「あの頃はアレルギー気味だったからね。小学校に上がって少ししたくらいから治まって、だんだん丈夫になったんだ」

「いやでも、色白で笑顔が可愛くて。食が細くて、自分のおやつも残すくらいで」

「そういやあの頃のなっちゃんて俺が好きなおやつは絶対残して、俺にくれてたよね。自分もおなか減ってるのに、我慢してまで」

確認するつもりで言ったのに、ずいぶん昔の話を掘り起こされた。——あっちゃんと夏生と、亡き祖父しか知らない話だ。

「え、だってそれやるとあっちゃんすごく嬉しそうに笑ってくれたし。おれの方が年上だし。……じゃなくて、体力もないから頑張っても習い事が続かないって気にしてて」

「丈夫になるのと同時に食べられるようになったし、習い事も続けられるようになったんだ。

たぶん反動だと思うけど、身体を動かしたくて運動系選んで、小学校中学年くらいからは夏になると真っ黒になってた。——まだ信じられない？　そんなに顔、変わってるかな」

言って、男は困ったように自分の頬を撫でる。まじまじとその顔を眺めてみれば、確かに切れ長の目元に耳から顎のラインは記憶の中の「あっちゃん」にぴたりと重なった。

「え。……あれ？　けどあっちゃんて女の子、じゃあ」

「男だよ。まあ、確かにあの頃は母親の着せ替えに付き合わされて、女の子にも見えそうな恰好させられてたけど」

「おんなのこに、みえそうなかっこう」

「うち、男ばかり四人兄弟だからか母親が女の子を欲しがっててさ。あの頃の俺は身体が弱くて、兄たちみたいに駆け回って泥だらけとかまずあり得なかっただろ？　それがちょうどよかったらしくて」

いかにも女の子らしい色柄でなければ、素直に着ていたのだそうだ。もっとも少し油断すると、従姉妹（いとこ）のお下がりのフリルレースつきやスカートまで当てられそうになったらしい。

「もちろん断ったけどね。一応、男だっていう自覚はあったから。まさかなっちゃんが誤解してるとは思わなかったけど」

妙に楽しげに言う男を眺めて、思い出す。そういえば、当時の夏生は口にこそ出さなかったものの「あっちゃんスカート穿（は）かないのかな」とか、「似合いそうなのにピンク着ないのかな」などと思っていたのだ。

「他は…ここの庭に落とし穴掘ったらなっちゃんが落ちちゃって、おじいさんにこってり叱られたことがあったよね？　ふたり並んで廊下に座らされてさ。あの時は怖かったよね」

「う、あ……」

予想外すぎる状況に、だらだらと背中に汗が浮いてきた。逃避気分で天井に視線を移した夏生のすぐ傍で、男が苦笑したのがわかる。

「全然気付いてなかったんだ？　俺はスーパーで見てすぐわかったけど」

「えー……」

何で、どうして。だって「あっちゃん」は夏生にとって特別だったのに。「特別に大事な女の子、だったのに――。

「なっちゃんは、俺が男だと厭？」

混乱していた意識が、その一言で引き戻される。反射的に顔を上げると、男――「あっちゃん」こと明良は広い肩を縮めるようにして、夏生をじっと見つめていた。

「や、まさか。そりゃかなり驚いた、けどっ。だってあの頃のあっちゃんてすごく可愛かったし、おれが守ってやるつもりだったから」

「過去形なんだ？」

あわあわと言い募ったら、想定外の問いが来た。瞬いた夏生を至近距離で見下ろしたまま、

「あっちゃん」こと明良は言う。

「俺、ずっと待ってたんだよ。なっちゃんが来てくれるの」

「あ、いや、それ、は」

「来年も、再来年も絶対来るって約束したよね。だから毎年、今度こそって楽しみにしてた」

「う、」

言い訳のしようもなく黙った夏生の頬を撫でて、明良が笑う。ふわりとした笑みは強面には意外すぎて、なのにやけに自然でついつい見惚れた。

「引っ越してきたんだったら仕切り直しでいいよね。これからも、守ってくれるよね？」

「……いやその、どう見ても無理っていうか立場が逆――」

やっとのことで反駁した夏生に、明良がしゅんとする。強面なのに、下手をすると夏生より年上に見えるのに――器用にも上目で見下ろしてくる。

「駄目、なんだ？」

「いやもちろん駄目じゃない、けどっ」

記憶にある「あっちゃん」そのままの風情でぽつりと言われて、反射的にそう答えていた。げ、と気付いて口元を押さえた時にはもう、身を起こした明良がにんまり笑顔になっている。

「決まりだね。じゃあ、これからもよろしく」

「よろしく、っていやそうじゃなくてっ」

泡を食って言いかけたのを、にっこり笑顔で封じて明良は言う。

「とりあえず今日はベッドから出ないようにね。待ってて、何か食べるもの取ってくるから」

「え、ちょ、あの」

「シエル、見張り頼むぞ」

ずっと双方を見比べていたシエルの頭をひと撫でしたかと思うと、明良は寝室から出ていった。半分身を起こしかけた恰好も空しくそれを見送って、夏生はため息をつく。

「えー……ちょっと待て。何がいったい、どういう……？」

急展開すぎて、うまく処理できない。そんな気分で額を押さえていたら、「くぅん」という声がした。見れば、ベッドの縁から顔を覗かせたシエルが首を傾げてこちらを見ている。

「エレのひ孫、か。……で、玄孫」

シーツに転がった子犬は気持ちよく寝入ったままだ。実はかなり大物なんじゃないのかとつくづく思う。

「そんで、……あっちゃん、が」

まさか、会えるなんて思ってもみなかったのに——まさか、これからもよろしく、なんて。

思ったとたん、じわりと胸の奥が柔らかくなった。そんな自分に戸惑って、夏生はじっとこちらを見たままのシエルを見返す。思い切って言った。

「あ、のさ。……コイツ、おれが貰っていい、かな。その、できるだけのことはする、から」

4

インターホンが鳴る音で、我に返った。

瞬いた先のディスプレイを数秒眺めてから、夏生は顔を横向ける。壁にかかった時計が指すのは、午前五時過ぎだ。見れば仕事部屋の床に置いた犬用ベッドで寝ていたはずの子犬――リオンが、転がるように玄関へとすっ飛んでいくところだった。

再び鳴り響くインターホンを聞きながら、データを保存して席を立つ。玄関先であんあん鳴いていた子犬を抱き上げてドアを開くと、予想通り明良とシエルがそこにいた。

「おはよう。散歩に行こうよ。……って、なっちゃん昨夜ちゃんと寝た？」

いい笑顔だった明良が、言葉の後半で顰めっ面になる。その顔怖いぞと思いながら、夏生は短く「寝たよ」と返した。

「でも寝不足だよね。そういう顔してる」

「仕事が押してんだよ。予定外に引っ越したりしたからさ」

自業自得だとばかりに言ったら、どういうわけか明良がしゅんとなった。その足元に転がった子犬は、シエルに鼻先でつつかれている。

「……もしかして俺、仕事の邪魔してる？」

「は？」

「毎日押しかけてるし、寝込んだ時も勝手にいろいろやったし。だったらリオンの散歩は俺とシエルで行くから、その間なっちゃんは寝ててくれたら」

「いや待て何でそうなる？　仕事も引っ越しもおれの自己責任だって何度も言ったろ。リオンだって、飼うと決めたのはおれなんだし」

「でもさ」

「いいから少し待ってろ。すぐ支度してくる」

しょんぼり顔の明良をよそに、夏生は家の中へと引き返す。パソコンの電源を落とし、明良から譲り受けた子犬用のリードと散歩バッグを手に玄関先に戻ると、造り付けの下駄箱の上に見覚えのあるバスケットが鎮座していた。

「明良、これって」

「朝食の材料。散歩の後、ここで作って一緒に食べようと思って」

予想通りであり、いつも通りでもある返答に夏生は少々困惑した。

「そこまでしなくていいって前にも言ったろ？　せっかくの休みなんだから、散歩が終わったら帰って二度寝でもすれば」

「……なっちゃんは、俺の朝食は食べたくないんだ？」

「何でそうなるんだよ。そっちこそ、よそんちに来てまで料理するの面倒じゃないのか？」

呆れながら、夏生は履きかけの靴に踵を入れる。しゃがんだついでにシエルにじゃれついていた子犬を捕まえ、リードをつけて抱き上げた。

午前五時台とはいえ、日が長いこの時季は十分明るい。玄関ドアを施錠し適当に被っていた帽子を直すと、先に門に辿りついていた明良を追って足を速めた。

樹木のてっぺんに囲まれた空はまだ薄暗く、日の出までもう少しかかりそうだ。朝特有のひんやりした空気の中、鳥の声だけが時折響いている。

「毎度思うけど、この時間って静かだよな」

「このへん家も立て込んでないし、特にこの時間帯は車通りもほとんどないからね」

「だよなあ。電車の音もしないし、昼間でもあまり人の声とか聞かないし。ここんとこ、探検の子どもも来なくなったし」

言いながら振り返ってみた「自宅」の、一階と二階の窓を覆っていた蔦はきれいに除去されている。門扉から見える庭にぼうぼうに生えていた草も刈られ、今は子犬とシエルの遊び場になっていた。

「とりあえずオバケ屋敷疑惑は薄れた、かな」

「ああ、それ。そういう話になってるみたいだよ」

「そういう話って何」

明良の声が笑みを含んでいるのを知って、夏生は振り返る。つきあいで立ち止まってくれたらしい男を見上げて、どちらからともなく歩き出した。

「なっちゃんが引っ越してきた頃から、誰もいないはずなのに明かりがついてるって話は子どもの間で出てたらしいんだ。行ってみたら本当に出たって目撃情報が一瞬飛び交って、その後すぐに少し前に引っ越しの車が来てたって確定情報が出た」

引っ越し業者の来訪が鍵だったらしい。そこに蔦や庭の草の除去という事実が重なって、「もうオバケ屋敷じゃない」という話に落ち着いたのだとか。

見た目の違いでそこまでか、と感心していると、隣の明良がふいに「おはようございます」と口にした。目をやると、ちょうど「一番のご近所さん」の横を通りがかったところだ。

「おう、明良くんか」と気安く返したその人とまともに目が合う。慌てて会釈はしたもののその後どうすればいいかわからず、つい明良の陰に入ってしまった。

「お久しぶりです。調子はいかがです？」

「まあまあだね。それはそうと、花火大会の準備は進んでるのかい？」

「俺は今回役員じゃないので詳しくは知りませんが、そこそこ順調みたいですよ。うちも出店をやるので、よかったら寄ってってください。それ用の新メニュー考案してるんで」

「そりゃまた盛況だねえ」

ぽんぽんと続いた会話は、にこやかな余韻とともに終わった。明良にくっついて「ご近所さん」の敷地から離れた後で、夏生は改めて隣を見上げる。

「……ずいぶん親しいんだな？」

「ご近所のうちだからね」

「え、でも明良んちって逆方向……」

「広いようで狭い町だから、知り合いじゃない人の方が少ないよ。あのおじさんもなっちゃんのこと覚えてると思うし、気軽に声をかけたらいいんじゃないかな」

当たり前のように言われて、夏生は返答に詰まる。ふいと前を向き、ちょこまかと先を行く子犬を追って足を速めた。

「二十年も前のことだし、それはないだろ。それはそうと、花火大会とかあるんだ？」

「ああ、うん。このへんの恒例行事だけど、始まったのって十五年くらい前だからなっちゃんは知らないかも。夜七時から打ち上げが始まって、二時間くらいかな。例のスーパーがあった通りをメインに、ずらっと出店が出るんだ」

「へー」

「うちは営業時間外なんだけど、店の庭先で出店やる予定。俺は今年は朝早くから仕込み担当だから、午後には空くんだよね。なっちゃん、一緒に花火見に行かない？」

「……行かない。人混みは苦手だ」

明後日に飛ばした話題の着地先は、どうやら地雷原だったらしい。気まずさを隠して答えながら、ふとこれまで思いもしなかった疑問が浮かぶ。

祖父が亡くなったのが二年前で、夏生に相続の知らせが来たのが約一か月前だ。一応の管理をされていたからこそインフラが整うのが早かったわけだが、その間あの家には誰も住んでいなかったことになる。

……けれど、それはおかしくはないか？

二年という空白もだが、そもそも通常ならあの家——祖父の財産は、夏生の母親か叔母が受け継ぐのが順当なはずなのだ。

仕事が押していた上、精神的にも余裕がない中で即引っ越しを決めたせいでそこまで考えが至らなかったが、どうにも不自然ではないだろうか。

「今日だけど、そろそろ二階の片付けに入る？」

背後からの声にはっとして、夏生は首だけで振り返る。いつの間にかすぐ後ろに追いついていた明良を見上げて、言葉を探した。

「その前に居間かな。掃除も途中だし窓も汚れてるし。……それはそうと、本当にいいのか？こっちは助かるけど、おまえここんとこ休みのたびにうちに来て掃除片付け手伝ってくれてるだろ。今日くらいゆっくり休むとか、友達と会うとか彼女とデートするとか」

「そういう予定はないから平気。厭だったら最初から手伝おうとか言わないよ。どっちかっていうと、なっちゃんちが片付かないまま放っておく方が厭かな」

「厭って、——あのなあ、あそこは一応おれんちなの。おまえがそこまで気にしなくても」

「俺が手伝うとなっちゃんは迷惑？　困ったりする？」

ひょいと顔を寄せられて、何だか見上げられているような気がしてきた。

強面の眉を下げて、明良はじっと夏生を見る。捨てられる子犬を連想させる風情はそろそろ馴染みのもので、「だからその顔はやめろ」と言いたくなった。

「迷惑なわけ、ないだろ。助かるしありがたいって言ったはずだ」

とたんにぱあっと笑顔になるところは、幼い頃の「あっちゃん」と同じだ。

そして、夏生は明良のこの顔につくづく弱い。見上げているのは夏生なのに、下手をするとこちらが年下に見られそうなのに、どう考えても夏生が「助けてもらっている」のに――癪みたいに「守ってやらないと」と思ってしまう。そんな自分が、不可解で仕方がない。

――夏生が軽い熱中症に陥ってから、今日で二週間になる。

夏生が意識を取り戻したあの日の夜、明良は当然のように夏生宅に泊まった。その際に知ったことだが、彼は夏生宅を訪れた日に状況を知ってすぐに諸々の準備をし、看病がてら夏生の寝室の床で寝起きしていたらしい。……わざわざ寝袋まで持参して。

「泊まる許可は、なっちゃんからちゃんと貰ったよ」と笑った明良に、平身低頭で謝りお礼を言った。そうしたら、あの強面に笑みを浮かべたのだ。

（役得だったから気にしないでいいよ。なっちゃんの寝顔、可愛かったし）

脊髄反射の勢いで「誰の話だ」と突っ込んでいた。

昔から、夏生が言われ慣れているのは「可愛げない」「素直じゃない」という言葉だ。空気が読めない、鈍いとよく言われるし、実際に気が利かないのも自覚している。言葉下手の言葉足らずだし、情けないほどに立ち回りも下手だ。

なのに、明良はきょとん顔で言ったのだ。

（なっちゃんは昔から可愛かったよ。優しいし強いよね）

だからそれはあり得ない。という夏生の言い分をきれいに受け流した明良はあの後さらに一泊し、翌朝早くに犬たちの散歩を終え夏生と朝食をすませた後、夏生の昼食を準備してから出勤していった。だけでなく、仕事を終えた夜にまたしても夏生宅を訪れた。

（夜の散歩に行ってくる。夕飯は帰ってからでいいかな）

想定外の言い分に唖然として、それでも夏生なりに反論したのだ。

これ以上面倒はかけられない、子犬の飼い主は自分だから散歩には自分が行く、夕食も自分でできるから明良の手を借りる必要はない。

（まだ動くなって往診で言われたよね？　あと散歩だけど、どっちみちシエルの日課だから）

けど、とそれでも反駁したら、呆れ顔で言われたのだ。

（熱中症を甘く見ない方がいいと思うよ？　それに過労と栄養失調もあったよね。これで無理してまた倒れたら……まあ、その時は俺が仕事休んで看病するからいいけど）

後半の台詞を上目遣いで言われて、ぐうのねが出なくなったわけだ。それ以来、明良は毎朝毎夕の犬の散歩の前に、夏生宅を訪れるようになった。

……それでも、それなりに復調した三日目にはもう一度抵抗した。医者が指定した期日は過ぎたのだし、子犬の散歩に行くにしたって、夏生にも時間その他の都合がある。

そうしたら、思案顔の明良に「一時間は歩くけど平気？」と訊かれた。

（あとなっちゃん、このへんの地理わかってないよね？）

ぐっと返事に詰まったのが、敗因になった。その結果、朝は定刻に夕は明良の終業次第で「一緒に散歩」することになったわけだ。

粘り強いと言えば聞こえはいいが、どうして明良はそこまで押しが強いのか。

実を言えば食事方面でも、明良の世話になっているのだ。今朝明良が持ってきたのは「朝食の材料」だが、これが勤務日だと「二人分の朝食」と「夏生用の昼弁当」になる。夕食に至ってはほぼ連日、仕事帰りに買い物袋を抱えてやってきて手早く二人分作ってしまう。

そこまでしなくていいと言えば「自分も食べたいから」と返ってくるし、申し訳ないと断れば「勝手にしていることだから気にしなくていい」と言う。

正直に言えば、気持ちはとても嬉しい。さすがにプロと言うべきだろう、明良が作る食事は文句なしに美味しい。

けれど――だからといって、のうのうと甘えられるわけもない。

（だから。いくら何でも毎食がほぼうちでっていうのはまずいだろ？　おまえも家族と一緒

に住んでるなら限度ってものが）

（ばあちゃんと親と一番上の兄貴家族の八人暮らしなんで俺ひとり抜けてもどうってことないよ。もともと過ぎるくらい賑やかだから、俺がいないことに気づいてないかも）

（……っ、それだけじゃなくて！　おれとの食事準備でキッチン占領してたりとか）

（兄貴家族の同居が決まった時点で、俺は離れで寝起きしてるんだ。そこの台所は俺専用なんで、母屋には全然影響ないから大丈夫）

（いや、だからそうじゃなくて）

（俺がここに通ってると、なっちゃん何か困る？）

必死の抗議は、けろりとした顔で片っ端から粉砕された。例の上目遣いに訊かれたところで夏生の食生活と住環境は劇的に改善しているわけで、抗議する要因は何ひとつない。

だからこそ、引け目ばかりが募っていくのだ。言葉にできないまま夏生の内側に溜まりまくって、とうとう四日前に爆発した。

（いくら何でも、そこまでしてもらったらこっちは困るんだけど!?）

記憶にある限り初めて、夏生は明良に対してキレた。とたんに目を丸くし、大柄な体軀をわかりやすく縮めた明良は、夏生を見下ろしながら見上げる風情で悄然と言ったのだ。

（俺の料理、まずかった？　なっちゃんの好みじゃない？）

（だから違、なんでそうな、）

（じゃあ好き？　好きまでいかなくても、少しは美味しいと思ってくれる……？）

じっとりじめじめした声で言われて、途方もない大きさの罪悪感に襲われたわけだ。

（あのなあ……おれが食べる量が増えてんの、わかってるよな？　おまえ、昨日くらいから作る量増やしてるだろ）

夏生は昔から食が細い。かつての同居人からも呆れられたことだが、腹が膨れたら十分くらいにしか思っていない。

（ああ、うん。俺、なっちゃんが食べてるの見るの好きだから）

ほっとした素振りで明良は言うが、その論点はズレてはいないか。ため息をついたタイミングで、またしても不意打ちが来た。

（だったら、俺と一緒に食べるのが厭なんだ？　それなら今度から作って持ってくるか、台所借りて作って帰るんだったらいい？）

（いや、だから違っ……そもそもおまえがそこまでする必要性も必然性もないって話で）

（俺にはあるよ、必要性と必然性）

するっと断言されて返事に詰まったら、明良は当たり前みたいに言ったのだ。

（なっちゃんがここにいてくれるって実感するだけで安心する。……休みにうちでじっとしてると、なっちゃんとまた会えたのも一緒にいられるのも夢じゃないかと思う時があるんだ）

（……——っおまえ、ねえ……）

一歩間違えたら――間違えなくても言葉面だけで熱烈すぎる告白だ。勝手に熱くなった顔を持て余していたら、明良はふと真顔で夏生を見つめてきた。

（変に遠慮しないでよ。俺となっちゃんの仲だろ？）

「アレ絶対、本人自分で何言ったかわかってない、よな……？」

思い出しただけで、耳まで熱くなってきた。慌てて軽く頭を振って、夏生は目の前の窓ガラスを見据える。

犬たちの散歩から帰って朝食を終えた後、居間の掃除をしているところだ。

玄関横にある八畳ほどの洋室は南向きで日当たりもいいはずが、丸二年放置の上に先日まで伸びきった蔦で覆われていたため、げんなりするほど汚れている。

真っ黒になった雑巾を折り直して、夏生はガラス拭きを再開する。結局そのまま手伝いに残った明良は帰宅後まもなく階段横にある納戸の棚が落ちているのを発見し、今はそのすぐ下にあった大工道具で「とりあえず」の修復を試みていて、時折物音が聞こえてきていた。

半開きの掃き出し窓から見える庭では、ちょうど日陰になった片隅で犬たちが昼寝中だ。のどかな光景に力が抜けるのを感じつつ、夏生は短く息を吐く。

「何でおれ、こうも明良に弱いかな……って前からか」

幼い頃が、もろにそうだったのだ。「あっちゃん」に見上げられただけで、「何がいい？何でもしてあげる」と口走った覚えすらある。頼りにされるのも常にくっついてこられるのも、尊敬混じりの目で見上げられるのも当時の夏生には新鮮で嬉しくて、だから「あっちゃん」のお願いなら全部叶(かな)えてあげたかった。

互いにすっかり図体が大きくなった今も、いわばその延長のようで——

「いや違うか。今は助けてもらう一方だもんなあ」

自分の不甲斐なさについ顔を顰めた時、電話が鳴った。

雑巾をバケツの縁にかけて、夏生は仕事部屋へと急ぐ。開けっぱなしのドアをくぐってデスクの上の子機を手に取ると、相手は職場の上司だ。

短く挨拶をしながら、そういえば明日は出勤日だったと思い出す。明日の予定時間と持参する物を確認し、これで終わりと思ったタイミングで思い出したように上司が言う。

『そういえば、西谷の連絡先について問い合わせが来てるんだけど』

「黙秘でお願いします」

間髪を容れずに即答すると、通話の向こうで上司が一拍黙った。

『相手の名前とか、確認しなくていいんだ?』

「無用です。必要な相手には自分から連絡しますので」

『そっか、了解』

あっさりそう返してきた上司は、夏生が以前の会社を退職した経緯を知っている。おかげでそれ以上追及されることもなく通話は終わった。

短く息を吐いて、夏生は子機を充電器に戻す。その時、背後から「なっちゃん」と呼ばれた。振り返ると、開いたドアのところに明良が立っている。

「その、何か困ったことでもあった？」

「は？　何で」

「ごめん、途中から聞いてたんだけど。最後のあたり、なっちゃんの声が急に変わったよね」

「……おまえどこの精密機械？」

表情があまり顔に出ないらしい夏生は、声音の方も平淡だ。どんなに落ち込んでいても悩んでいても、まず周囲には気付かれない。かつて胃痛によって食欲がガタ落ちになり、もともと平均を割っている体重がさらに五キロほど落ちた結果ちょうどよかったシャツがぶかぶかになった時でさえ、誰からも指摘されなかったくらいだ。

もしかして、見ただけで何かのデータでも取れるのか。あり得ない妄想に肩を竦めてから、夏生は明良を見上げる。

「それよりそろそろ昼にしないか？　もうじき一時になるし」

「――……うん。それなんだけど、冷蔵庫がほとんど空でさ。たまには外に食べに行かない？」

「外？」

ぴたりと勝手に足が止まる。追い掛けてきた気配が背後に留まるのを待たず、夏生は振り返って言う。

「遠慮する。おれはウチで適当にやるから、おまえひとりで行ってきな」

ひらりと手を振って台所に行こうとしたら、肩を摑まれ捕獲された。

「うちで適当にってあっちゃん、何食べる気？」

「そこはほら、レトルトやインスタントがたっぷりと」

「俺が来てるのに、わざわざ？」

期せずして、肩を抱かれたままでの睨み合いとなった。

わかりやすい拗ね顔で見下ろされても——それが近すぎる距離で落ち着かなくても、こればかりは駄目だ。もとい、ここで譲るとこの先もなし崩しになる予感が、とてもする。

絶対に退くもんか、という気迫で間近の強面を睨んでいると、明良の拗ね顔がふと崩れた。

短く息を吐いたかと思うと、器用にも例の上目遣いで見下ろしてきた。

「わかった。これから買い物行ってくるから、なっちゃんは休憩してて」

「え」

「少し待ってもらうけど、昼は俺が作るよ。何食べたい？」

打って変わったにっこり笑顔で言われて、「ちょっと待て」と思った。

「いや何で。明良ひとりで食べに行けばいいだろ？　車で来てるんだし」

「なっちゃんと一緒にいるのに？　それは厭だな。あと、俺がいるのになっちゃんにレトルトとかインスタント食べさせるなんてあり得ない」

「――……このまんまじゃ出かけられないだろ。着替えてくるから待ってろ」

こうなると、そのまま押し切れなくなるのが夏生だ。というより、そもそも「借りて」ばかりの相手に一方的に我を通そうとしたのが間違いだった。

再会以降何度も思ったことだが、ああなった明良を退かせる方法を誰か教えてくれないだろうか。

厭だ行きたくないと内心で吠えつつ身支度をすませ、玄関先に置いていた犬用の水入れを庭の日陰に移動させる。熟睡中の子犬と見上げてくるシエルをそっと撫でて門の外に出、子犬脱走防止用の柵と門扉を閉じて振り返ると、そこには明良が運転する車が待ち構えていた。

「なっちゃんさ、前から思ってたけどそれ、全然似合ってないよね」

「おい」

むっと顔を顰めた夏生の膝から帽子を奪って、明良が自身の頭に載せる。じろりと睨んだらシャツの襟元から、ついでとばかりにサングラスまで奪われた。

「店に着く前には返せよ。――言っとくけど明良がそれやると似合いすぎて怖いし、ホンモノと間違われるんじゃないのか」

「そう？」と首を傾げる仕草はシエルを連想させるが、サングラスに帽子つきの明良は中身を知っていてもつい身体が逃げるほど迫力満点だ。

「だったらなっちゃんもやめればいいのに。全然意味ないし逆効果だと思うけどな」

サングラスのままの顔をまっすぐに向けられて、夏生は瞬く。

「は？　何で。おれなんか、どう頑張ったって観光客がいいとこで」

「物慣れない感じが凄いから、人相隠したいだけの不審者と間違われる方だと思うよ」

「う、」

自分でもうすうす察していた事実を指摘されて、夏生は返事に詰まった。それをよそに流れるような動作で車を出して、明良は横顔で言う。

「たぶんだけど、コレかけてソレ被ってると悪目立ちするよ？」

「……マジか」

ぽそりと落ちた呟きに、真顔で頷かれて気持ちが砕けた。

「わかった。……もうやめておく……」

「了解。これは俺が預かっとくから」

言って、明良は外したサングラスを自分のシャツの襟に引っかけた。帽子の方は軽い手つきで、後部座席に投げている。

「あと、なっちゃんてスマホ持ってないよね。買う予定は？」

「あー……なくても困らないし、ないかな」

いろいろ面倒になったから、あの家でネットが繋がった早々に解約したのだ。現状は、むしろ快適と言っていい。

「そっか。じゃあ友達との連絡もネットか固定電話？」

「……そういうのは、当分いい」

こぼれた言葉は我ながら切って捨てるようで、夏生は気まずくそっぽ向く。明良といると、どうしてもこうだ。仕事関係や知人友人なら平淡にごまかせるのに、明良にだけはそれができない。やったつもりでもバレてしまうし、うまい言い訳も出てこない。

それをどう感じているのか、明良はいつもの口調で「そっか」と言うだけだ。

「提案なんだけど、ランチの後でどっか遊びに行かない？」

「……遊び？」

「せっかく引っ越してきたのに、なっちゃん全然遊んでないよね？　俺は地元だし穴場も知ってるから、なっちゃんが行きたいところならどこでも」

「おれはいい。明良は、行きたいなら行ってくれば。そっちこそ、せっかくの休みだろ」

本日二度目の断りを述べながら、気まずさに視線を窓の外に向ける。とたん、道沿いではためく幟（のぼり）が目に入った。

朝の散歩で明良が言っていた、花火大会のものだ。話だけではぴんと来なかったが、延々と道沿いに続く幟の数からするとかなり大きなイベントらしい。

夏生にはまったくもって興味がないが。むしろ、全力で避けたいのが本音だが。

「なっちゃんが行かないなら俺もいいかな」

「おいこら明良、おまえねえ」

もう馴染みの返答に運転席の男を見ると、ハンドルを握ったままの横顔で視線だけを向けてきた。流し目と見まごう仕草に、何となくどきりとする。

「せっかくの休みだから、俺の好きにしてもいいんだよね？　だったら俺はなっちゃんといたい。——なっちゃんは、俺がいると困る？」

「……困るんだったらとっとと追い返してるに決まってるだろ」

ここ数日ずっと思っていたが、明良の言葉のセレクトは「あっちゃん」でいた頃よりヤバくはないか。コレを誰にでもやっているのなら、相当なタラシだ。

実感しながら、夏生はふいと視線を助手席側の窓に戻す。

顔がうっすら熱いのは、全部日差しのせいだ。自分に言い聞かせるように、そう思った。


明良に連れて行かれた先は、メインストリート沿いにある創作和風料理の店だった。どうやら人気店らしく、観光客のみならず地元から来たらしいグループもいて、平日なのに席は七割ほども埋まっている。

「いらっしゃいませ……あれ、明良か」

「よ。端の席、空いてる？」

「空いてるよ。どうぞ、……？」

入り口から入るなり、明良と同世代の青年が声をかけてくる。一度も髪を染めたことがないという明良とは対照的な、明るい茶髪と黒縁眼鏡が目についた。気軽な様子で明良に頷いてから、夏生に目を向け怪訝そうにする。

あえて視線を合わせず、それでも一応会釈をする。明良の背中に隠れるように通路を進むと、一番端の店内でも目につきにくいボックス席に行き着いた。促されて座った場所は店内に背を向ける位置で、これなら誰とも目が合わないと安堵する。

「さっきの、知り合い？」

「高校からの友達なんだけど、ここあいつの兄貴の店なんだ。無理に付き合わせてごめん、なっちゃん怒ってる？」

「まさか。こっちこそ、世話になってるのに勝手ばかりでごめん」

「何でなっちゃんが謝ってんの。悪いのは俺だろ」

「違うだろ。常識的に考えておれの方だよ」

言い合ううち、先ほどの青年がオーダーを取りに来た。とたんに落ち着かない気分になった夏生は、メニューを見もせず明良と同じものを頼むことにする。

待つこともなく届いたランチは、和風なのに少し捻（ひね）った見た目と味で面白い。舌鼓（したつづみ）を打っていると、少し離れたところから声がした。

「おや。明良くんじゃないか？」

手元が狂って、箸の先にあった野菜を取り落としていた。無意識に息を潜めた夏生をよそに、明良は声の主に手を上げてみせる。

「お久しぶりです。おひとりですか？」

「ああ。明良くんは、……――」

さらに近づいてきた声の主は、どうやら夏生の存在を認めたらしく足音が止まった。全身を固めた夏生に気付いたはずなのに、明良は当然のように声をかけてくる。

「なっちゃん、まだあの家の二階には上がってないって言ってたよね」

「は？　……ああ、うん」

辛うじて返した声が、上擦ったように掠れる。それに頷いてみせたかと思うと、明良は手のひらで夏生のすぐ横――そこに立っている気配を示して言う。

「そちら山科(やましな)さん。なっちゃんもよく知ってる人だけど、覚えてるかな」

「え、」

虚を衝かれて、それでも気配に目を向けられない。そんな夏生に、あっさり続けた。

相続した後でどうするかの相談役も頼むことになってる……って、もしかして聞いてない？」

「なっちゃんのおじいさんが亡くなってから、定期的に書庫の管理に行ってくれてた人だよ。

初耳な内容に、慌てて首を横に振った。大混乱の中、必死で記憶を掘り起こす。

「そ、ういえば、叔母さんから電話で、管理とか鍵とか言われた、かも……ああ、何か渡したいものがある、とか?」

　言葉を探す間に、その人は夏生のすぐ傍まで来てしまった。どうにも顔を上げられない夏生に、穏やかな声で言う。

「ああ、やっぱり。実は外から姿を見て、成田(なりた)を思い出したんだよ。確か、夏生くんだったか。会うのは二十年ぶりかな?」

　名前を呼ばれて、観念するしかなくなった。今さらに慌てて腰を上げたものの、やっぱり顔を見ることはできず夏生は不格好に頭を下げる。

「いえ、その……お久しぶり、です」

　そういえば、と思い出したのはその時だ。確かに、祖父の古い友人に山科という人がいた。町中で、古書店をしていた人だ。初めて祖父に店に連れて行かれた時、天井まで林立し並んだ本の上にまで横倒しで本が重ねられた様子に圧倒された。もっともその後は好奇心を刺激され、話し込む祖父たちをよそにひとりで店内を探検したのだが。

　祖父に似て口数はそう多くないけれど、気がつくと穏やかに見てくれている。場違いにはしゃいだ夏生を叱った祖父を、逆に「元気でいいじゃないか」と窘(たしな)めるようなところがある。

　時折祖父宅にやってきて、夜遅くまでふたりで静かに飲んでいる――思い出してしまえば、当時の記憶はやけに鮮やかだ。それだけに、かえってずんと気が重くなった。

「いきなりだが、相席させてもらっていいかな?」

「……どうぞ」

「ああ、だったらこちらの席に」

この状況で、断れるわけもない。明良が窓側に詰めたことで、その人——山科老人は夏生の向かいに座ることになった。

「山科さんは、よくここに来られるんですか?」

「たまにね。自炊が面倒になった時、かな」

山科がオーダーする合間にも、話し相手になるのは明良の方だ。夏生はと言えば空気になって、食事の続きに戻るしかない。

残念ながら、食欲は見事に霧散してしまったが。

夏生と明良の前にデザートが届くのと前後して、食べ終えた山科の膳が下げられる。数分ほどで山科のデザートが運ばれてきて、そこで少し空気が変わった。というより、明良が山科に目で何かを伝えたように見えた。

「まだ話が回っていないようだが。夏生くんは、書庫の鍵を受け取っているかな?」

「え、……鍵、があるんですか? っていうか、書庫って——じいちゃんの書斎はもう、なくなってるん、じゃあ?」

今さらに引っかかりを覚えて、反射的に顔を上げていた。初めてまともに目が合った人は記憶より確かに年齢を重ねていて、それが今は亡き祖父を思い起こさせる。

どうしようもなく、視線が落ちた。

「あいつが亡くなる三年ほど前だったか、生前整理をするとかでかなりの量の蔵書を処分してね。遺したものを二階に移して、そこを書庫にしたんだよ」

「そうだったんです、か。すみません、その……おれ、まだ二階には上がっていなくて」

「ここで会えたんだから返しておこう。これが二階にある書庫の鍵だよ」

静かな声とともに、銀色の鍵が目の前に置かれる。そう古くは見えないそれから、夏生は目を離せなくなった。

「生前の成田から、頼まれていてね。夏生くんが正式にあの家を受け継ぐまでの管理と、その後の処分を手伝ってほしいと」

「しょぶ、ん……?」

「残っているのは、成田がどうしても手放せなかったものばかりだからね。稀覯本が含まれていることもあるが、愛着が強すぎて行く末が気になったらしい」

「――、……」

今現在、夏生が仕事部屋として使っているのは、かつて祖父の書斎だった場所だ。壁際のみならず室内に等間隔に並んだ書棚は、当時の夏生には迷路のように見えた。

独特の匂いがするその部屋の窓辺のソファで祖父が読書する時、夏生はいつもその足元のカーペットに転がって自分の本を広げていた。

……あの家に引っ越した際に一番ショックだったのは、その書斎が空っぽになっていたことだ。ソファはもちろんあれだけあった本も書棚も見当たらず、ひどい喪失感に襲われた。

「あ、の。おれ、じいちゃんの本を処分したりなんか、」

「そうは言っても本だからね。稀少なものでも、興味がない人には無価値でしかないことが多いよ。手放せなかったのは成田の都合で、夏生くんにとって無用なら持て余すだけだ」

いきなりの話についていけない夏生をよそに、山科は苦笑した。

「絶対に手放せという話ではないから、気に入ったものは手元に置いておけばいい。そうなれば、あいつも喜ぶだろう。ただ、それを義務だと考えて欲しくないらしい」

「それって、」

つまり、夏生に負担がないよう根回ししてくれていたのか。相続した先のことまで？

「わ、かりました。その、それならできるだけ早く確認して、連絡を」

「急がなくていいから、夏生くんのペースでゆっくりやるといい。片っ端から目を通してみるのも面白いと思うよ？」

困惑したままそろりと顔を上げると、二度目にまともに山科と目が合った。

「時間があったらうちの店にも遊びにおいで。もしかしたら、夏生くんが探している本が見付かるかもしれない」

ふわりと浮かんだ笑みは年齢こそ重ねているものの幼い記憶そのままに優しくて、肩すかしに遭ったような心地がしてきた。

ぎこちなく、それでも夏生は笑みを浮かべる。

「ありがとうございます。機会があれば、是非」

「うん。――それにしても、夏生くんは成田に似てきたねえ」

「え、……そう、でしょうか？」

「目元とか、困った時に眉を寄せるところは昔からだが、全体にね。明良くんはそう思わないかい？」

「思いました。顔立ちもですけど、ちょっとした癖とか仕草も似てますよね」

「そうそう、そういえばさっきの――」

戸惑う夏生をよそに、山科と明良が話し出す。それを聞きながら、夏生の気持ちは馴染みの罪悪感に沈んでいった。


「なっちゃん、勝手してごめん」

不意打ちで明良に言われて、夏生は瞬いた。

一緒に店を出た山科を、彼の店まで送り届けた後の帰り道だ。助手席の夏生は気分が落ちたままで、運転席の明良も珍しく山科を降ろしてからはずっと黙っていた。

「……何が？」

窓の外から明良へと目を移して、夏生は言う。強い日差しの下ではためく幟を見ていたせいか、日陰になる運転席のあたりを妙に暗く感じた。

「山科さんがあの店に来たのは偶然だけど、同じテーブルに呼んだのはわざとなんだ」

「わざ、と？」

「あの人、ずっとなっちゃんのおじいさんの家のこと気にしてたんだ。なっちゃんが引っ越してきたのは伝えたんだけど、それなら早く鍵を返したいって」

何を言えばいいのか咄嗟に思い浮かばずに、夏生は曖昧に頷く。

「それは、別に――いずれは受け取るはずだったんだし、いいけど。そもそもおれが全然二階見てなかったのが問題なんだし。一応話は聞いてたのをすかっと忘れてたのも、おれだし」

「それなんだけどなっちゃん、あの家のことでまだ知らされてないことがありそうだよね。叔母さんってさっき言ってたけど、それ美枝さんで間違いない？」

瞬間的に「誰だそれ」と思って、叔母の名前が「美枝」だったと思い出した。

「あ、……ああ、そう。相続の連絡を受けた時、渡したいものがあるからまた近いうちに、って。――あ、でもおれ、引っ越してすぐスマホ解約……」

つまりはその時点で、叔母から夏生に連絡する手段がなくなってしまっていたわけだ。

弁護士と会った時は相続関係の話と手続きだけで終わったし、貰った書類にも書庫についての記述はなかった。だったら、そちらについては叔母の管轄だったのかもしれない。

「うわー……自業自得じゃん。帰ってすぐ書類確認して、叔母さんに連絡……」

「え、美枝さんからは全然音沙汰なし？　なっちゃんが引っ越してもう一か月になるのに？　あの加速度ついてる人が？」

「加速度って明良な」

「前に本人の目の前で言った時、往年のヒーローみたいだって喜んでたから大丈夫」

そういう問題か、と呆れたタイミングで車が停まる。見れば、ちょうど夏生宅に着いたところだ。

「そういえばなっちゃんさ、郵便受けとかちゃんと見てる？」

「は？　え、そんなのあったっけ……？」

シートベルトを外しながら言った後で、自分のその言葉に呆れた。

公共料金は自動引き落としにしているし、ネット通販は宅配便だから必ずインターホンが鳴る。手紙を寄越すような相手もおらず、前のアパートに移った時にＤＭの類は全部切った。けれど祖父宅には当然、郵便受けがあるはずだ。ただ、夏生が存在を忘れていただけで。

「その言い方だと全然確認してないよね」

「う、……でもどうせ郵便なんか来ないし」

呆れ顔の明良に言い返したら、かえってため息を吐かれてしまった。

「一応、見ておいた方がいいよ。町内会の回覧とかも、たぶんそこに突っ込んであるから」

「……了解」

その町内会だって、先日明良を介して話が来たから明良経由で会費を払っただけだ。顔出しもしていないあたり、もしかしなくても顰蹙（ひんしゅく）ものではあるまいか。

肩を落としながら門扉を開けて庭に入ると、シエルとリオンが駆け寄ってくる。後ろ脚立ちでジーンズを引っ掻いてきた子犬を抱き上げてシエルを撫でていると、塀の内側に寄っていった明良から呼ばれた。見れば、煉瓦造りの塀に四角い口のようなものがついている。

「それがポストなんだ？　そりゃわからないって」

ここの郵便受けはよくある赤いアレではなく、塀に埋め込まれる仕様だったようだ。塀のあちら側から押し込んだヤツを、こちら側から取り出す方式。

「回覧板とー、ああやっぱりあったじゃん。ほらなっちゃん、これ」

分厚いファイルと白い洋封筒をまとめて差し出されて、子犬と交換で受け取った。

封筒を裏返すと、差出人の署名が目に入る。そこにあったのは確かに叔母の名前だった。

5

二か月ぶりの会社には、やはりというか慣れない。

転職して半年余りだが、出社した数は両手にも満たないのだ。前職を辞めた時の夏生は精神的にかなり参っていて、だから「それならうちの社に来ないか」と声をかけてくれた知り合い――前の職場で上司だった人の誘いにもすぐには頷けなかった。

白状すると、人と関わる以前に会うことも話すこともしたくなかったのだ。

かたちばかりは自主退職だったものの、勤務数年で出る退職金など雀の涙だ。それを思えばとてもありがたい申し出だったのに、組織に入ると考えただけで息苦しくなる有様だった。

それと知って、そのかつての上司が「だったら在宅勤務ではどうだ？」と言い換えてくれたのだ。夏生より五つ年上のその人は、一年半ほど前に友人とともに起業して独立した。うまく軌道に乗ったので追加人員をと考えた時に、夏生を思い出してくれたのだという。

「――うん、上等だ。いいね、相変わらずきっちりやってくれてるし。ところで西谷としてはどう？　困ったことはないかな」

「困ったこと、ですか？　特にはないです」

今回の出社はいわゆる顔出し、要するに生存確認のようなものだ。メールのやりとりやデータの受け渡しは日常的によくあることだし、急ぎの時に電話が来るのも珍しくない。

前の職場にいた頃から、この上司——真藤の物言いは明瞭で明確だ。曖昧な言い方や大雑把な指示はまずしないし、こちらの問いにはほぼ即答で説明してくれる。保留にされても必ず数時間内にレスポンスが来るため、夏生にとってはこの上なく仕事しやすい相手だ。

もっとも、「その細かさが神経質すぎてイヤだ」などと言う輩もいたが。

ふっと脳裏をよぎった面影を振り切るように、夏生は出されたお茶に口をつける。部下にお茶を淹れる上司は珍しいが、真藤のお茶はとにかく美味しい。

「ならいいか。うん、でも何かあったら必ず報告・連絡・相談ね。仕事に限らずプライベートでも受け付けるよ」

「いや、それは別に」

「言うかどうか迷ってたんだけど、黙ってるのはどうかと思うから言っておく。昨日言った西谷の連絡先を知りたがってるのって、前の職場関係なんだよね」

「え、」

予想外すぎて、とっさに反応できなかった。そんな夏生を心配そうに眺めて、真藤は言う。

「事務の見崎さんと、もうひとりが何て言ったかな……西谷があそこを辞めた時にいた部署に、新年度から入った新人だったはず。今は、どっちもうちの事務で止めてくれてる」

「あー……そういえば、ここことも関わりがあるんでしたっけ」

「一応ね。僕の古巣だし、大学時代の知り合いもいるし。言ってみれば同業でもあるから」

だからって、馴れ合うつもりもないけど。少し困ったように肩を竦めて、真藤は言う。

「ちなみに見崎さんからは、見付かった西谷の私物を送りたいから住所を教えてほしい。部署の新人からは引き継ぎが曖昧で困ってるから、直接西谷から話を聞きたい、だそうだ」

「自分でも覚えてない私物は廃棄してもらっていいです。引き継ぎに関しては、おれが辞めて五か月後に入社した人がその後四か月も経って言うことじゃないのでは」

「だよねえ。僕もそう思う。じゃあ、今後もいっさい受け付けなしでいい？」

当然のように言った上司に同意を示して、夏生は短く息を吐く。

「あと、気になったから伝えておく。菊池が、今になって西谷のことをあちこちで言い回ってるらしいよ」

「——は？」

思い出したくもない名前を聞かされて、心臓の奥が軋んだ気がした。露骨に顔を顰めてしまった夏生に合わせたように、渋面になった真藤が言う。

「あんなことになって残念だけど、大事な親友だということに変わりはない。急に音信不通の消息不明になったから心配している、せめて無事かどうかを知りたい。ってところかな」

「う、わあ……」

どの口で言うか、という台詞をどうにか飲み込んだ。そんな夏生に、真藤は気遣うような目を向ける。

「その様子だと愚問だけど、一応意思確認ね。西谷は、菊池と和解する気ある？」

「全力でお断りします」

「だよねえ。これは好奇心だから言いたくなければ言わなくていいけど、今回の引っ越しとスマホ解約ってあいつと関係ある？」

質問の形を取っていながら追及の気配がないあたり、本当に黙秘でも構わないのだろう。察して、けれど夏生はわずかに首を竦めた。

「無関係とは言い切れない、くらいですかね。それより訊いていいでしょうか。その件で、会社や真藤さんに迷惑とかは」

「ないない。個人情報保護もあるし、社員を守るのは組織として当たり前。すでに無関係な相手の住所連絡先を探る方がよっぽど問題。こっちはいっさい相手にしないし、しつこくなればなったでやりようがあるから気にしなくていい。だから西谷も遠慮はしないように」

当然のようにそう言われて、その日の仕事は終わりになった。わざわざエレベーターまで送ってくれた真藤に礼とともにお辞儀をして、夏生はビルの一階まで降りる。

「あれ。西谷、だよな？」

「……どうも。お久しぶりです」

ロビーに出るなり声をかけてきたのは、直接会うのはこれが二度目の同僚だ。とはいえネット会議ではよく一緒になるので、顔と名前は把握しているが。

「今日出社日だったんだ。すぐ帰るのか？　よかったら昼食でも一緒にどう？」

「いえ、これから人と約束があるので」

「ふーん、残念。あ、そうだおまえスマホ持ってるよな？　よかったら連絡先交換しない？」

「それが解約したっきり新しく作ってないんですよね」

「んじゃまた作ったら教えて」

軽く言った彼がエレベーターに乗り込むなり、箱の中で待っていたらしい女性が動く。扉が閉じるのを何となく見届けてから、夏生は正面玄関を出た。

乱立したビルで鋭角に切り取られた空は、以前の夏生にとって「当たり前」だったはずだ。それが殺伐として見えるのは、樹木のてっぺんに囲まれているのが日常になったせいなのだろう。せめて晴れていれば気分が違うだろうに、見上げた先は鈍色（にびいろ）の雲が垂れ込めている。

久しぶりのネクタイのせいだけでなく、妙に息苦しく感じた。指先で引っ張って喉の隙間を確保し、ポケットから印刷した地図を引っ張り出す。目的地の方角を確かめて歩き出した。

……九か月前の「あの時」、夏生の言い分を信じる人は誰もいなかった。全員が夏生のせいだと言い、証拠もあると責め立てた。

菊池も、そのうちのひとり――というより中心人物だ。そしてその菊池にとっても、真藤はかつての上司に当たる。

だから夏生は真藤から入社の誘いを受けた際に、自分の退職の経緯と状況をすべて話した。まったくの別会社とはいえ職種業界は同じであり、真藤のように双方を知る者もいる。無関係を貫けない以上、隠したところでいずれ必ず噂は回る。

なのでまずは「夏生にとっての事実」を、その後に続けて菊池サイド、つまり「前の職場での共通認識としての経緯と結果」を伝えた。そのすべてを聞き届けた上で、真藤は在宅勤務を提案してくれたのだ。

（ひとまず在宅ってことで、通常勤務への変更希望はいつでも受け付けるから）

そう言われて驚いたし、正直すぐには信じられなかった。

ああして夏生の側にいてくれるのをありがたいと思うし、信頼もしている。今の会社にいられてよかったと、何度となく実感してもいる。

なのに、まだどこか怖いのだ。信じられると思う端から、本当に大丈夫なのかと疑いが芽吹く。特に菊池の話となると、何か裏があるんじゃないかとつい考えてしまう。

前の会社でも、対外的に評判がよかったのは菊池の方だ。基本的に公平な真藤は夏生にも普通に接してくれていたけれど、その当時から菊池の方が真藤との距離も近かった。

それを思うとどうしても――今になっても、あの上司を最後まで信じ切れない。

「そういうところが駄目っていうか、……最低だよなあ、おれ」

重い気分を引き摺ったまま、しばらく歩いて目的地に辿りつく。てっぺんが見えないほど高層階の、夏生はよく知らないがきっと有名なホテルだ。

念のためにネクタイを締め直し、やたら広くて豪華な正面玄関の絨毯を踏む。電話で指示された通り、ロビーの右手にあったラウンジへ向かった。

約束まではまだ一時間近くあるが、遅刻するよりずっといい。そんな心境でコーヒーを頼み、じきに届いたそれを前にぐったりとソファに凭れかかる。

……昨日の封書の内容は、「電話が繋がらなくなったので手紙にした、前に言ったように直接会って話したい、渡すものもある」というごく短いメッセージだった。何でも次の帰国は早くて再来年になるとかで、できれば予定を確保してほしいとあり、末尾には十日間の日程と電話番号が記されていた。

国際結婚した叔母の住まいは海外のはずで、意外すぎて妙な声が出た。

前回の電話から一か月近くになるから、もう出国したものとばかり思っていたのだ。ついでに、記された期間の最終日にも狼狽した。

(ギリギリ明日までになってるし、すぐ電話した方がいいよ)

昨日、郵便受けの前で手紙を握って固まってしまった夏生に、真横から手元を覗き込んでいた明良がそう言った。思わず目を向けた夏生に、少し遠慮がちに続ける。

(せっかくの機会だし。書庫のこと以外でも、何か伝えることがあるのかもしれないよね)

(で、も。今日の明日だといきなり過ぎるし、おれ出社日だから)

（なっちゃんの会社ってどこだっけ）

明良の問いに答えながら、夏生はもう一度叔母の手紙に目を落とす。

正直に言えば、叔母には会いたい。けれど同時に会うのが怖い。何を言われるのか、夏生をどう思っているのかを聞きたくない。

胸の奥に居座る冷たい感覚に、気持ちが「断る」方向に傾いていく。その時、スマートフォンを操作していた明良が「ああ」と声を上げた。

（大丈夫だよ、なっちゃん。会社と美枝さんがいるホテル、歩いて行けるくらい近いよ）

（……やめておく、渡すものなら郵送でも十分だし）

（なっちゃん）

明良の声が、急に低くなる。初めて聞いた響きについ後じさったら、膝の後ろに何かが当たった。見ればそこにはシエルがいて、足元に座った子犬と一緒に夏生を見上げている。

（なっちゃんさ。全然、外に出たがらないよね。不自然なくらい）

続く声の強さに、引っ張られるように顔を上げていた。見下ろす明良とまともに目が合って、夏生は返事に詰まる。

（それに、地元の人間と関わるのを避けてる……怖がってるよね？　さっきの山科さんなんか、見た目も雰囲気も話し方も穏やかな人なのに変にびくびくしてたし）

（そんな、こと……おれが人見知りなのくらい、明良だって知って、）

（なっちゃんのおじいさんの友達だから、怖かったんじゃないの？　隣のおじさんもそうだけど、おじいさんの知り合いだから避けてるようにしか見えない）

図星すぎて、返す言葉がなかった。

知らず指先に力が入って、持っていた便箋に不自然な皺が寄る。その皺が、自分がしてきたことに——歪めてしまった過去に見えて、夏生はきつく奥歯を噛む。

（俺がおじいさんの話を振ってもはぐらかすし、なっちゃんからは全然話題にしないよね。それって、なっちゃんがいきなりここに来なくなったことと関係ある？）

完全に黙り込んだ夏生を、明良はひょいと腰を屈めるようにして覗き込んできた。

（余計なことだったらごめん。けど、このまま曖昧にしておくのはよくない気がするんだ。なっちゃんは美枝さんと話した方がいい。おじいさんの気持ちや事情を、たぶん一番よく知ってる人だから）

（それ、は……）

祖父宅の相続の件を知らせてくれた時の、叔母の声音を思い出す。同時に二十数年前、祖父宅に里帰りしていた叔母と一緒に過ごした夏休みが脳裏によみがえった。

旦那と喧嘩して家出してきたとあっけらかんと口にした彼女は繊細そうな見た目にそぐわず豪快で、夏生と明良が仕掛けた子どもらしい悪戯に嵌められても平然と駄目出ししてきた。もっと上手くやらないとと発破をかけて一緒になって改良版を作ったあげく、まんまと嵌められた祖父に夏生たちと並んで正座させられ、叱りつけられていたくらいだ。

さばさばした、話しやすい人だったはずだ。姉妹仲は微妙だったのに、甥の夏生を猫可愛がりしてくれた。年に一度も会えなかったけれど、祖父に次いで大好きな「大人」だった。

あの叔母はきっと、夏生が祖父宅に行けなくなった理由を知っている。それが夏生たち家族と祖父が絶縁状態になるきっかけだったことも、夏生が祖父から嫌われたことも。

（なっちゃん、おじいさんのことが好きだよね。美枝さんのことも）

返事が出ない夏生の肩を摑んで、明良は静かに言う。

（だからこの家に引っ越してきたし、掃除や片付けもして大事にしてるんだよね？）

（それ、は）

（俺は当事者じゃないけど。俺から見ても、おじいさんや美枝さんはなっちゃんが大好きで、大事にしてたと思うよ。なっちゃんが来なくなってからも、おじいさんからはしょっちゅうなっちゃんの話を聞いてたし、俺が顔出すのを歓迎してくれてたのも、なっちゃんを思い出せるから――なっちゃんの話ができたからだと思ってる）

思いがけない言葉にのろりと顔を上げた夏生に、明良はまっすぐに言った。

（なっちゃんが知ってる、おじいさんと美枝さんを信じてみて）

明良のその台詞に押されるように、夏生は手紙にあった連絡先に電話した。コール二回で出た叔母は相手が夏生だと知って、それならランチを一緒にと時間を決めてくれた……。

早まったんじゃないかと、そんな思いが今さらに胸に落ちた。

当時の夏生はもちろん、明良だって十歳以下の子どもだ。知らなかったことや気づけなかったことも、だから自覚なしにとんでもないことをやらかした可能性だってあるに違いない。何よりあの夏休みをきっかけに、夏生の家族は――母親までもが祖父と絶縁することになったのだ。以降、叔母との年賀状のやりとりもなくなっていたはずだ。

「……――あ、れ？」

鬱々と考えて、ふと違和感を覚える。

あれきり会うどころか完全に音信不通になったのに、子どもなりに必死で書いた手紙すら母親経由で「迷惑だからやめろ」と言われるほど嫌われたはずなのに、……どうして「夏生が」あの家を相続できたのか。

孫で言うなら夏生の兄もいるし、叔母にだって娘がいる。あの家は確かに古いが、造りそのものはしっかりしていて不具合はないと不動産屋は言っていたし、それなら売りに出すことや賃貸にすることだってできたはずだ。

そう、それに二年も前に亡くなった祖父の「相続」が、どうして一か月前になったのか。

薄れかけていた疑問をたぐり寄せたのと、すぐ傍に誰かが来たのがほぼ同時だった。はっと顔を上げて、夏生は急いで腰を上げる。

「……、――」

「夏生くんよね？　久しぶり、元気だった？」

淑(しと)やかな笑みで見上げてくるのは、間違いなく叔母の美枝だ。最後に会った時は背中に届いていたくせのない髪が、今はやや前下がりのボブに整えられている。薄化粧の顔は繊細で儚(はかな)げで、そのせいかずいぶん若く見えた。

「お久しぶりです。――あの、連絡が遅れてすみませんでした」

「いえいえ。今日に間に合ってよかったわー。ちゃんと顔を見て話したかったから」

場所を変えましょうかと言われて、夏生は素直に頷く。ほとんど手つかずだったコーヒーをそのままに、叔母についてホテルを出た。

「今、あの家にいるのよね。居心地はどう？」

「すごくいいです。実はまだ、二階には上がってないんですけど」

「そうなの？　じゃあ、鍵がかかった部屋があるのも知らない？」

「それはその、……昨日偶然山科さんに会って、書庫の鍵をいただきました」

つっかえながらどうにか言ったら、叔母は納得したように頷いた。

「山科のおじさんならそうかもね。――夏生くん、イタリアンは平気？」

「あ、はい」

頷いたら、ちょうど通りかかったいかにもヨーロッパ風の店に連れ込まれた。

待ち構えていたスタッフの案内で、窓際の席につく。外食を滅多にしない夏生には、カタカナのメニューを見ても意味不明だ。なので、叔母と同じものを頼んだ。

「仕事は無事終わったの？」

「はい。どのみち挨拶っていうか、生存確認みたいなものなんで」

「そうなの？　でもよかった。手紙にも書いたけど、次に帰国するのは再来年になりそうなのよ。ちょうど娘が多感な時期でねえ」

そこからは、叔母の夫や娘の話になった。夏生自身は彼女の夫とは結婚式の時に会ったきり、娘とは面識がない。けれど、写真を交えて聞かせてくれる内容は夏生が知る叔母そのものなので、それだけで何となくほっとした。

「それで、夏生くんの方はどうなの。このままあそこに住めそう？」

食後のデザートが届いた頃合いで水を向けられて、その内容に戸惑う。と、叔母はばつが悪そうに首を縮めた。

「だって、場所的には不便でしょ。いくら在宅勤務って言ったって、近所のスーパーまで距離があるし。以前は町中にいたみたいだから、もしかして厭になってるかもって」

「それはない、です。静かだし空気もきれいだし、……あとおれ、あの家が好き、なので」

少し迷って最後の一言を付け加えると、頬杖をついてこちらを見ていた叔母がふっと表情を変えた。反射的に身構えた夏生の前で、綻(ほころ)ぶように笑う。

「だったら嬉しいわ。……もしかして改装とか改築とか、考えてたりする？」

「しません。というか、したくありません。引っ越したことも、後悔はしてないです」

言った後で、「そうなのか」と自分で思う。同時に、今朝最寄り駅まで車で送ってくれた明良を思い出した。

(大丈夫だから、頑張って)

その言葉に背を押されるように、夏生は改めて背すじを伸ばす。何かを感じたのか、向かいの叔母までもが居住まいを正すのがわかった。

「今さらですけど、訊きたいことがあるんです。――どうしておれが、あの家を相続できたんでしょうか。本来なら叔母さんか、うちの母が受け取るはずですよね？ それと、じいちゃんが亡くなったのは二年前なのに相続の話が今になったのは」

「簡単な話よ。父があの家は夏生くんにって遺言を残したの。法的に正式な形のね」

曰く、相続に必要な税金や諸経費も、別に準備してあったのだそうだ。それも含めて、祖父は叔母と弁護士にきちんと話を通していたという。

「あの、でもそれって」

「わたしからも質問いい？ 夏生くんが小学校三年の夏休み以降、あの家に行かなくなったのはどうして？」

「……え、」

唐突な問いに、瞬間的に言葉が出なかった。困惑し何度か瞬いて、夏生は叔母を見返す。

「それ、は……叔母さんも、じいちゃんから聞いてるんじゃあ」

「夏生くんから直接聞きたいの。何を言われても怒らないから、言って？」

圧のある笑顔に、「嘘だ」と言いたくなった。ぐっと奥歯を噛んで、どう言えばいいかと言葉を探す。

「――最後にじいちゃんのところに行った夏休みの後に、母とじいちゃんの間で揉め事が起きたんです。おれが犬を飼いたいって我が儘を言ったのが、原因です」

二学期が始まって半月ほどが過ぎた秋に、いきなり母親から「もう春にも夏にも祖父のところには行かせない」と言われたのが、夏生にとっての始まりだった。

「春休みから一学期の間に、うるさく強請（ねだ）ったのは本当です。でも夏休みに諦めて、帰ってからはいっさい言わなかったんです。……おれに言ったってわからないって母が言ってたので、他にも理由があるんだと思いますけど、――じいちゃんのせいでおれが我が儘になった、おれのせいでじいちゃんと喧嘩して絶縁することになった、じいちゃんもすごく怒ってて二度とおれを寄越すなって言った、と聞きました。自分勝手で我が儘で、手を焼くばかりで面倒なんか見切れない。迷惑だし負担でしかない、と」

信じられなくて信じたくなくて、だから両親宛の年賀状を探して手紙を書いた。当時の夏生はまだお小遣いも貰っておらず、持っていた財布もその中身も祖父から貰ったもので――なけなしの小銭で便箋と封筒と切手を買った。

我が儘でごめんなさい、怒らせてごめんなさい、謝るから、今度からちゃんとするから嫌いにならないで。

必死で書き綴って投函して、それからは毎日のように祖父の返事を待ちわびた。家のポストには鍵がついていたから、帰宅した親に飛びつくように確認して、待って待って待ち続けて一週間が過ぎた頃だろうか。もの凄い形相の母親に、いきなり怒鳴られた。

(夏生。あんた、おじいちゃんに手紙書いたの?)

あまりの剣幕に返事ができずにいたら、呆れ果てたようなため息を吐かれたのだ。

(おじいちゃんがね、迷惑だからやめろって)

え、と瞬いて、呼吸まで凍った。

(夏生からの手紙は読まずに捨てたんですって。返事なんか書かないし、次が来ても読みたくないそうよ。——もう、いい加減にしてちょうだい。どれだけ人を困らせたら気がすむの?)

あんたのせいで、お母さんが叱られたじゃない。本当、人に厭な思いをさせる子よね。そりゃ、おじちゃんだって愛想を尽かすでしょうよ。

続いた言葉は、即効性の毒のようだ。あっという間に夏生の全身に回って、思考だけでなく身体までもを固まらせる。

ぴくとも動けないまま、夏生は母親が祖父からの年賀状を千切るのを、細かくなったそれがゴミ箱に落ちていくのを見ているしかなかった——。

それ以来、家の中で祖父の話はできなくなった。夏生がほんの少し口に出すだけで、母親だけでなく父親まで厭な顔をした。

そのくせ、夏生の成績が悪いと祖父を引き合いに出すのだ。あんなところに預けたりしたから、手に負えなくなった。我が儘で自分勝手で、素行だけでなく成績まで悪い。それも全部、おじいちゃんに似たせいだ、と。大学受験で母親が決めた第一志望に落ちた時にも「祖父から影響を受けたから」などと言われて、それが祖父に申し訳なくて仕方がなかった――。

ぽつぽつと話しながら、内容がとりとめなくなっているのに気付く。余計なことまで言ったかと口元を押さえた夏生に、叔母は短く息を吐いた。

「当時の夏生くんには、あの家の住所がわからなくなったってことよね？」

「そう、ですね。控えておくとか、思いつかなくて」

「父の家の電話番号は、覚えてなかった？」

「あの頃のおれは、家の電話に触っちゃいけない決まりだったんです。兄と違ってオモチャにしかねないからって。じいちゃんに電話すればって気がついたのは半年くらい経ってからで、家に誰もいない時に弄った時にはじいちゃんの番号の登録も電話機から消されてて」

その時点で、まだ小学生だった夏生にできることは全部なくなった。

それでも待っていたのだ。すぐには無理でも中学生になれば、高校に上がりさえすれば祖父も許してくれるんじゃないか。夏生宛にこっそりと、手紙をくれるんじゃないだろうか。

そんなふうに期待して、家族に気付かれないよう郵便物を見ていた。それこそ、高校を卒業してあの家を出るまで。

「……夏生くんが最後にあの家に行ったのって、八歳の時よね？」

「そう、です」

しばらくの沈黙の後で、叔母が言う。短く答えた夏生に、彼女は呆れたような顔で言った。

「う、わあ……何それ、大人(おとな)げない」

「すみません。その、おれ」

情けなさに身を縮めた夏生に、叔母は少し慌てたように言う。

「当時八歳の子に大人げないなんて言わないわよ。今のは夏生くんじゃなくて、夏生くんの周りの大人の話」

「大人、？」

「そう。あと今さらだろうとは思うけど、それ夏生くんのせいじゃないから」

強い語気で断言されて、夏生は思わず瞬いた。

6

聞き覚えのある駅名の、アナウンスが耳についた。

瞬間的に我に返って、夏生は慌てて腰を上げる。今しも閉じようとした電車の扉から、ギリギリで飛び降りた。

「……あ、っ」

背中でドアが閉じる風圧があったかと思うと、すぐさま轟音(ごうおん)に変わる。遠ざかっていく電車を見送って、つい息を吐いていた。

――長い夢を、見ていた気分だ。

気を取り直して、夏生は改札口へと向かう。思いついて目をやった腕時計は、周囲が暗いせいでよく見えない。ちょうど明かりの下を通って読み取れた時刻は、十九時五十二分だ。

「あ、……れ？」

ランチの後、誘われて叔母が滞在するホテルの部屋まで行ったのだ。話し込んだあげく駅まで送られる途中で早めの夕飯をともにした、わけで。

確かに、こんな時間になるわけだ。納得すると同時に、どうしたものかと思う。ここから自宅まで歩くと、軽く一時間以上かかってしまう。

「うわー……朝の送り断って自転車使った方がよかった、かも——あれ？」

自動改札を通ってから気付く。十メートル弱ほど先、駅構内の出口に大柄な人影が立っていた。凭れていた壁から背を離すと、軽い動きで駆け寄ってくる。

「おかえり、なっちゃん」

「ただいま、……って明良、何でここに」

朝の時点で、帰りは不明と言っておいたはずだ。ついでに、「これから帰る」という連絡もしていない。

それなのに。

「気になったから？　あと、歩いて帰るにはきついかと思って」

「それでわざわざ？　いったいいつからここに？」

「さあ。覚えてない」

軽い口調で肩を竦める明良に、夏生はふと泣きたいような気持ちになる。

「あのさ、……ありがとう。もちろん迎えもだけど、昨日背中押してくれたのも」

明良がいなければ、叔母の手紙には気づかなかった。気づいていても尻込みし、きっと連絡もしなかった。そのくせ、後々まで気にして尾を引いていたに違いない。

夏生の言葉に、明良がきょとんとする。ややあって、ほっとしたように笑った。

「いい結果だったみたいでよかった。ところでなっちゃん、夕飯は？」

「叔母さんにご馳走(ちそう)してもらったよ。明良は？」

「さっき食べた」

言い合いながら駅を出て、駐車場に停まっていた明良の車に乗り込む。とたん、二重奏の吠え声に迎えられて驚いた。

「うわ、そういえば散歩っ」

「待ってる間に連れ歩いたからそれでいいと思うよ。明日の朝に埋め合わせってことで」

「そっかー。ごめんな、ありがとう」

シエルとリオンを撫でて謝り、運転席の明良にはお礼を言っておく。走り出した車の中、膝にやってきたリオンを撫でながら「帰ってきた」と妙に実感した。

「あの、さ。明良、今日すぐ帰る？」

ヘッドライトの中に自宅が見えたタイミングで思い切って言ってみると、明良は少し意外そうにした。

「うん？　え、何かある？」

「二階の鍵を、もうひとつ貰ったんだ。書庫じゃなくて、おれの部屋の。それで、……できれば一緒に、上がってくれないかと思って」

「二階」の一言に思うことがあったのか、明良が一拍黙る。ややあって、短く頷いた。

「遅くなるようだったらそのまま泊まってもいい？　寝袋ならこの車に載ってるから」

「寝袋じゃなくて居間のソファ使いなよ。シーツとタオルケット出すからさ」

「えー、アレ寝心地いいのに。あと、それだとなっちゃんの寝顔が見られない」

「寝室の床使用は却下、おれの寝顔見てどうすんだっての。明日は仕事なんだし自分の身体のこと考えろよ」

「考えてるよ。だからあっちゃんの寝室で寝袋がいいんだって」

意味不明のブーイングを上げた明良が、塀の横にある車庫に車を入れる。犬たちを降ろし家の中に入って、まずはスーツから部屋着に着替えた。廊下で待っていた明良と合流し、これまでずっと見ていただけだった階段へと向かう。

壁のスイッチを入れるなり、軽く瞬いて階段が明るくなる。その先を見上げながら、手のひらの上のリングを軽く握りしめた。

「うわ、やっぱ埃凄いな。掃除しないと」

「手伝うよ。ついでに二階全部すませればいいし、俺の次の休みにしよ」

「だからそれ、甘えすぎだって」

言い合いながら上っていく足元で、階段がわずかに軋む。あとをついてくる犬たちの爪音を聞きながら、夏生はこの家で過ごした最初の夏休みを思い出した。

……夏生がこの家に滞在するのは、夏休みと春休みを合わせた一年のうちの二か月弱だ。なのに、祖父はその時点で二階の南向きの一室を夏生のものとしてくれていた。

（夏生の部屋だからな。何でも夏生の好きにしていいぞ）

次の春休み以降、夏生はそこに「家には置いておけない」ものを持ち込むようになった。母親が嫌う昆虫の標本や、兄が馬鹿にする漫画本。父親にゴミと間違われた手作りの――厚紙を切り抜いて色鉛筆で塗って、全部自分で作ったゲーム。それを、祖父は楽しそうに面白そうに眺めて、夏生の説明に聞き入ってくれた。

夏生にとって唯一の、大切な場所だったのだ。誰にも馬鹿にされないし、否定もされず呆れられたりもしない。何を好きだと言ってもどんなことをしたいと言い張っても、「それは面白い」、「どうやってやるんだ？」と言ってくれる声。

だからこそ、引っ越しても二階に上がる気になれなかった。空っぽの書斎を目にした時のような喪失感を「自分の部屋で」味わいたくなかった。それは「祖父に嫌われている」確かな証拠に違いなくて、想像しただけで胸の底がずんと重くなった。

地元の人、特に年上や祖父の年代を避けていたのは、その人たちの反応から「自分が祖父に嫌われている」ことを思い知らされたくなかったからだ。同時にあれほど可愛がってくれた祖父の通夜にも葬式にも参列せず、墓前参りもしなかった自分がどの面下げて「ここ」にいるのかという、罪悪感と自己嫌悪がどうしても拭えずにいた。

「ここ、が書庫かな」

階段を上がりきってすぐ目につく飴色のドアには、記憶にない鍵穴がついていた。叔母によると五年ほど前、生前の祖父が身辺整理を始めた際に取り付けたのだという。

山科から貰った鍵を差し込み、軽く回す。開いたドアの向こうから、懐かしい古い本の匂いがした。壁際を探って明かりを灯すと、整然と並ぶ書棚が目に入る。

「……かなり処分、したんだね。この倍はなかったっけ？」

「あったと思う。じいちゃん、なかなか本が処分できないって言ってたし」

足を踏み入れた室内は、引っ越し当時の一階を思うと不思議なほど埃が少ない。それはこの二年の間に山科が何度か様子見をし、空気の入れ替えを含めた管理をしてくれていたからだ。ちなみにその際は叔母本人か、管理不動産屋が立ち会っていたと聞いた。

（山科さんには書庫の鍵、不動産屋には玄関の鍵を預けたのよね。そうでもしないと、勝手に権利を主張して押し込んできそうだったから）

夏生が引っ越す際のインフラ手続きがやけに簡単だったのも、完全に止めていたわけではなかったからなのだそうだ。

（一階や庭だって、頼めばそれなりに管理してもらえたんだけど。いつでも住めますって状態にしておくのも、ちょっとねえ）

叔母は明言しなかったけれど、「誰を」警戒していたのかは明らかだ。

思い出してつい首を縮めた夏生に、明良が怪訝そうにする。それをよそに目についた書棚の前の床に座り込み、最下段にあった古い児童書を引き出した。

「あ、それ。なっちゃんが好きだったやつ」

「初めてここで過ごした春休みに、じいちゃんが買ってくれたんだ。嬉しくて実家に持って帰ったら、おれだけずるい、生意気だって兄貴に奪られて雨が降ってる庭に投げ捨てられてさ。すぐ拾って乾かしたんだけど、泥に汚れた上にページがくっついて読めなくなってた」

「げ」

とたんに顔を顰めた明良に、夏生は苦笑した。

「夏休みにまた持ってきて、せっかく買ってくれたのにごめんなさいってじいちゃんに謝ったんだ。そしたら次の日に、コレだけじゃなくシリーズの三巻まで買ってくれた」

嬉しかったのに申し訳なくて、ちゃんと守れなかった自分が悔しくて。だからそれ以来、夏生は祖父が買ってくれたものは全部、この家に置いていくことにしたのだ。

「そりゃよかった、けど。それで、お兄さんは」

「お咎(とが)めなし。っていうか、両親とも兄の味方かな。自分だけ買ってもらったものを見せびらかす方が卑(いや)しいって叱られた。……もともとうちの母親とじいちゃんって、折り合いがよくなかったんだ。じいちゃんは叔母さんばかり贔屓(ひいき)するって、口癖みたいに言ってたし」

「確かに、お葬式の時のなっちゃんのお母さんと美枝さんの間って空気が微妙だったかも」

言いながら、明良が夏生のすぐ傍に座り込む。それを真似するようにシエルは明良にくっついて伏せをし、子犬は夏生の膝によじ登ってきた。

つやつやの毛並みを撫でながら、夏生は数時間前の叔母の言葉を思い出す。

（そもそも父と姉――夏生くんのお母さんって、昔から合わなかったのよ。姉は勝ち気で何でも思い通りにならないと気に入らない人だし、父は理性優先で動く人だったから）

夏生の母親は、感情的になりやすく饒舌だ。けれど祖父は感情を見せず、常に冷静なところがある。そのくせ口下手で愛想がなく、子どもの扱いもうまくない。

（どう考えたって、うまくいかないわよねえ。それでなくても拗れてたところで、父が姉の結婚に反対したのがトドメになったっていうか）

（反対って、……父との、ですか）

（そう。姉としては大恋愛の末の運命的なナントカだったらしいんだけど）

祖父の言い分は身も蓋もなく、「あの男では抑えきれず暴走させるだけだ」だったのだとか。最終的に結婚式には参列したものの、もともと疎遠だったのに拍車がかかって家族ぐるみで祖父に会うのは年に一度、年末に泊まりなしでというまでになっていたらしい。

（じゃあ、何でおれ、じいちゃんとこに……？）

（それはねー……正直、夏生くんに聞かせたいような経緯じゃないのよね）

言い渋る叔母に重ねて頼んで聞かされた「経緯」に、むしろ納得した。

年に一度の年末の訪いの時、母親が夏生の対処に困っていると口にしたのだそうだ。我が儘で勝手なことばかりする、素直じゃないし物わかりも悪い。こんなに手がつけられない子がいるなんて思ってもみなかった、と。

（確かにその時の夏生くんはちょっとはしゃいではいたけど、それだっておとなしい方だったのよ？　なのにあの人、小学校に上がってからでいいから長期の休みに夏生くんを預かって欲しいって言い出したの。どうせ父は暇なんだろうから、って）

祖父宅は庭もあってそこそこ広いし、近隣にも空き地が多い。三食食べさせて外に遊びに出せば、さほど負担にはならないはず。妹ばかり可愛がって自分を蔑ろにしてきたんだから、そのくらいやってくれて当然だ。

（あの父だから顔には出してなかったけど、ものっすごく怒ったのよねえ。で、即座に了承したの。だったら夏だけじゃなく入学前の春から寄越せ。ついでに冬も見てやるから、このまま夏生くんを置いて行けって）

言葉を切ってから、気付く。無言で聞いていた明良の顔が、とても怖いことになっている。

「ちょ、明良、その顔ヤバいぞ」

「……なっちゃんー」

夏生の言葉に、極道そのものだった明良の顔がへにゃりと崩れる。何とも言えない表情で、じっと夏生を見上げてきた。

「気ぃ遣わせてごめんな。けど、今の話そのものは想像のうちっていうか……あの親がわざわざおれのためにとか、考えるわけないことくらいはわかってたんで」

「なっちゃん」

咎める声がしたかと思うと、いきなり首の後ろを摑まれた。え、と思った時には、夏生の顔は明良の肩口に押しつけられている。

弾力のある体温が、頰に当たっている。首の後ろを摑んでいた手のひらが、宥めるように肩へと落ちていく。間近の明良がぐっと息を呑むのが肌越しに伝わってきて、つい頰が緩んでいた。

「大丈夫だって。むしろ結果オーライだろ？　三年だけだったけど、おれここで過ごせてよかったと思ってるし。それは明良が一番よく知ってるよな？」

「うん、……」

頷く気配がするものの、明良の腕は緩まない。どうしたものかとこっそり息を吐くと、ちょうど傍にいたシエルと目が合った。ゆるく首を傾げる仕草に、思わず笑ってしまう。

「昨日明良が言った通りだって、よくわかったよ。最初から、じいちゃんはちゃんとおれを見てくれてた。おれが勝手にじいちゃんに嫌われた、疎(うと)まれたって思い込んで、もうどうにもならないって諦めてた」

「それだけど、何で？　どうしてなっちゃんが、そこまで」

「おれ、出来が悪いからさ」

「は？　何それ」

がばりと音がしそうな勢いで、明良が夏生を引き剝がす。とはいえ、夏生の両肩を摑んで覗き込んだままだ。

「成績以外でも、何やっても兄に敵わないし。落ち着きがなくてガサツで要領が悪くて、口下手な上に社交性もない」

「ちょ、誰が言ったんだよ、それ。なっちゃんのおじいさんがいつも言ってたろ、お兄さんと比べても意味がない、なっちゃんはなっちゃんでいいんだって」

「すごく嬉しかったから、よく覚えてるよ。——ただ、そうやっておれがじいちゃんに懐くのも、楽しくしてるのも母や兄は気に入らなかったみたいで」

祖父宅から帰るたび、母や兄からちくちくと厭味や文句を言われていたのは事実だ。

……叔母から聞いて初めて知ったことだが、祖父はあの最後の春休みに夏生に黙って母に電話していたのだそうだ。

あれだけ望んでいるんだから、滅多に我が儘を言わない子なんだから、夏生ならできるはずだから子犬を飼ってやれないか。それはあの春から最後の子犬の行き先が決まるまでの四月半ばまで、定期的に続いたらしい。

そうして訪れた夏休み、叶わなかった願いに明良の前でこっそり泣いて諦める夏生を祖父はどこかで見ていたのだそうだ。それが、事の引き金になった。

「夏休みが終わってしばらくした頃に、じいちゃんが叔母さんに言ったんだってさ。やらかした、そんなつもりじゃなかったのに、って」

「やらかし、……？」

頷いて、夏生は昼間に叔母にも説明したことを――母から「祖父のところにはもう行けない」と言われた前後の経緯を説明する。またしても表情を険しくした明良の頬を、わざと摘まんで引っ張ってやった。

「だから、その顔怖いって」

「……なっちゃん、でも」

「叔母さんから聞いたじいちゃん側の状況な。夏休みが終わった後でどうしても気になって母親に電話したら、言い合いになったあげくもうおれをそっちにやらない、って言われたらしい。――じいちゃんに預けたせいで前より反抗的になったし我が儘もひどくなって成績も落ちた、これ以上馬鹿になったらどうしてくれる、って」

叔母曰く、彼女にそれと話した時の祖父は落ち着いていたが、実際の「その時」は怒髪天をついていたのは間違いない、のだとか。

何でも祖父は母親に対し、そこまで言うなら夏生をこちらに寄越せ、成人まで自分が預かって育てる、そっちは両親揃ってちっとも夏生を見ていない――と言い切ったらしいのだ。

(夏生くんのお母さん……姉は祖父にこう言い返したそうよ。うちの子をどうしようがうちの勝手、余計な口を挟まれる筋合いはない、って。そのまんま電話を叩き切られたあげく着

信拒否されたみたい。おまけのその後、家の電話番号まで変えたらしくて）

その時はさすがに祖父も悄然としていたと、叔母は言った。

（家に押しかけたところでかえって拗れるのは目に見えてたし。しばらく時間を置くしかないって思ったところに、夏生くんの手紙が届いたんですって。びっくりしてすぐ返事を書いて、父の家の電話番号も追記してテレホンカードを同封して投函したって聞いたわ）

その後はいつ電話が来るか、返事が来るかと待っていたのだそうだ。そこに、夏生の母親がわざわざ公衆電話を使って連絡してきた。

迷惑だから、二度と自分たちに関わるな。夏生もそっちに行く気はないし、手紙もいらないと言っている。そもそも手紙なんか書くんじゃなかったと後悔していた、と。

「……ちょ、なっちゃん、それって」

「その後も二回ほど、じいちゃんはおれに手紙をくれたらしい。けど、おれは受け取ってないから……たぶん母に捨てられたんだろうって、叔母さんが」

（結局のところ、父子喧嘩の延長みたいなものだったのよ。夏生くんは巻き込まれただけ。だから、自分を責める必要はないの）

叔母の言葉に、夏生は「でも」と反論した。きっかけを作ったのは間違いなく自分だ。

（小学生が我が儘なのもやんちゃなのも当たり前でしょ。悪いのはそれをきっかけに喧嘩したあげく、小学生を泣かせた大人よ。……いくら父に似てたって、夏生くんは夏生くんなの

にね）

息を吐いた叔母に、鍵を差し出されたのはその時だ。

（二階にある夏生くんの部屋の鍵よ。父が夏生くんをどう思ってたかを、ひとりで決めてしまわないで。まずはそこを見てくれる？）

「ああ、……それで」

思い当たったような明良の言葉に「どうやらバレた」と思い知って、夏生は視線を逸らす。先に書庫に来たのも、そこで座り込んで延々話し込んだのも、結局は同じ理由だ。つまり、「まだ微妙に尻込みしていて」、「だから明良にいて欲しい」。

「そっか。だったらそろそろ行ってみる？」

「……うん」

なのにそこを指摘することなく、さらりと促すのだから明良というヤツはとことん優しい。

腰を上げようとして、膝の上の子犬が熟睡しているのに気がついた。「下で寝かせた方がいいよね」と口にした明良が、子犬を抱き取って腰を上げる。一緒に書庫を出てから、階段を下りていく背中を見送った。

廊下に立って息を吐いた夏生の脚に、弾力のある体温が当たる。見下ろした先にいたシエルがいつもの仕草で首を傾げるのを目にして、これも明良の気遣いかと察した。

「おれ、年上のはずなんだけどなあ……情けなさすぎるだろ」

しゃがみ込んでシエルに抱きついたところで、階段を上ってくるかすかな足音が聞こえてきた。図体がでっかいくせに、ほとんど駆け足なくせに露骨な足音を立てないのは何でだと無意味に突っ込みたくなる。

「なっちゃん？　えーと、どうかした？」

傍までやってきた明良が揃えたようにしゃがみ込む。それを見返して、ぼそりと言った。

「あー……うん。じいちゃんの件だけど、おれ通夜も葬式も出られなかったんだよな、って」

それと知ったのが一か月前ではどうしようもなかったわけだが。叔母情報によると両親と兄はきちんと参列し、夏生については「所在不明で捕まらない、どうしようもない子」だと嘆いていたそうだが。

「……俺は、どうやっても連絡がつかないって聞いたよ」

「大学ん時のアパートから引っ越した時、新しい住所を連絡しなかったのは事実だよ。けど、スマホのナンバーは変えてなかったんだ。おれも、まだそこまで割り切れてなかったし。まあ、叔母さんに言わせるとそれはそれでよかったらしいけど」

夏生の母親だけでなく父親と兄までも、祖父の通夜や葬式より相続を気にしていたのだそうだ。少しでも合間があると叔母を質問責めにし自分たちの権利を主張して、祖父の友人たちから顰蹙を買っていたらしい。

なので当然のように、遺言状の中身が明らかにされた時は阿鼻叫喚（あびきょうかん）になった。どうして、そんなのおかしい、権利があるのは、いくら遺言と言っても、何で夏生だけ、あんな我が儘でどうしようもない子なのに、もしかして自分たちに隠れて何か、あり得ない贔屓、お兄ちゃんの方がずっと、だって長男なのに。

そのあたりの話し合いもとい折衝が長引いた結果が、夏生に連絡が入るまでの二年間なのだそうだ。

遺言状は、正式な書式と形式で認められたものだ。そして母と叔母にも、ちゃんとそれなりのものが遺されていた。下手に裁判を起こして泥沼になるより話し合った方が穏便に、短期間ですむだろう。——という叔母と弁護士の予想は大きく外れて、ねちねちと執拗に、無意味に粘られたのだそうだ。

（あの人って昔からそうなのよねえ。ゴネ得っていうか、とにかく粘れば思い通りになるはずって思い込んでるの）

それに慣れていた叔母も、さすがに二年近くともなれば疲れ果てた。「話し合い」には大抵の場合夏生の父親と兄まで加わって、三人して延々ゴネていたらしいからなおさらだ。

いつまで続くかと思われていた「話し合い」は、けれど約一か月前——夏生に連絡が来る数日前に、売り言葉に買い言葉でとうとうキレた叔母の一言で呆気なく決着した。

（だったらもう、正式な裁判にしましょうか。今度は夏生くん本人もちゃんと呼んでね）

夏生がその「話し合い」で蚊帳の外に置かれたのは、叔母からすれば巻き込む意味を感じなかったから——無用に厭な思いをさせるつもりはなかったからなのだそうだ。

（だって言うことが父や夏生くんの悪口陰口と、あとは自分は長女だから権利があるってだけなんだもの。遺言状の正当性を何度話しても全部ねじ曲げて解釈するから、まともな話し合いにならなかったのよねえ）

その母親も叔母と同様に、頑なに夏生本人を関与させるのを避けていたのだそうだ。

「美枝さんの言い分はわかるけど、なっちゃんのお母さんは何でだろうね？」

「おれがいるとかえって邪魔だと思ったんじゃないかな。就職が決まった時に揉めて、以降は顔も合わせてないし。あと、おれと叔母さんに結託されたら困るとか？」

「何それ腹立つ。……もういいや、行こ」

笑いながら言ったのに、さらに渋面になった明良に腕を取られた。引かれるように腰を上げて向かった先、二十年振りに目にしたドアに懐かしい「なつお」というプレートを見つけて、それだけで泣きたいような気持ちになった。

手のひらのリングからひとつの鍵を選ぶ。見上げた明良が軽く頷くのを確かめてから、鍵穴に差し込んだ。深呼吸して鍵を回し、ドアを引き開けて壁際のスイッチを探す。

瞬くように明るくなった室内を目にするなり、息が止まった。

「——……」

壁際に置かれたデスクと椅子と、その並びにある本棚。右手の壁際に寄せたベッドには、見知った緑色のカバーがかかっている。

デスクの上でブックエンドに挟まっている宝物だった昆虫図鑑と、それに関する本。その横には空っぽの虫カゴが、大事そうに置かれていた。

空き缶に色紙を貼ったペン立ては、かつて「あっちゃん」と一緒に作った。そこにささった鉛筆の先は、祖父に教わって剃刀で削った。本棚の上の壁に貼ってある昆虫生息地図は雑誌の付録で、当時の宝物だったのに右端が破れてセロハンテープで補修してある。

……自宅の自室に貼っていたのを、嫌った母親に剝がされたせいだ。セロハンテープの部分はすっかり黄色く色を変えていて、それだけの時間が過ぎたのだと実感させられた。

けれど、目につく「違い」はそこだけだ。他はまるで「あの翌年の春」みたいに――二十年前に戻ったように「そのまま」だった。

「なっちゃん。あれ、何かプレゼントっぽくない？」

「え、」

言われてみれば、本棚の横の壁際にいくつもの紙袋が置いてあった。見覚えのないそれに近づいて覗き込んでみれば、確かに丁寧に包装された包みが入っている。

「中身なんだろ。開けてみない？」

「や、でもそんな、勝手に」

「だってこれ、なっちゃん宛だよ。ほら、ここんとこに」

明良が示した包装の隅に、「十五歳の夏生に」という文字を見つけて瞠目した。それでも躊躇っていると、明良が手前の袋から取り出した少し大きめの箱を押しつけてくる。

「夏生」とある無骨な手書きは、間違いなく祖父のものだ。指先でそれを撫でてから、思い切って包装を外していった。出てきた箱に印刷された文字と写真に、夏生はただ瞬く。

「ゲーム機、……？」

「うわ、これ結構値段したヤツじゃん。俺、欲しかったけど買ってもらえなくて、就職してからやっと買ったんだよなあ。──あ、なっちゃんコレも。たぶんソフトじゃない？」

言葉とともに、今度は先ほどよりずいぶん小さな平たい箱を手の上に置かれた。開いてみると、確かに先ほどのゲーム機専用のソフトだ。それも当時の夏生が欲しくて欲しくて、けれど成績が悪いという理由で買ってもらえなかったもの。

「他も全部なっちゃん宛だよ。九歳から十八歳まであるっぽい」

「──、……」

震える手で、ひとつひとつ包装を解いていく。

小学生の時に欲しいと思っていたボードゲームに、デスクの上にあるのよりも分厚くて詳しい昆虫図鑑。しっかりした作りのリュックサックと、揃いのウエストポーチ。今の足にはもう合わないだろう、見るからにいいものだとわかるスニーカー。そして、……「十八歳の夏生に」と書かれた小さな包みの中にあった、ぴかぴかの腕時計。

「今度一緒にゲームやろうよ。俺と通信しよ。あと、ボードゲームも懐かしくていいかも」

軽い口調で言った明良が、腕時計を箱から拾い上げ、夏生の左手首につけてくれた。

さほどはないはずの重みを、やけにずっしりと感じた。

アナログの文字盤の時刻と日付が今日今の時刻と合っているのを、ひどく不思議だと思った。こみ上げてくるものを必死で堪えて、夏生はふらりと腰を上げる。すぐ傍のデスクに近づき、椅子を引いて座ってみた。

小学生の時に合わせたきりの椅子は、ずいぶん高くて座り心地はよくない。けれど、直そうとは少しも思わなかった。

そっとデスクの表面を撫でて、右手に並んだ抽斗(ひきだし)を開けてみる。そこにあるのは、当時の夏生が熱中していた落書き帳だ。手に取ってめくってみると、バッタやカマキリに蟬、テントウムシにクワガタといった虫たちが子どもらしいタッチで描かれ色鉛筆で塗られている。

……ここに来た当初の一番の楽しみは、捕まえた虫を絵に描くことだった。カゴの中で死なせるのは厭だったから、絵に描いた後は近くの草むらや林に放すのが夏生のやり方だった。

次々と抽斗を開けても目に入るのは「あの時のまま」ばかりで、どうしようもなく内側からこみ上げるものがあった。それを堪えて、夏生は手前の広い抽斗を引き開け――瞬いた。

そこに入れてあったのは、昆虫に関する資料だ。雑誌の折り込みの図解だったり付録のポスターだったり下敷きだったりと大きさはまちまちだけれど、写真やカラーがふんだんに使ってある、当時の夏生にとっては貴重で大事だったもの。

その上に、なかったはずのもの——複数の封筒が並んでいた。一番右に、まだそう古くはないよくある白い二重封筒。真ん中に「受取拒否」とある紙が貼られた封筒がどうやら二通重ねられていて、左端にはそれとは全然違う、片隅に漫画じみたイラストが入った——

「これ、……」

イラストにかかるほど大きく書かれた宛名は、祖父のものだ。子どもらしくバランスの悪い文字には消しゴムをかけた痕があって、白かったはずの箇所を擦れたように汚している。

……下書きなんか思いもつかなくて、書いては消しを繰り返した。消しゴムのかけ過ぎとこぼれる涙のせいで便箋を何枚も破って、最後の一枚でどうにか仕上げたのだ。その分慎重に、変な折り目をつけないように注意して封筒に入れた。

なのに取り出してみた便箋の折り目が毛羽だっているのは、手擦れの痕があるのは祖父がこれを繰り返し読んでくれていたからに違いなく。

ぐっと奥歯を嚙んでイラストつきの便箋を封筒に戻し、今度は真ん中の封筒を手に取る。「受取拒否」の文字は見知った母親のもので、その下には印鑑が押してあった。その紙の下にある宛名は夏生で、裏返した差出人は祖父だ。未開封の封筒の端を慎重に千切ってみれば、中には便箋とテレホンカードが入っていた。

元気でいるか、困ったことはないか。何も怒っていないから、何も心配することはないから、夏生は何も悪くないから。辛い時はいつでも電話しなさい。そして末尾には、祖父宅のだろう電話番号が記されていた。

もう一通の「受取拒否」の文面もぶっきらぼうで、けれど一生懸命夏生を心配し、励まそうとしてくれている。口下手なのは手紙でも一緒なのかとつい笑いそうになった。なのに油断したら別の何かが溢（あふ）れてしまいそうで、夏生はきつく歯を噛みしめる。

くぅん、と短く声がする。膝に触れてきたぬくみに目を向けると、いつの間にかすぐ傍にシエルがいて、夏生の膝に顎を乗せてじっとこちらを見上げていた。

伸ばした手でその頭を撫でて、そういえば明良はと思い出す。気配を感じて振り仰いだ先、背後から覗き込んでいるのを認めて呆れ声が出た。

「覗きは犯罪だぞ」

「覗いてない。俺は近くであっちゃんを見てただけー」

「……嘘だよ。明良なら見てもいい」

ぶっきらぼうに言って、「受取拒否」の紙を封筒から剝がす。丸めたそれをデスクの上に放ってから、祖父からの手紙を元の場所に戻した。

一番最後に右端の、まだ新しく見える封筒を手に取る。宛名部分は白紙のままで、けれど裏返すと差出人のところには祖父の名前があった。

封がされていないから、中身は空かもしれない。思いながら開いてみると、ちゃんと便箋が入っていた。そっと広げたその上には先ほどのと同じ無骨な文字が並んでいて、じわりと胸の奥が滲む。書き出しには「夏生へ」とあった。

自分を信じなさい。自分がやってきたことを信じなさい。じいちゃんが信じている、夏生を信じなさい。大丈夫、夏生ならできる。じいちゃんはずっと夏生の味方だ――。

最後の文字が、唐突に滲んだ。続いて便箋の罫線と、それを持つ自分の手までもが輪郭を失っていく。決壊した何かが眦からこぼれ、頬に当たったかと思うとシエルの頭上で跳ねた。

「……――ん、で」

何で、と。最初に浮かんだのは、その一言だ。

高校生まではまだ、仕方がなかったかもしれない。けれど大学進学で家を出てからは、バイトもしていたし多少の余裕はあった。就職してからだったらいつだって、この家を探しに来ることができたはずだ。

ずっと気になっていたし、会いたいと思っていた。大学に合格した時も就職活動で凹んだ時も、やっと内定を貰えた時だって、一番に伝えたかった相手は祖父だった。

なのに――どうして自分は祖父に会いに来なかったのか。

どうして、祖父を信じようとしなかったのか？

こんなにも夏生を思い、大事にしてくれた人なのに。それは夏生が一番、よくわかっていたはずなのに。

祖父から直接「嫌いだ」と言われたわけじゃない。「邪魔だ」とも、「迷惑だ」とも聞いていない。あれきり連絡が取れなくなったという、それだけのことだ。

ほんの少し勇気を出すだけで、よかったのだ。この家の住所を調べて手紙を出せば、思い切って会いに来れば、きっと祖父は喜んで迎えてくれた。

幼い頃の夏休みや春休みに、電車を乗り継いで辿りついた駅のホームで必ず待っていてくれたように。

きっと、二年前に逝ってしまうまで。ずっとずっと、夏生を待っていてくれた――。

「……、――っ」

くぅん、ともう一度シエルが鳴く。伸び上がったかと思うと、ぺろりと夏生の頬を嘗めた。湿ったぬくみに、熱で寝込んだ時に額に当てられた祖父の手のひらを思い出した。

「……なっちゃん」

低い声とほとんど同時に、座っていた椅子がぐるりと回る。伸びてきた手に後ろ頭を摑まれたかと思うと、弾力のある硬い肩口に顔ごと押しつけられた。

「俺、見てないからね。ちょっと人寂しいから、なっちゃんに抱きついてるだけだから」

明良の声が振動になって、肌から届く。それを聞いて、とうとう堪えきれなくなった。喉の奥で嗚咽が起きて、そこから胸の中で溢れていたものが決壊する。

「じ、いちゃ、――……ごめ、……ごめ、なさ――っ」

眦からこぼれる熱が、明良のシャツに吸い込まれていく。後ろ頭を摑む手が、強いけれど優しく夏生を受け止めてくれた。

無意識に伸びた指が、明良のシャツを握り込む。今は他に縋るものがなくて、何かに縋らないとこの場で崩れてしまいそうで、夏生は指先にきつく力を込めた。

「……っんで、」

今になって後悔したって、遅い。夏生が何も知らないでいるうちに、怖がって見ないフリでいる間に、手の届かない場所へと逝ってしまった。

どんなに会いたくても、二度と会えない。話したくても、伝えたくても届かない。ただ大好きだと、ありがとうとそれだけでいいと願っても、あの少し困ったような笑みを返してくれることはない。

飛びつきたくても、あの手で頭を撫でてほしいと願っても。もう二度と、叶わない――。

「……ぃ、っちゃ、……っ」

今になって――今さらに、もう祖父はいないんだと痛感する。同時に、これまでの自分がそれを少しもわかっていなかったんだということを――祖父の死を信じたくなくて、信じないためにこそ、この土地での人との関わりを避けていたことを思い知った。

7

「夏生（なつお）くん、そろそろ時間じゃないかい?」

横合いからかかった声に、夏生ははっと我に返った。

反射的に目をやった腕時計は、確かにそろそろ出なければならない頃合いだ。今の今まで読んでいた本を軽く閉じて、夏生は少し慌て気味に腰を上げる。と、店の出入り口のカウンターにいた山科（やましな）と目が合った。

「すみません、完全に没頭してました……これ、お会計お願いします」

大股に歩み寄って、持っていた本をカウンターに置く。と、山科は「おや」と首を傾（かし）げた。

「買わなくても、またうちに来て読めばいいのに」

「いや、それ客じゃないですし。営業妨害じゃあ?」

「夏生くんならいいよ。成田（なりた）の孫なんだし」

けろりと言う山科は、レジに触ることなく本を袋詰めにし始めた。

「そうは言っても別人ですから。……って山科さん、包装は会計の後にしてください」

その場で少々すったもんだしたものの、今回ばかりは事前に値段を確認していた夏生の勝ちだ。ちょうどの硬貨をカウンターに置いて、山科の前に滑らせた。

「夏生くんは真面目で律儀だなあ。成田だったらいくらで貸す、とか言い出すだろうに」

「じいちゃんはじいちゃんで、おれはおれです。あ、あと探してる本があるんですけど」

用意していたメモ書きを差し出すと、山科はすぐに請け負ってくれた。とはいえ古い本なので、時間がかかるかもしれないという。

「待ちます。特に急がないので見つかったら連絡——あ、おれこないだスマホ買ったんで」

ウエストポーチを探って、先日新規契約したばかりのスマートフォンを引っ張り出す。破顔した山科と、互いのナンバーとアドレスを交換した。

「お茶、ご馳走さまでした。その、連絡がなくても、また来てもいいですか？」

「いつでもおいで。僕も話し相手がいると嬉しいんでね。ああ、でも夏生くんのところからここまでだと遠いか……」

言って、山科が店の出入り口に目を向ける。ガラス戸越しにも目に入るメインストリートに車通りはほとんどなく、行き交う人だけが目についた。

「自転車もあるから平気ですよ。今日は、明良に言われたんで歩いて来ましたけど」

「これから人通りが増えるからねえ。はぐれたり、怪我したりしないように気をつけて。まあ、明良くんと一緒なら大丈夫だと思うが」

「……はい。ありがとうございます」

微妙に過保護な言い分に、苦笑しながらお礼を言った。受け取った本を小脇にして、夏生はそのまま山科の店――この界隈では最大規模の古書店を出る。

　空は見事な夏晴れだった。八月上旬らしく真っ青な空には、雲ひとつ見当たらない。降り落ちる日差しは容赦なく、見上げた頬が焦げる心地がした。

「いい天気、なのは好都合なんだろうなあ……」

　歩き出して、すぐに気付く。余所から来たのか地元からの出店なのか、歩道の大部分が準備機材やシートで占拠されていた。どうしたものかと足を止めたら、目の前で機材らしきものを組み立てていた人から「車はもう通行止めだから車道を通っていいよ」と言われた。

　礼を言って、夏生はそろそろと車道に足を踏み入れる。見れば歩行者たちは当然のように車道を闊歩していて、そこまでの規模なのかと改めて感心した。

　例の花火大会が、今夜開催されるのだ。

　物珍しく出店準備を眺めて歩いていると、見知った店――前に明良に連れて来られた和風創作料理の店の前で出店準備をしていた黒縁眼鏡の青年が目に入った。と、視線に気付いたのかふいに顔を上げた彼とまともに目が合う。

「あれ」と、青年が目を瞠ったのがわかった。反射的に発動しかけた人見知りを必死で抑え込んで、夏生はどうにか声を出す。

「こんにちは」

「ども。えーと、明良の幼なじみ、の……髪、切りましたよね？　雰囲気全然違いますねえ」

「ああ、はい」

言われて、夏生は苦笑する。無意識に手が触れた首のあたりに、短くしたせいで少々跳ね気味になった髪の先が触れた。

つい先日、明良に教わった美容室でカットしたばかりなのだ。こだわりもないので全面的に任せたのだが、終わった後はあまりの涼しさにもっと早く切るんだったと後悔した。

「あの時は失礼しました。おれ、西谷といいます。その、……奥沢に住んでた成田の孫です」

夏生も数日前に知ったことだが、祖父はこの土地ではそこそこ知られた人だったらしいのだ。口下手で寡黙で子どもが苦手というキーワードからは予想がつかなかったが、地元の行事や集まりでは相談役として頼りにされていたという。

「知ってます。なっちゃんさん、ですよね。オレも、成田さんから話を聞いたことがあるんで。——で、西谷さんはこれから花火見物ですか？」

「その、予定です」

「だったら是非、うちの出店にも寄ってってください。場所取りが始まる前には売り出しを始めますんで。花火は、もちろん明良と一緒ですよね？　だったら大丈夫だと思いますけど、念のため明良から離れない方がいいですよ。……っと」

にこやかに言った青年は、直後に本来の店舗から出てきた誰かに呼ばれて踵を返した。思い出したように振り返ったかと思うと、「じゃあまた後ほど」と言い置いて去っていく。

それを見送って、どっと疲れた。こっそりため息をついて、夏生はゆっくり歩き出す。

「どうもこうも、慣れないなよなあ……」

たったあれだけのやりとりでぐったりするあたり、自分はやっぱり人見知りだ。単に人づきあいが苦手、とも言うが。

どうやら自分は同世代よりも、山科のような祖父母の年齢の人の方をずっと話しやすく感じるらしい。……つい先日までその年代の人たちこそを避けていた自分を思うと、呆れるしかないのだが。


――「自宅」二階にある「自分の部屋」を開けてから、今日で十日目になる。

あの夜泣き寝入りしてしまった夏生は、翌朝目を覚ました時点で「二階の自分の部屋」のベッドの上にいた。それも、明良の腕の中に完全に抱き込まれる恰好で、だ。

あまりのことに、状況把握まで数分かかった。やっとのことで我に返って慌てて飛び起きようとして、それが物理的に不可能だということを秒で思い知らされた。瞠目したまま静かに大混乱していたら、寝ぼけたらしい明良にさらにがっしり抱き締められて、鼻先がくっつく距離で顔を眺める羽目になった。

逃避気味に「こうも端整な顔なのに何故怖いのか」などと考えていたら、眠ったままの明良が小さく唸ってぐりぐりと夏生の顎の下に顔を擦り付けてきたのだ。

絶対シエルと間違えているだろうとさらに明後日の方向に思考を飛ばしていたら、夏生の腰から背中に回っていた腕に力が入った。気がついた時には視界が反転し——ベッドの上で、明良の下敷きにされていた。

あのベッドは子ども用ではないが、れっきとしたシングルだ。成人済みの、しかも一方が大男となれば「落下防止のためくっつく」のは致し方ない。

と、夏生が思ったのは後々になってからだ。

ずっしり重い体温を肌で感じた瞬間に、一度完全に呼吸が止まった。

明後日に逃避していた思考が、いきなり破裂して現状を突きつけてくる。ここぞとばかりに戻ってきた大混乱の真っ只中(まっただなか)に放り込まれ、それとは別のよくわからない衝動に押し流されて、気がついた時には明良をベッドから蹴落(けお)としていたわけだ。

集合住宅だったら間違いなく、上下左右から苦情が殺到するはずと確信できる音がした。

(ちょ、何——え、うわ、なっちゃんひどい……)

数秒、その場で蹲(うずくま)っていた明良の第一声がそれで、反射的に言い返していた。

(そっちこそ、勝手に人を抱き枕にすんなっ)

(いやだって、なっちゃん寝ちゃったし。起こすのも可哀相(かわいそう)だし、いくら俺でも一階までなっちゃん下ろすのは無理だし？　寝床はここしかないんだから仕方ないじゃん)

……フローリングにあぐらをかいた明良の主張は正々堂々そのものだったが、あいにくこちらにも反論はある。なので淡々と、指摘させてもらった。

（おれをベッドに運んでくれたまでは、感謝する。けど、おまえまでここで寝る必要性も必然性もないよな？）

（だってなっちゃんの寝顔可愛かったし。……もちろん泣き顔もすんごい可愛かったけど）

（明良）

（うわごめんなさい俺が悪かったですー）

　地の底から出すような声で呼んでやったら、土下座の勢いで謝ってきた。なのでそこで手打ちにしてやったわけだが――

「いや、アレはないって……」

　強い日差しのせいでなく、急に顔が熱くなった。無駄と知りつつ手で顔を扇ぎながら、夏生は少々ヤケ気味に足を速める。

　明良のスキンシップが濃いのには、もう慣れた。子どもの頃から手を繋いで歩き、何かあれば抱きついたり抱き合ったりが普通だった相手でもある。

「今さらレンアイとかどうでもいいってか、むしろイラナイし。相手が明良とかあり得ないし、明良にとっては男同士とか論外だろうし。そうなると蹴落としたのは悪かった、かも」

　抱きつかれる程度ならともかく、上に乗ってこられたのがまずかったのだ。それがベッドの上だったことも、よりによってというのかどうにもこうにもと言えばいいのか、

「……うん、やめやめ」

妙な方向に流れそうになった思考を、ぶんぶんと頭を振って引き戻した。

あの夜——朝？　を境に、夏生の生活は少し、いや大いに変わった。

まず、これまで家に籠もったきりだった日中に、通販で買ったまま置き物になっていた自転車に乗って出かけるようになった。

きっかけは、パソコンのデータ保存用メディアが唐突に使用不能になったことだ。通販を待つ余裕もなくメインストリートにある電器屋に飛び込んだら、呆気なく買い物が終わった。アレ、と思い近くの文具店に寄ってみたら、こちらもあり得ないほどすんなり終わった。

朝夕の犬の散歩はやっぱり明良と一緒だが、例の「ご近所さん」とは普通に挨拶する間柄になった。もっとも、そちらの方は多分に明良のおかげだ。

明良をベッドから蹴落とした日の夕方の散歩の際に、明良に続いて自分からも「こんばんは」と声をかけてみたのだ。

当然と言うべきか、「ご近所さん」には無言でガン見された。思わずたじろいだ肩を明良に抱かれ、逃げ場を奪われた恰好で紹介されてしまったのだ。

（こちらなっちゃんです。成田のおじいさんとこの孫さんだよ。ほら、俺が小学校に上がる前くらいによく一緒に遊んでくれてた）

いつか明良が言った通り「ご近所さん」は当時の夏生を覚えていて、「あー、あの！」といかにも思い出した顔で言われたわけだ。そこでどうにか今までの態度の悪さを詫びたら、またしても明良が横から口を挟んできた。

（なっちゃんて、こう見えて人見知りなんだよね？）

むっとして「おい」と脇腹をどついたら、明良が大袈裟にふらついた。それを見た「ご近所さん」が笑い出して、その後は「持って行きな」と収穫したての夏野菜を分けてくれた。

「壁を作っていたのは夏生の側だった」ことを、その時に痛感した。

四日ほど前に夏生が初めて山科の古書店を訪ねた時、彼はとてもわかりやすく喜んでくれた。店内のソファセットを勧めてくれ、読みたい本があったら好きなだけここで読んでいけばいいと言ってくれて、ちょうど昼時だからとランチに誘ってくれた。

近所で買った弁当を一緒に食べながら思ったのは、「もう繰り返さない」ということだ。

人と人との関係は、簡単であり複雑だ。皆が皆、「ご近所さん」や山科相手の時のようにすんなり行くとは思わない。どんなに努力したつもりでも、頑張ったはずであってもどうにもならない相手もいるはずだ。

けれど、それは「自分だけで勝手に」決めることではない。相手がどう思っているのかは、面と向かって本人に聞いてから判断した方がいい。結果がどんなに痛くても苦しかったとしても、それならば納得できるし諦めもつく。

又聞きや噂や伝聞や「こう言っていた」という言伝ては、必ず間に第三者が入る。その第三者の思惑次第でねじ曲げて、真逆の嘘を捏造することだってできる。

もちろん本人に直接答えを貰ってても、それが「本当」だとは限らない。たとえば上司の真藤は夏生が伝えた「九か月前の事情」について、これといったコメントは口にしていない。

真藤がしたことは「在宅ならできるのでは」という提案と、夏生の仕事に対する正当な評価と、夏生が知っておいた方がいいだろう情報の提供だ。

だったら「してくれたこと」を見ようと思ったのだ。本音は見えなくても、真藤の「行動」ははっきり見える。

(西谷のスマホのアドレスと番号さ。僕の個人のスマホにも登録してもいい?)

連絡先の追加を知らせた時の、上司の言葉を思い出す。同時に夏生自身は就職してすぐに、彼の個人的な連絡先を知らされていたのに、今になって思い当たった。

けれど真藤は社用の端末を所持しているのだ。個人の連絡先を夏生に知らせる必要など、どこにもない。

――見えない「心」を疑うよりは、見える「行動」を信じよう。又聞きの言葉ではなく、その人が「してくれたこと」をよく見よう。

そう決めたら、真藤とのやりとりが楽になった。メールを開くのに躊躇わなくなり、返信に悩むこともなくなった。以前はほぼ用件のみだった電話に雑談が混じるようになり、通話を切った後の疲れを感じなくなった。かつての自分が真藤に対し、どれだけ警戒し緊張していたのかを知って驚いた……。

思い出して首を竦めた時、ちょうど目的の場所に辿りつく。生け垣に囲まれた広い庭のテーブル席と、その奥にある古民家を擁した「喫茶ひより」だ。

週末に花火大会が重なったせいか、すでに午後二時半を回っているのにもかかわらず庭のテーブルは満席だ。どうやら各テーブルに設置された和傘も理由のうちらしく、席についた客のほとんどがしきりに写真を撮っている。

「あらなっちゃん、いらっしゃい」

生け垣を繋げる門から一歩入るなり、古民家の玄関先にいた老女から声がかかる。実は二十年前から顔見知りだったその人の笑顔につられて、夏生の顔も緩んでしまった。

「こんにちは。営業中にすみません、明良は」

「もうじき手が空くはずよー。なっちゃんはこっちに来て頂戴な」

亡き祖父や山科と同世代のはずなのに、しっとりした和装とエプロンがよく似合うのに、跳ねるような足取りに違和感がないのはなにゆえか。

この人に会うたび浮かぶ疑問を覚えながらついて行くと、どうやらスタッフ用らしい奥まったドアに案内された。「あの?」と声をかけたのに無言の笑顔を返されて、辿りついた先は屋外だ。古民家を通り抜けて裏へと案内されたようだが、その理由はすぐにわかった。

「あー、なるほど。シエルってふだんはここにいるんですか」

元は小さめの田圃だったとおぼしき空間が、柵に囲まれたドッグランになっていたのだ。

明良曰く、スタッフに犬飼いが多いのを理由に作ったスペースなので、ふだんはシエルの他複数の犬がここで過ごしているのだとか。

「あれ、けど犬が全然いないんですね。……って、そっか。花火大会があるから」

「そうなのよー。ここだと音も光も見えちゃうからねえ」

犬にとって花火は刺激が強すぎるからと、今日のシエルはリオンと一緒に夏生宅で留守番中だ。だったら当然かと納得しているうち、老女は「すぐ呼んでくるから待っててね」と言い置いて古民家へと戻っていった。

長く伸びた庇は夏生がいる場所だけでなく、ドッグランの一部にも影を作っている。あれなら一日中どこかに影があるはずだし、どうやら風の通りもいい。

なかなか贅沢な場所だと感心しながら、表の庭にあったのとよく似たテーブルにつく。椅子が三脚置かれているのは、たぶんスタッフの休憩用なのだろう。

最近になって知ったことだが、「喫茶ひより」のオーナーは明良の長兄なのだそうだ。その妻もスタッフのひとりで、祖母である老女は本人の気分次第で入る「お手伝い」だという。

「なっちゃん、お待たせ」

ややあってかかった声に振り返ると、作務衣姿の明良が顔を出したところだった。

「いや、こっちこそ……ってよく持てるな、それ」

「え、軽いよ？　こんなの慣れだって」

「……基礎体力の違いがわかる台詞だな」

「喫茶ひより」で使われるトレイはそれなりに大きく、上に載る皿数からして重量もそこそこあるはずだ。なのに明良はそれを両の手にひとつずつ軽々と持った上、危なげなく日よけの下にあったテーブルに置いている。

「それはそうと明良、本当に仕事大丈夫なのか？　表の庭のテーブル、満席だったぞ」

「担当分の準備はすませたから大丈夫。それよりお昼が遅くなってごめん、なっちゃんもおなか空いてるよね？　ほら座って座って」

先に席についた明良に、給食を前にした小学生の勢いで催促された。苦笑交じりに夏生が腰を下ろすなり、「いただきます」と箸をつける。よほど忙しかったのだろう、袖をまくった明良の腕にも額にも汗が浮いていた。

「山科さん何か言ってた？」

「あー、人が多そうだから怪我するなっていうのと」

言葉を切った夏生に、明良が箸を止める。興味津々の顔に、隠しても無駄かと続けた。

「明良が一緒なら大丈夫だろうって。……あと、前に行った創作料理店の人にも似たようなことを言われた」

「それ。場所取りの前に寄れって連絡来てたけど、なっちゃんから声かけたんだって？」

「挨拶だけな。目が合ったのに無視はできないだろ」

「ふーん……うーん、ちょっと微妙かなあ」

ふと思案顔になった明良に、むっとした。

「何が。おまえまでおれに保護者がいるとか言う？」

「いや、そうじゃなくて。もとい、俺としてはそっちの方が」

「あっちゃんごめんなさいちょっと来てくれるー？」

明良の言葉を、唐突な声が遮る。見れば、先ほどのドアから老女が顔を出していた。

「え、何で。俺、もう上がり……」

「でも厨房が困ってるのよー。まだ着替えてもないんだし、すぐ終わるからいいでしょ。なっちゃんのお相手ならわたしがしてるから」

不満顔になった明良に駆け寄ったかと思うと、ほらほらと急(せ)かして立たせて古民家に押し込んでしまった。鮮やかすぎる手並みに感心する夏生に、にっこり笑って言う。

「わたしもお相伴(しょうばん)していいかしらー？」

「あ、はい。もちろんです」

「ありがとうねー。すぐ取ってくるから待っててねえ」

手を振った老女が家の中に入るのを見届けてから、ほんの数分ほどだろうか。唐突に、おまけに乱雑な勢いで開いたドアにぎょっと目を向けると、険しい顔をした青年と目が合う。

初めてこの店に来た時に、夏生を「子犬泥棒」扱いした人物だ。

「——何で、アンタがここにいんの」

「案内されたからだけど」

尖った声で言われて、あえて事務的に返す。この青年と会うのはこれが四度目で、その全部がこの店だ。もっとも場所はガーデン席で、夏生は客で彼はアルバイトという立場だった。お仕着せの作務衣姿の彼は、今日もバイト中らしい。手にしたトレイからすると、明良と同じく休憩に入ったところか。夏生の返答に、さらに眦を吊り上げて睨んできた。

「ここスタッフ専用の休憩所なんだけど？　図々しい、普通誘われても断るもんじゃないの」

「そうなんだ。初めて知った」

「だったらとっとと出てけば。やっと休憩に入ったのに、アンタなんかいたら邪魔っ」

言いながらその場から動かないのは、きっと夏生に近づきたくないからだ。相変わらずの嫌われように肩を竦めて、夏生はとっとと腰を上げる。自分のトレイを手にしたところで、

「あらあ？　なっちゃんどうしたの。まだ全然食べてないじゃない？」

「……おばあちゃん！　駄目だよ部外者をココに入れたら、とっとと追い出さないとっ」

夏生より先に叫んだ青年に、自分のらしいトレイを手にした老女が「あらあ」と瞠目する。すぐ近くにいる彼をじいと見つめたかと思うと、今度は夏生に目を向けてきた。ひとつ頷き、すたすたと近づいてくる。持っていたトレイをテーブルの空いた場所に置いて言った。

「じゃあ移動しちゃいましょうか。表のテーブルが空いたところだし」

「え、でも。いいんでしょうか」

「もちろんよー。なっちゃんもお客さんだもの。――マモルくんもごめんなさいねえ、なっちゃんをここに案内したのはわたしなの。文句はわたしに言って頂戴ね？」

「お、ばあちゃ」

絶句した青年ににっこり笑顔を向けた老女が手にしたのは、明良のトレイの方だ。

「さあ行きましょ」と促されて、ここは黙って従うことにした。じっとりと睨んでくる青年の前を素通りし、家の中を通って今度は表の庭に出る。

言葉通り、庭のテーブルはふたつほど空いていた。手前ではなく生け垣に近い方に明良のトレイが置かれたのに倣うと、老女は小さく息を吐いて言う。

「ごめんなさいねえ、なっちゃん。マモルくんは、後でちゃんと叱っておくから」

「気にしないでください。おれ、ああいうの慣れてるんで。それに今回は彼の言う通りかと」

「あら。慣れてるの？」

「はい、まあ」

苦笑交じりに頷いた時、聞き慣れた声に「なっちゃん」と呼ばれた。見れば、私服に着替えた明良で、駆け寄ってくるなり「マモルに何言われた？」と訊かれる。

「あー、別に？　まあ、常識的なことと言うか」

「なっちゃんをあそこに案内したのはわたしだから、文句はわたしにって言っといたの。あっちゃんは？」

「今日の仕事終わり以降はなっちゃんが先約だって言った」

「そう」

「うん」

祖母と孫の間で頷き合ったあたり、何かの合意があったらしい。薄々察しがついてしまって、夏生は思わず明良を見る。

「いや、でもいいのか？　彼、明良に話とかあったんじゃあ」

「だとしてもなっちゃんに絡むのはナシ。そもそもお客さんに暴言吐くようなヤツの言い分を聞く必要性を感じない」

「そのあたり、わたしからもお話ししておくわね。詳しいことはまた今度」

「よろしく」

「はいはい。それはそうと、あっちゃんもなっちゃんも早く食べちゃいなさいな。冷めちゃうでしょ？」

「休憩中に呼び出したのばあちゃんだろ……」

夏生から質問したはずが、またしても祖母と孫の問答で終わってしまった。部外者からはこれ以上は余計かと口を閉じて、夏生は明良に促されるままテーブルにつく。

「ところでなっちゃん、それは慣れちゃ駄目だと思うわよー？」

最後の最後、老女がぽとんと耳元に落としていった一言がやけに鮮やかに耳に残った。

8

「まいどありー！　こっそりサービスしてる分は内緒に頼みますね？」

「は、え、その、ありがとう、ございます？」

二人分の蓋付き紙コップを受け取ったタイミングで、後半の台詞をこっそり囁かれる。間近でにやりと笑った彼——和風創作料理店の、明良の友人に戸惑っていると、不意打ちで肩を抱かれ背後に引き寄せられた。

「え、ちょ」

「おい待て今なっちゃんに何言った？」

場に合わない険悪な声音に、夏生はつい顔を顰めた。辛うじて落とさずにいられた紙コップを左腕だけで支え直すと、肩から鎖骨に回った明良の腕を叩く。

「それはこっちの台詞。おまえ何やってんの。——すみません、お騒がせしました」

「え、だってなっちゃん」

「ふーんなるほどー」

後ろで順番待ちしていた客に詫びを入れ、何やら面白そうに笑う青年に目礼する。まだ文句を言いたげな明良を一瞥で黙らせ、広い肩を押してその場から離れた。

出店の多くが営業を始めた今、メインストリートは「どこからこんなに」と思うほどの人で溢れている。そんな中、人が少ないところを探して明良の背中をぐいぐいと押した。

「で？　おまえのオススメスポットってどっち」

「あー……ええと、あっち？　そんであっちゃん、それ貸して」

不満顔のままの明良が手持ちのバスケットを開けて、辛うじて残っていた隙間に夏生から受け取った紙コップを入れる。当然のように、夏生の手を摑んで歩き出した。器用に人波を避けて歩いて、数メートル先の脇道へと踏み込む。さらに先に進むと、目に入るのは個人住宅やその庭にある畑に田圃、ひとかたまりになった林や少し離れた山といった長閑さだ。

もっともこのあたりにも昔ながらの民宿や、ごく最近できたペンションがあるらしい。すれ違ってメインストリートへと向かう人の中には、わかりやすい観光客も混じっている。

気になるのは、自分たちと彼らの進行方向が真逆だということだ。おまけに当初はそれとなくだった上り坂が、今は露骨な傾斜になっている。

「……ちょ、まだ歩くのか？」

「まだっていうか、もうちょっと。なっちゃん、きつい？」

声とともに軽く手を引かれて、そういえば手を繋いだままだったと思い出した。

「いや平気。荷物持ってんの、おまえだろ」

今さらに、握られた手の体温を意識する。とはいえ体力不足に自信がある夏生にとって、この助けはありがたい。周囲に人影がほぼないのを幸いに、あえて何も言わずにおいた。

半ば引っ張られながら息を切らして歩くことしばらくして、今度は階段に突き当たる。明良が登り始めたそれにはうんざりするほど先があって、ついため息が出た。その後数分を、どうにか上がっていった頃だろうか。「このへんかな」とようやく足を止めてくれた。

「ここ？　会場から遠すぎるだろ」

「下の道からだと建物が邪魔だし、人が多すぎてよく見えなかったりするよ。その点、ここなら視界を遮るものがないから」

「あー……なるほど」

メインストリートはずいぶん下だ。ここからでも、道が人で埋まっているのがわかる。

「この上は？　まだ階段あるけど、何かあるのか」

「神社。けど今日は、上がっても何もしてないよ。トイレは借りられるはずだけど」

言いながら階段に腰を下ろす明良の後ろ、上へと続く階段の先にこんもりと見えるのは境内に植わった樹木なのだろう。そうして見れば階段の上にも下にもちらほらと座り込む人影があって、どうやら知る人は知るスポットらしいとわかった。

「はい、これ。ここまでお疲れさま」

「ありがと」

水のペットボトルを受け取って、明良の隣に腰を下ろす。滲む汗が気になって手の甲を額に当てると、横からハンドタオルを差し出された。至れり尽くせりの待遇に苦笑しながら、気持ちのいい風が吹き抜けていくのを実感する。

「あのさ、明良は本当によかったのか？　その、今日のことだけど」

「え、何が？」

「さっきあっちこっちから誘われてたよな？　花火見るのだけじゃなくて、その後とかも」

出店の種類の多さに目移りして、食べきれないほど買ってしまったのだ。その際に出店のスタッフや行き合った相手から、後ろから追いついてきた者から横合いからと、数え切れないほどの声をかけられた。もちろん、すべて「明良に」だ。

どこで花火を見るのかから始まって、一緒に見ないかだとか新しい穴場を教えてやるといった誘いに、花火が終わった後でどこぞに行こうとか、具体的にどこで待っていると決めてしまったような声。そして、最近つきあいが悪すぎる、少しはつきあえそっちからも声をかけてこいという文句めいたもの。

それから――あやかはどうした一緒じゃないのか、と訝る複数の声。

「友達もいたけど、ただの知り合いもいたよ。なんせ地元だし、仕事が仕事だからね」

「だったら余計に断ったらまずいんじゃないのか？」

その全部を、明良は迷いもせずに断った。ごめんあいにく先約があるからまたそのうちに。

結果、明良の隣にいた夏生は彼ら全員から注目され、特に女性たちを含む一部からはわかりやすい不満顔を向けられることとなった。

正直に言えば、かなりビビった。

もともと夏生は目立つのが嫌いだ。なるべく地味で目立たずにいたい。

「え、何で？」

なのに、明良はあっけらかんと訊いてきた。軽く身を乗り出して、夏生に顔を寄せてくる。

「いつも言ってるよね？　俺はなっちゃんといるのが一番楽しいし、なっちゃんが好きだから一緒にいたいって。もしかして、それがなっちゃんを困らせてる？」

「――……いや、それはない、けど」

毎度聞き慣れた台詞だから、もう慣れているはずだ。なのに、どういうわけか今はまともに見返せる気がしない。なので夏生はふいと視線を背けた。

「そ、れはそれとして、さ。マモルっていうあの子だけど、明良とは個人的な知り合いだよな？　アキちゃんとか呼んでたし」

「あー……まあ、あいつが幼稚園の時からのつきあいだから」

「幼稚園って、いくつ違うんだ？」

「四つ下。あいつが三つの時に近所に引っ越してきた」

当時の――というより今もその気があるようにしか見えないが、かの青年は癇性（かんしゃく）気味で、入園先でもなかなか友達ができなかったそうだ。ふたつ年下の妹が病弱で親がそちらにかかりきりだったせいか、近所の公園でもぽつんとしていることが多かったらしい。

「気になって声かけたら懐かれた。よく言う刷り込みってヤツ？　雛が最初に見たものを親だと思ってついて回るっていう」

「そ、うかあ？」

　思わず首を傾げた夏生に、明良が差し出したのはおつまみ風のごく小さいサンドイッチと紙コップのスープだ。どちらもあの和風創作料理の出店で買った。

　今はこれだけで十分と夏生がスープのみ受け取ったところで、明良がさらりと言う。

「ここだけの話だけど、実はなっちゃんの真似しただけなんだよね」

「へ？」

　思いがけない言葉に、紙コップを持つ手が止まる。持ったままのそれを膝の上に置いて、夏生は「何だそれ」と明良を見た。

「俺も、なっちゃんに会うまではばあちゃんと遊ぶかひとりが当たり前だったからさ。兄貴たちにはついていけないし、たまーに混ぜてもらっても早々に挫折するし。それならって同い年に混じってても同じことだったし、だからって女の子の中とか、年下連中に混じるのも厭で」

　そんな時に、夏生と出会ったのだと明良は言う。

「あの頃の三歳差ってでっかいよね。けどなっちゃんは一度も俺を馬鹿にしたり、下に見たりしなかった。俺の言い分を最後まで聞いて、俺がうまくやれない時だってむやみに手伝うんじゃなくて、どうすればできるか考えてくれた。どうしてもついていけない時も厭な顔ひとつせずに、当たり前の顔で追いつくのを待ってくれた。それが、凄く嬉しかったんだ」

つらつらと続く言葉を聞きながら、夏生は「そうだっけ」と思う。

嬉しかったのは——明良と一緒にいられて救われたのは、むしろ夏生の方だ。夏生こそ、明良がいなければひとりで遊ぶか、祖父につきあってもらうしかなかった。

ひとりで遊ぶことが厭なわけではない。どちらかと言えば、夏生はそちらの方が気楽だし落ち着く性分だ。けれど自分が望んでそうしていることと、そうであるしかないことはまったく違う。それに、と思ったところで明良がふと夏生を見た。最上級の笑顔で言う。

「なっちゃんってさ。今もだけど、あの頃から俺のヒーローなんだよね」

「ひ、……」

聞いた瞬間、言葉の意味がわからなくなった。何だソレ料理の新メニューか何かか、さっき買った食べ物の中にそんなものが紛れていただろうか。

「優しいし可愛いし。強くてしなやかで」

「……——いやちょっと待て明良。おまえそれは美化しすぎだ。っていうか誰の話をしてるのか、改めてちゃんと聞きたい。さっきの店の友達か？　それとも、おまえの店のバイトの」

「全部外れ。俺、ちゃんと言ったよ。なっちゃんのことだって」

立て板に水の勢いでまくし立てたのを、拗ね顔の明良に一刀両断された。

茫然とした一拍の後で、唐突に顔が熱くなった。そこだけ一気に体温が上がったのがわかって、夏生は慌てて腰を上げる。

「なっちゃん?」

「ごめん、おれちょっとトイレ……っ」

文字通り一目散に階段を駆け上がる。途中に座る人から胡乱な目で見られている気がしたけれど、とにかく上へ上へと急ぐ。てっぺんに辿りついた時には、完全に息が上がっていた。

見渡した境内は思いのほか暗い。右手にある大木が大きく枝を張っているせいだけでなく、振り返った先の開けた空も宵の色に染まっていた。

目を落とした腕時計は、十八時五十分を回ったところだ。

……あと十分。それだけあれば、火照った顔も鎮まるはずだ。とにかく、今のこの顔を明良に見られるのだけはまずい。

「収まらなくてもまあ、花火が始まれば……って、花火上がって明るくなったらバレるかも。ええと、でもさっきはギリギリ大丈夫だった、はず」

(俺のヒーローなんだよね)

先ほどの明良の台詞を思い出して、またしても頬が熱くなった。それを持て余して、夏生はとぼとぼと境内の奥へ向かう。

大木はいわゆるご神木なのか、幹に注連縄が巻かれている。なのに囲いも注意書きもなく、簡単に触れてしまった。そのまま背中から凭れかかって、夏生は短く息を吐く。

「どう考えても美化されすぎ……」

そんな気は、正直当初からしてはいた。けれど熱中症の時から先日の号泣に至っては、かなりみっともなく情けない場面を見せつけたはずなのだ。

何でそうなったと真面目に悩みかけた時、ポケットの中から電子音が鳴った。

引っ張り出したスマートフォンの画面を目にして、けれど夏生は胡乱に瞬く。表示されているのは、十一桁の知らないナンバーだ。

しばらく待ってみても鳴り止まないコールに、まあいいかと電源を落とした。とたんにしんとなった境内に何となくほっとした、その時だ。

「……あのさあ」

いきなりの声に、盛大に肩が跳ねた。慌てて顔を上げた先、開けた空を背景にこちらを見る人物——明良が「マモル」と呼んでいた青年と、まともに目が合う。

最初に思ったのは「どうして彼がここに」の一言だ。反応できず瞬くだけの夏生に苛立ったように、青年はいきなり眦を吊り上げる。

「アンタさあ、もういい加減にしてくれない？」

「……は？」

「だから。いつまでアキちゃんに面倒かける気かって訊いてんの。アキちゃんが優しいからっていい気になって振り回して、スタッフ休憩所まで入り込むとか図々しいにもほどがあるだろ。おまけに花火まで一緒とか、あり得ないんだけどっ？」

言われた内容は「喫茶ひより」での問答の延長のようで、さすがにため息が出た。

「だから、おれが頼んだわけじゃない。あと、花火も明良から誘ってもらっただけで、おれが無理言ったわけでもない」

「ア、キちゃんは去年まで毎年っ、オレと一緒に花火見てたんだよ！　そこの階段だって定番の場所でっ」

「は、」

「なのに何で今年は駄目って、いっつもアンタのせいじゃんか！　休みの日も全然つきあってくれないし、今日のランチだって一緒は駄目だとか言うし、チビだって本当はオレが、」

地団駄を踏む勢いで言われても、夏生には返答のしようがない。だからといって黙っていられる空気でもなく、夏生は渋々口を開く。

「さっきから言ってる通り、おれが明良に頼んでるわけじゃ」

「アンタ、自分のおじいさんの通夜にも葬式にも出なかったんだってな」

唐突に切り込まれて、瞬間返答に詰まった。とたんににやりと表情を歪めた青年に、せっかくの可愛い顔が台無しだと他人事（ひとごと）のように思う。

「そのくせちゃっかり家だけは貰うとか。いくら孫だって財産目当ての常識ナシって噂になってんの、知らないんだ？　さんざん世話になっといて、急に来なくなってそれっきりとか」

「――……それで？」

我ながら、やたら長いため息が出た。

そんなもの、指摘されなくても知っている――身に染みていた。

事情を知る明良を筆頭に、祖父の知己としてかつて顔を合わせていた山科のような人たちは好意的に接してくれている。けれど、だからといって「起きたこと」は「なかったこと」にはならない。言われても仕方のないことだから、言い訳をする気もない。

静かに見返す夏生に気圧されたのか、青年の踵がわずかに下がった。声を絞るように言う。

「……ア、キちゃんが優しいのは、アンタにだけじゃないからなっ。アンタが来るまで、バイトの時の休憩はいっつもオレと一緒で、仕事終わりに遊びに行ったり夕飯したりなんかしょっちゅうだったし、オレが初めて酒飲んだ時だって一緒で、潰れたの家まで送って介抱してくれて、……――だ、からもういい加減にしろよ、アキちゃんのこと縛るのやめてよっ」

じわりと暗くなっていく視界の中、訴える青年は必死だ。最初は怒りと苛立ちしかなかった声が、最後には懇願になっている。それに気付かないほど、一生懸命になっている。

それだけ、明良が好きだということか。

うっすら察していたことが、「事実」として伝わってくる。好きで好きでどうしようもなくて、一途に大切だと思っていて、だから誰にも奪られたくない。自分でもどうにもならないほどの、独占欲。

心臓のあたりが、絞られるように苦しくなる。目の前の彼が今感じているだろう痛みは、きっとかつての夏生が厭というほど味わってきたものとよく似ている。だからこそ、こうもはっきりと見えてしまうのだろう。

でも——今の今、夏生の中で蠢く痛みは過去のものにしては少し、鮮明すぎはしないか？

「だ、いたいさあ、アンタわかってないだろっ」

ふいに、青年の声のトーンが変わる。露骨な嘲りを含んだそれに、夏生の中に浮かびかけていた何かが霧散していくのがわかった。気がかりなそれをたぐり寄せるより先に、彼は夏生を睨んで続ける。

「アンタ、引っ越してからずっと引きこもってたんだって？　誰にも相手にされなくて、さ」

「……、それが？」

「無理もないっていうか、当然の報いだよな。優しいからって平気で甘えまくって相手の負担も都合も考えないようなヤツ、誰にも好かれるわけがない。だから、アキちゃんが同情したんじゃないの？」

煽るような声に内側にある何かを刺された気がして、夏生は短く息を呑む。そこを狙っていたように、いきなり大きな破裂音が鳴り響く。

思わず全身を竦ませたのと、青年越しの空に鮮やかな花が咲くのがほぼ同時だった。――花火の打ち上げが始まったのだ。

振り返った青年が、思いついたように階段に駆け寄る。見下ろしたかと思うと、顎先で夏生を呼んだ。思考がまとまらないまま近づくと、やはり顎先で下の方を示された。

操られるように目をやって、夏生は呼吸を止める。

明良の隣に、華奢（きゃしゃ）な女性が座っていた。背中を覆う髪と細い肩、花火を見上げて拍手する手は小さい。明良の肩に手をかけて、弾（はじ）けるように笑っている。その逆側にいる男は片膝を立ててビールを呷（あお）りながら、ばんばんと明良の背中を叩いている。

ふいとそちらを向いた明良が、呆れたように何か言うのが見えた。周辺には他にも複数の男女がいて、それぞれ楽しげに何かを受け渡ししながら笑っている。

「アキちゃんの隣にいる女の人。あやかさんだよ。アキちゃんの恋人」

「……こい、びと？　明良はそんなこと、一言も」

「遠距離だからなかなか会えないだけで、電話とか毎日してるに決まってるじゃん。今ならネットでも会えるしさ。高校ん時から公認の仲だから、オレだって普通に知ってる」

いったん言葉を切って、青年は夏生を見る。鼻で笑って続けた。

「けど、アンタは知らなかったんだ？　あんだけしょっちゅう会ってんのに？　ふつー友達だったら、どっかでそういう話が出るもんだと思うけど？」

「――、……」

「で、どうすんの。アンタ、今からあの中に入れんの？」

「な、か……？」

「あの空気壊さずあそこにいられる？　アンタがいる時に、あんなふうに誰かが入ってきたことある？　あるわけないよなあ？　気付いてないいんだったら教えてやるけど、アンタ周りから敬遠されてんだよ。わかる？　嫌われてんの」

言い様に腕を掴まれ、大木のところまで引き戻された。汚いものを払うような仕草で手を離され、侮蔑まじりの目を向けられる。

「アンタがいると、アキちゃんはあの中にいられないんだよ。全部台無しになんの」

苛立った声に、けれど何を言えばいいのかわからない。

その通りだと、思ってしまったからだ。少なくともあの場に、夏生はうまく入れない。明良が当たり前に迎えてくれたとしても、周囲の彼ら彼女らは困惑するだろう。

何より、久しぶりに会えた恋人がいるのなら――部外者は、間違いなく夏生の方だ。

「大昔によくしてくれた『なっちゃん』を、アキちゃんが放っておけるわけないよね。どんなに面倒でも厄介でも、アンタのおじいさんから頼まれてたらさ。オレからしたらもう亡くなった人からの頼まれ事なんか時効だけど、アキちゃんは絶対そうは思わないだろうし？」

「……え、？」

青年の言葉から連鎖的に思い出したのは、熱中症で倒れた翌朝に明良が口にした言葉だ。

(だったらそれも手伝いますよ。お安いご用です)

あの時、夏生はまだ明良が「あっちゃん」だと気付いてすらいなかった。とうに気付いていた明良だって、「今の夏生」のことなどほとんど知らなかったはずだ。

その状況で。それだけの相手に、あんな言葉が出てくるものだろうか。

一桁の年齢の頃の仲良しが、ずっと続くとは限らない。同じ学年、同じ学校に通ったとしても、疎遠になっていくのは珍しくない。そして——明良と夏生の「関係」は、本当に幼い頃の一時のことに過ぎない。

……いかに昔の恩義があったとしても、どれほど優しい性格だったとしても。それだけで、泊まり込みで看病したあげくあそこまで言える、わけがない。

そう。何か、「それなりの理由」でもない限り。

「本当、なのか、それ。じいちゃん、が」

「他に、アキちゃんがアンタをあそこまで気にする理由があんの?」

青年の声に被さって、数発の花火が咲く。藍色の空に次々と広がる光の華が、今の夏生にはひどく遠い光景に見えた。

「アキちゃんが、二年前までアンタのおじいさんに時々会いに行ってたのは知ってるよ。——アンタ、二十年アキちゃんにも、おじいさんにも会ってなかっただろ。それってさあ、ふたりが気にかけてるアンタが今のアンタじゃなくて、昔のアンタだってことじゃないの。まだアンタがガキでいる感覚で気にしてるだけ、なんじゃないの？」

反論しようにも、言葉が見付からない。むしろ、今の今まで夏生の中にあった明良に対する小さな違和感が、見事なまでに弾けていく。

どうして明良はあれほど夏生を構うのか。過保護なまでに面倒を見ようとするのか。

「――……頼むからさ。もう、アキちゃんを縛るのやめてよ」

ぽつりと耳に届いた声に、夏生はのろりと顔を上げる。

「アンタって一方的に甘えるばっかりで、全然アキちゃんのこと考えてないし、アキちゃんが何を思ってどうしたいのかも知らないだろ？　そんで、いつまでアキちゃんに依存すんの」

「…………」

「アキちゃんは、絶対自分ではアンタから離れたりしないよ。昔の恩人が引きこもりの嫌われ者ってだけでも放っとけないのに、亡くなった人の遺言まであったらアンタをひとりにするわけにはいかないじゃん。そんなこともわからないで友達ヅラしてんの？　それって都合よく利用してるって言わない？」

「りよう、なんか」

「違うんだ。じゃあさ、まさかとは思うけどアキちゃんのこと狙ってるとか言う？」

「な、」

「アンタ、男相手にレンアイする人だろ。そのくらい、すぐわかったよ。オレが見てた範囲だけでも、アキちゃんにしょっちゅう見惚(みと)れてたし」

濃い侮蔑が混じった指摘に、自分の肩が大きく跳ねたのがわかった。夏生の反論を封じるようにまっすぐに視線を向けて、青年は半眼になる。

「まさかだけど、自分が釣り合うとか思ってないよね？　アンタなんか見た目貧相だし可愛げないし愛想ないし、見るからに根暗じゃん。間違ってもあり得ない。だいたいアキちゃんにはあやかさんっていうお似合いの彼女がいるんだから、わざわざ男なんか選ぶ必要もないし？　万一別れたとしてもアキちゃんを気にしてる女の人は山ほどいるから、それこそよりどりみどりだしさ。みっともない悪あがきはとっととやめて、アキちゃんを解放したら？」

ふん、と肩をそびやかすようにした青年が、ふと顔を歪める。放り投げるように言った。

「どうせ、アンタなんか相手にされるわけないんだからさ」

9

音というものが、こうも空気を震わせるものだとは知らなかった。

断続的に響く破裂音に、夏生はつい足を止めた。そのまま見上げた空は暗く、けれどもっと暗い建物の輪郭(りんかく)で歪(いびつ)に切り取られている。

結構長く道を下ってきたからか、方角の問題なのか。空のどこにも花火は見当たらない。

「あー……そういえば花火、まともに見損ねたかも」

ぽとりと落ちた呟き（つぶや）が、街灯の少ない静かな路地に落ちる。車の入れない細い道は、この土地で古くから使われているものなのだろう。込み入った家々の合間を縫うように、長く続いている。

（どうせ、アンタなんか相手にされるわけないんだからさ）

青年のその言葉を聞いた後、夏生はひとりで帰ることにしたのだ。彼から言われたわけではなく、自分で考えて自分で決めた。単純に、あの輪の中に入れるとは思えなかった、とも言う。

「そろそろ明良に、先に帰るって言っといた方がいい、か」

黙って消えるのはどうかと思ったから、境内を出る前にスマートフォンの電源を入れた。直後に入った明良からの着信を無視できず、とはいえそこで「帰る」と口に出すのは悪手な気がして「もう少しかかりそうだから明良はそこで待ってろ」と伝えた。

明良の反応はと言えば「すぐ行く」の一点張りで、「絶対来るな、こっちの状況考えろ」の一言で押しとどめられたのは奇跡に近い。……というより、明良の背後から漏れ聞こえたブーイングや引き留めと、それに対する明良の「いや待ておまえ人のスマホ持ってくな」あたりの声のおかげが大きいような気がするが。

（一本道だと思っていいよ。分岐があっても「まっすぐ」に見える方に進むのが正解）

十数分前に別れたばかりの、青年の言葉を思い出す。

あの階段を使わずにすむ道を、わざわざ教えてくれたことに心底感謝だ。地図アプリに頼っていたら、気の迷いか指の迷いで明良からの着信に応えてしまうところだった。何しろ、歩き出して二十分近くの間にしつこいほどの着信が届いている。

またしても振動を始めたスマートフォンを引っ張り出す。表示されていたのは境内にいる時にもかかってきた十一桁のナンバーで、これも回数がやたら多い上にコールが長い。

知らないものは出る義理なしと、着信を切った。そこに、明良からのメールが届く。

いまどこ？　具合どう？　トイレだよね、すぐ行くから。

「いや、だからトイレが長引いてるとこに来てどうすんだよ」

呆れながら手早く打ち込んだ返信を送って、今度こそ電源を落とした。

疲れたから先に帰る、明良は適当に遊んで帰れば。

「いつも通り」を意識した返信は、けれど改めて考えてみればひどい言い草だ。よくこれで怒らないものだと、改めて感心する。

相手を「友人」だと思っていないなら、どうということもないのかもしれないが。

再び歩き出しながら、最後に見た明良を思い出す。たくさんの人に囲まれて笑っているあれが「日常」であれば、夏生とのつきあいはさぞかし窮屈だったに違いない。

それでも違和感なく合わせてしまえるところは、きっと明良の最大の長所だ。強面だけれど人懐こくて快活で、お人好しで馬鹿みたいに優しい。人とのつきあいを忌避していた夏生が、あっさり巻き込まれてしまったくらいに。

……でも。だからといって、無分別に甘えていいわけがない。

「明良の彼女、か。美人なんだろうなあ」

あの肩に、背中に遠慮なく寄りかかることが許されるのは、彼女であって夏生じゃない。そんな簡単なことにも気付かなかった。明良が笑っているのをいいことに、自分がそこにいるのが当たり前だと思い込んでいた。

——恋人がいることすら、教えてもらえなかったのに。

「予定はないって、遠距離だったら当たり前だけどわざわざそんな言い方するか？　まあ、考えてみればあいつがフリーなわけないんだけどさ。おまけにじいちゃんに頼まれたとか、」

青年が言ったことが、事実だとは限らない。けれど彼は夏生や祖父のことまで知っていた上、内容も腑に落ちることばかりだ。夏生への明良の態度だって、「保護すべき相手へのもの」と考えるとしっくりくる。

「言われなきゃ気づかない時点で依存してたんだろうなあ……ヒーローとか言われて浮かれるとか、失笑ものだろ」

本当に「ヒーロー」がいるとすれば、それは夏生ではなく明良の方だ。再会してから何度となく、当たり前のように夏生を助けてくれた。

この土地に来て、亡き祖父との間のしこりをほどくことができて、夏生も確かに前進はした。けれどそれだって長い目で見れば、「後退していた分をわずかに取り戻した」程度に過ぎない。

自分がどの程度の人間なのかくらい、自分が一番よく知っていたはずなのに。

(ナツはさ、その自惚(うぬぼ)れをどうにかした方がいいぞ)

不意打ちで脳裏によみがえったのは、もう思い出したくもなかったかつての同僚であり同居人であり、元恋人でもあった相手——菊池(きくち)の台詞だ。

……そういえば、前回の出社の時に真藤が、菊池が夏生と連絡を取りたがっていると言っていなかったか。

「まさか、だよな。今さら連絡してくるとかないだろ」

菊池とは、夏生が退職する半月前の時点で完全に没交渉状態になっていた。

あの男がリーダーに任命されたプロジェクトでトラブルが起きたと相談を受けたのが、確か月初めだった。当時の夏生はメンバーの一員で、だからすぐさま対処と処理に乗り出した。寝食を惜しんで会社に泊まり込み、ようやく解決の目処(めど)がついたのが月半ばのことだ。

途中で他メンバーの指示に回ると別行動に入っていた菊池に報告を入れ、久しぶりに同居していたアパートに帰宅したら、すでにそこからは菊池の私物が消えていたのだ。

驚いて菊池に連絡を入れても応答はなく、意味がわからないまま翌朝出社した。捕まえて問い質そうにも社内で口に出せる話ではなく菊池の反応も他人行儀なまま、スマートフォンへの連絡にもなしのつぶてが続いた。気がついた時には菊池に近づこうにも他メンバーに妨げられるようになっていて——最終的には予定にないミーティングに突然呼ばれ、件のトラブルを起こした責任を問われることになった。

彼らによると、件のトラブルが肥大したのは夏生が自身の初歩的ミスを隠そうと余計な真似をした結果、なのだそうだ。気付いた菊池がつきっきりで処理にあたり、どうにか元の軌道まで戻した。その間、夏生はさんざん菊池の足を引っ張った……のだとか。

今度こそ、わけがわからなくなった。メンバー全員によるつるし上げ状態の中、夏生の頭の中に渦巻いていたのは最初に処理に当たろうとした際、菊池に言われた言葉だけだった。

(頼むよ、ナツ。おまえだけが頼りなんだ)

ようやく状況を理解した時にはもう、遅かった。以降、夏生はプロジェクトメンバーから外された上、課内での仕事もろくに与えられず周囲から冷ややかに無視されるようになった。

夏生が自主退職を申し入れた時、上司はむしろ「遅い」と言いたげな顔をした。退職日にぼそぼそと挨拶した時も返事をする者はなく、菊池はその場に居さえしなかった。

その経緯で、退職後にも菊池にメールを送り続けていた自分は本当に馬鹿だ。音沙汰のない一か月を経てすらあの男の連絡先を削除できなかったのだから、筋金入りと言っていい。

（言いたいことがあるなら言ってくれ。オレは不正や不公平な真似はしたくない）

ミーティングという名の公開処刑の場で、他メンバーからの一斉攻撃を受けた夏生に、菊池はキリリとした表情でそう言った。

……夏生にそんなことができるわけがないと、確信しきった顔で。

芋づる式によみがえった記憶に軽く頭を振った直後、薄暗かった路地から広い道路に出た。唐突な変化に周囲を見回せば、そこは自宅へと続くよく知った道だ。気を取り直し歩を進めながら、けれど思考はまた過去に――この土地に引っ越してくる前へと戻っていく。

（なあ、そんなに拗ねるなって）

菊池から、九か月ぶりの連絡が来たのは引っ越しを決める一週間前のことだ。

最初の一声で、それが「誰」かはすぐにわかった。同時に、行き場もなくずっと内側に渦巻いていたものが一気に噴き出してきた。

前触れのない同居解消と、連絡無視。課内のみならず社内で孤立した時の身の置き所のなさ。すべてが菊池の主導だったと気づいた時のショックと、それでも信じたかった気持ち。そして――退職後に風の噂で知った、あの男の婚約話。

その相手が社内の上役の娘だったというから、もはや笑うしかなかった。しかもそうなったきっかけが、件のトラブルをほぼ単独で処理した能力を買ってのことだとか。

（黙秘かよ。しょうがねえなあ……相変わらず手がかかるヤツ。まあいいや、また明日電話する。少しは素直になっとけよ？）

　荒れ狂う感情を抑えるだけで精一杯で、夏生は終始無言で通した。翌日も翌々日も一言も喋らず、ただ相手の言い分だけを聞いていた。

（だから、やり直そうって言ってんの。オレさあ、やっぱナツがいないと駄目なんだよなあ）

　傲慢な物言いに、反発と怒りと嫌悪がさらに強くなった。憎しみと空しさと痛みを含んだそれに雁字搦めになっていたのだと、今は思う。

　……そのくせ着信拒否も、無視することもできなかったのは、信じがたいことに夏生の中に歓喜があったからだ。恋人だった頃と同じ声で「ナツ」と呼ばれることを、心のどこかで確かに喜んでいた。

　そんな自分に、吐き気がした。気持ち悪くて、おぞましくて仕方がなかった。

　だから、逃げたのだ。叔母からの連絡に乗って、生きていくのに必要最低限なもの以外すべてをリセットするつもりでこの土地に引っ越した。そうでもしないと、菊池との唯一の連絡手段になったスマートフォンを手放すことができなかった。

「人づきあいが駄目なヤツがレンアイ向きなわけがない、か」

　ぽとりと落ちたつぶやきと重なるように、視界の端で花火が散る。断続的な音とともに次次と夜空に華が咲いていくのは、もしかしたらそろそろフィナーレなのかもしれない。

（どうせ、アンタなんか相手にされるわけないんだからさ）

何の脈絡もなく、ふっと青年の声を思い出す。

ひどく弱くて苦しげだったあの言葉を、彼は自分自身にも言い聞かせていたのだろうか。

明良のことがどれほど好きでも、どんなに望んでも届かない。だって明良には恋人がいる。

あの長い腕も大きな手もすべて彼女のものであって、けして自分の手には入らない。そう考えて、いきなり胸が痛くなった。

心臓をじかに握り込まれたような感覚は、よく知っている。恋人だと信じていた菊池から突然同居を解消され、すべての連絡を無視されたあの時のそれとよく似た――、

「……は？　いや待て、今おれが考えてたのは明良のこと、で」

(すぐわかったよ。オレが見てた範囲だけでも、アキちゃんにしょっちゅう見惚れてたし)

自分で発した否定の声を、塗りつぶすように響いたのはまたしても青年の声だ。それへ、夏生はすぐさま反論する。

「違うって。おれが明良をとか、そんなの」

そう、そんなはずがない。明良を好きなのはあくまで彼だ。だって夏生は、

「もう、懲りたんだって。また人を好きになるとか、レンアイするとかあり得ない――」

だって、もしそうだったら。それが事実だとしたら……浮かんできた答えを見たくなくて、
夏生はきつく頭を振る。

「何があり得ないって？」

不意打ちで、ここで聞くはずのない声がした。

俯いていた顔をぱっと上げて、夏生は正面を見る。

数メートル先の自宅の門から左手にずれると、塀の一部を壁にしたガレージがある。ほとんど明良専用になっているそこに、見覚えのある——けれど明良のものではあり得ない車が停まっていた。かつてはその助手席が夏生専用だった、メタリックシルバーの高級乗用車。

暗い中でも鈍く光るそのボンネットに寄りかかって、菊池がまっすぐにこちらを見ていた。

10

時間が、凝固したような錯覚に襲われた。

「——……何で、ここ……」

菊池を凝視すること数分後、ようやく出てきたのは言葉ではなく単語だった。

面白そうにこちらを観察していた菊池が、おもむろに車から身を離す。夏生の傍へと歩み寄り、眉を上げて得意げに言った。

「オマエの情報くらい、その気になればいつでも手に入るんだよ」

瞬間脳裏に浮かんだ真藤の面影を、夏生は即座に振り払う。——行動を信じると決めたはずだ。それに、目の前の男が平然と嘘をつくことくらい身を以て厭というほど知っている。

「……あり得ないな」

「オマエがどう思おうがいいけどさ。だったらどうしてオレがここにいるんだろうな？」

気障（きざ）というよりむかつく仕草で肩を竦めて、菊池はわざとらしく口の端を上げる。

「それよりオマエ、何オレの電話無視してんだよ。電源まで落としやがって、こっちがどれだけ待ったと思ってる？」

「はあ？　何だよ電話って」

間髪を容れずに返された十一桁のナンバーに、覚えがあると気付いてぎょっとした。慌てて取り出したスマートフォンを起動し着信履歴を一瞥して、夏生は無意識に身を竦ませる。

神社にいた時を最初に執拗にかかってきていたナンバーと、完全に一致していたのだ。

「何、で」

この家の住所なら、実家の家族も知っている。この男がいつもの外面（そとづら）で口八丁を使ったなら、あっさり教えてもおかしくはない。

けれど、スマートフォンは先日契約したばかりだ。知らせた中で菊池と繋がりそうな人物といえば、真藤以外にあり得ない。

強固だと信じていたはずの土台が、ぐらりと揺れたような気がした。それでもぐっと奥歯を嚙（か）んで、夏生は必死に菊池を見返す。

「――で？　何か用でも？」

「それ、ここで話していいもんなのか？」

平然と返されて、気付く。この時刻なら人目はないが、静かなだけあってこのあたりではよく声が響くのだ。

「オレとおまえの関係とか、オマエが職場でやらかしたこととか？　隣近所に聞かせたいなら協力してやってもいいが」

「……あいにくこっちは話すようなことなんかないね」

「オレはある。だからわざわざこんな田舎まで来たんだろ。その程度の察しもつかないあたり、全然変わってないよなあ。その馬鹿っぽさがナツらしいんだけどさ」

心底呆れたように言われて、それでも淡々と言い返した。

「だとしても、こんな時間に待ち伏せは非常識じゃないのか」

「だから何度も連絡してやったろ。そもそもオレに断りもなく勝手に引っ越しなんかやらかしたオマエに文句が言えた義理かよ。――どうしても厭だって言うなら無理強いはしないけどさ。今後の仕事がどうなるのかも、知ったことじゃないしな」

「……何が言いたい？」

「オレの人脈を甘く見るなってことだな。ちょっと困ってるっていや、喜んで協力してくれるヤツはいくらでもいるんでね」

かつての職場で晒し者にされた時のことを思い出して、ひんやりしたものが胸に落ちた。

菊池の交友関係が広いことくらい、よく知っている。職場内外を問わず友人知人が多く、同窓会には必ず参加し飲み屋でできた友達との宴会に出かけ、同業繋がりでのグループ勉強会や野外での遊びに出向く。同世代に限らず年上には可愛がられ、年下には慕う者が多い。

一緒に暮らした二年間でも、約束だの突然の誘いだの急な頼まれ事だので急に出かけるのは日常茶飯事だったのだ。スマートフォンへの連絡もひっきりなしで、相談に乗っているだの助けを求められただのと聞いたことは山ほどある。

……真藤を信じるなら、夏生の情報を漏らした「誰か」が他にいる。おそらくは社内にいて、菊池かその知り合いと繋がっている。

だから、その気になればいつでも「二度目」を仕掛けられる――というわけだ。

「それで？　結局、何をどうしたいんだよ」

ため息交じりの自分の声を聞きながら、今さらに「ああ」と思う。引っ越し前の自分がこの男に聞きたかったことがあるとすれば、その中のひとつは間違いなくこれだ。

満足げに頷いて、菊池は背後を振り返る。明かりのない家を見上げて言った。

「とりあえず中に入れろよ。ボロ屋でも外よりマシだろ」

夏生が初めて菊池と会ったのは、四年足らず前の秋だった。

人事異動で、菊池が夏生のいる部署に配属になったのだ。用意された席が夏生の隣で、当時上司だった真藤から仕事の流れや備品書類置き場について説明するよう任された。

頼まれた内容はもっともだが、よりにもよって自分にそれが回ってきたことに狼狽(うろた)えた。

(菊池です、よろしく。西谷、でいいんだよな?)

そう言って握手を求めてきた菊池は、夏生の目には別世界の人間に見えた。爽やかで明るく、妙に遠慮せずはっきり物を言う。自分とは真逆としか思えない様子に気後れしながら、それでも聞かれたことにはできるだけ正確に答えるよう心掛けた。

とはいえ、相手は見るからに「できる」人間だ。夏生の助けなどすぐにでもいらなくなる――そう思っていた初日、質問からのやりとりの続きで何故か昼食をともにすることになった。あり得ない状況にぽかんとしていた翌日には夕食に誘われ、気がついた時には仕事の合間に軽い雑談までするようになっていた。

当時の夏生の課内での評価は「可もなく不可もなく」という、いわば無難より下くらいだったようだ。仕事自体は期限内に過不足なくこなすものの、突出したところがなくミーティングでも指名されない限り発言しない。それなりの頻度で立ち上げられるプロジェクトのメンバーに選ばれることすら珍しく、選ばれても存在を忘れられていたりする。

外見も地味で目立たず、課内どころか社内に範囲を広げてみても、親しく話す相手はほとんどいない。飲みに誘っても積極的に交流を持つわけでなく、隅で静かに飲み食いするだけ。

にもかかわらず問題児扱いされずにいられたのは、当時の上司が真藤だったからだろう。対人関係が苦手な夏生を慮（おもんぱか）ってか、プロジェクトでもあえてメインではなくサブメンバーに加えたり、さりげなく助言をくれることも多かった。

ちなみに菊池は異動後三日と経たないうちに、見事なまでに課内に馴染んだ。仕事のみならず何にでも積極的で、物怖（ものお）じせず自分の意見が言える。上を敬うのは当然として、年下であっても仕事ができない相手であっても自ら歩み寄り、必要とあれば手助けもする。半月も過ぎる頃には課内だけでなく関連部署にあっても、信頼と高評価を得ていた。

そんな人間が、わざわざ夏生とのつきあいを続けるわけがない。当然のように抱いていたその認識は、けれどものの見事に外れた。

夏生に対する菊池の態度が、少しも変わらなかったのだ。むしろ夏生を「ナツ」と呼びプライベートでも会うようになり、彼が異動してきて三か月も経つ頃には社内でも「親友同士」と認識されるようになっていた。

だからこそ、真藤の退職後にも「浮く」ことなくいられたのだ。菊池の「オマケ」扱いであっても空気扱いされることなく、過度に構われることもない状況はとてもありがたく、夏生は菊池に本気で感謝していた。

「いいヤツと友達になれた」と、本気で思ったのだ。それなら少しでも菊池に相応（ふさわ）しくなりたいとまで考えていた。

菊池の隣にいるのが当たり前になり、傍にいないと物足りなく感じ始める。やがて夏生の部屋で呑んだ彼が泊まっていくのが「いつものこと」になり——だからこそ次の春、遊びに来たはずの彼に唐突に告白され、押し倒された時も拒絶できなかった。

男同士だということを、その時はほとんど意識することもなく。


足音を殺して上がった二階は、ひどく静かだった。

目的のドアをそっと開けて、夏生は室内を覗き込む。と、部屋の隅っこで伏せていたシエルが頭をもたげた。暗い室内で光る目に少しほっとしながら、夏生はそろりと中に入る。シエルの腹にくっついたリオンが眠っているのがわかったから、あえて明かりは点けない。

「ただいま。ごめんな、シエルがうちにいるの、すかっと抜けてた。あー、明日の散歩……」

首を傾けるシエルの頭を撫でて、夏生は続ける言葉に迷う。少し考えて言った。

「明良が朝の散歩に来るはずだから、その時にな。——夕方の散歩は、どうなるかわからない、けどさ。……なあ、明良とのこと、どうすればいいと思う？　やっぱ、今まで通りってわけにはいかないよな」

手を止めた夏生の様子に何かを感じたのか、首を傾けたままのシエルが「くぅん」と鳴く。

シエルに聞いたって、どうしようもない。また後で、改めて考えるしかない。

「明日はしっかり走れるからな。今日は我慢させてごめん」

もう一度シエルを撫でてから、夏生は急いで階下へと戻る。

こんなに長時間部屋に居させたのは初めてで、どうしても様子を見ておきたかったのだ。

招かれざる客は居間に通し、そこで待つよう言ったはず——なのだが。

「何、勝手にうろついてるんだよ」

仕事部屋のドアが全開になっているのを目にして、慌てて駆け寄る。見ればデスク横に菊池がいて、我が物顔で室内を物色していた。

「見た目の割に中はマシじゃん。これならそこそこの値で売れるんじゃね？　このへん、一応別荘地でもあるだろ？　売るより貸す方が実入りがいいかもな」

「……人の家を勝手に査定すんな。おまえには関係ないだろ」

不快さに、どうしようもなく声が尖る。それがわからないはずはないのに、菊池はむしろ面白そうに笑って言った。

「まさかオマエ、本気でこんな田舎に骨埋（うず）める気か？　わざわざ迎えに来てやったのに？」

「——誰が。誰を、迎えに来たって？」

「この状況でわからないのかよ。相変わらずトロいなんてもんじゃないよな。どうせ在宅勤務だったら、うちの近所にいればいいだろ。ちょうどナツに頼みたいこともあったしな」

「冗談だろ。何でおれが、おまえの言いなりにならなきゃならないんだよ」

心底うんざりしたのが、まともに声に出た。間違いなく顔にも出ているはずだ。なのに、菊池は軽く笑ってみせた。

「何でも何も、オマエはオレのものだし？」

「勝手に人を所有物扱いするな。別れるって決めたのはそっちだろ」

「別れる、ねえ。一言も言った覚えはないが？」

そういえば、同居解消ですらまともに話した覚えがない。詭弁だが確かに事実だと、頭のすみで考えてうんざりした。

「……婚約、したんだろ。結婚式とか、とっくに終わってるんじゃないのか」

「先方の希望で今秋になった。ああ、そういえばコレ、オマエのだ」

思い出したように差し出された封筒は、色といい艶といいやたら立派で一目で用途がわかった。受け取る気もなく見返していると、菊池はソレを手近のデスクにぽいと投げて言う。

「オマエは出席ってことで処理してるから。当日は遅刻するなよ。ついでに、それなりに見える恰好はして来い。新郎の親友が貧相すぎるのも事だ」

「奥さん――彼女にはどう説明すんだよ。あと、その親って例の部長なんだろ」

前職場内でも知られた縁故からの役職持ちだ。好き嫌いが激しく、どんなに仕事ができる者でも気に入らなければ態度に出る。圧が強いせいか周囲も同調する傾向があり、気に入らないという理由で閑職に回された人もいると聞く。

例のプロジェクトトラブルについては間違いなく知っているだろうし、だったら夏生についても聞き及んでいるはずだ。

「承諾は貰った。魔が差してあんなことになったが、もともと小心者で根は悪い人間じゃない。ちゃんと更生させて、今は別の会社で勤めさせている、ってな」

つらつらと菊池が続けたことに、親友の自分のフォローが足りなかったのも悪かった、大事な友人だから見捨てたくない、絶対にトラブルは起こさせないと約束すると、頭を下げて訴えたのだそうだ。

「彼女は感動してたし、その親からは立派な心根だと感心されたぞ。オレの顔を潰さないよう、披露宴の間黙って座ってるくらいならオマエにもできるだろ」

得意げな長話の、どこを取っても突っ込みどころしか見当たらない。

こんな男の言い分を、どうして自分は鵜呑(うの)みにしていたのか。軽い頭痛を覚えながら、夏生はおもむろに顔を上げる。口を開く前に、菊池が言った。

「まさか厭だとは言わないよな？」

「普通に厭に決まってるだろ」

「ふーん？　また無職になった上に真藤さんに泥を被せてもいいわけか。この間知ったんだがあの部長、真藤さんに恨みがあるらしいぞ。何でも面子を潰されたとか」

「面子、……？」

「在職中に娘婿にと声をかけたんだが、断られた上に勝手に退職したらしい。そのうち痛い目見せてやるとか言ってたな。――あの人、今はオマエの上司なんだろ？」

やけに楽しげに言われてぞっと背すじがそそけ立った。

「何言っ……別会社にいる人に何ができると」

「そこが腕の見せ所ってヤツだ。あのすまし顔が歪むところ、見てみたくないか？」

にんまりと笑う菊池に、これまでとは比にならない恐怖を覚えた。

「本気、で言ってんのかよ」

「さあねえ？　そこはオマエ次第なんじゃないのか」

言って、菊池はふらりと夏生の前に立つ。反射的に一歩退いたのを、舌なめずりでもしそうな顔で見つめてきた。

「そう難しく考えるなって。ただ元に戻るだけだろ。例のトラブルの件なら、オレにも事情があってさ」

「……事情があれば、何をしてもいいとでも？」

「だってナツはオレのだろ。だから全部被って辞めてくれたんだろ？」

当然のように言われて愕然とした。そんな夏生の頬を撫でて、菊池は言う。

「もういいだろ、全部終わったことだ。もともとオレはナツを捨てる気なんかなかったんだ。ただ、ああなると少しは間を置かないと煩いんだよ」

「――……」

「なあ、いつまでも拗ねてるなって」

何を言っても、無駄だ。

ずんと落ちてきた感覚は、かつてさんざん味わったものと同じだ。どんなに訴えても、自分なりの証拠を見せても誰も信じてくれない。深く奈落の底まで落とされたと思ったとたんにその底が抜けてしまったような、限界の見えない絶望感。

無意識に後じさった腰が、何かにぶつかって止まる。反射的に振り向いた先、それがデスクだと気がついた。次の瞬間には顎を摑まれて、有無を言わさず顔の向きを直されている。

目の前に落ちる影に瞬間訝って、直後に恋人だった頃の距離で見下ろされているのを知った。菊池の両手は夏生の背後のデスクにあって、つまり完全に閉じ込められている。

見下ろす笑顔は、作ったものにしか見えない。けれど、かつての夏生はそれを信じていた。この顔で見つめられるのが好きで、ひどく安心していた。

「なあ、戻ってくるよな？　大丈夫、これからはまたオレが守ってやるからさ……」

語尾に混じった吐息が顎を掠める寸前に、辛うじて顔を背けた。呑まれかけていた自分を鼓舞するようにもがいたとたん、苛立たしげにデスクに押しつけられる。それでなくとも体

格差のある菊池に敵うわけもなく、力尽くで顎を摑まれ、無理やりに口に嚙みつかれた。

「……っぅ、」

舌先で歯列を探られて、ひどい吐き気がした。嫌悪のあまり痛いほど歯を食いしばりながら、せめてもと間近の顔を睨みつけ突っ張る腕に力を込めた、その時だ。

「――なっちゃん、……？」

今、ここにいるはずのない人物の――明良の、声がした。

世界が、凍った気がした。

まさかと固まった夏生をよそに、顔を離した菊池が振り返る。その拍子に開けっぱなしのままの仕事部屋のドアからその先の廊下の突き当たりの玄関先に立つ明良が目に入った。

「何だアレ。オマエまさかもう別の男作ったのかよ」

「ま、さか、そんなんじゃ――」

耳元でひそりと問われて、夏生は反射的に否定した。と、菊池は嘲るように言う。

「そりゃそうだ。オマエみたいのをまともに相手にする物好きなんか、オレくらいのもんだよな。……で？　あの男、何をどこまで知ってんだよ。オレとおまえの関係とか、オマエが男に抱かれて喜ぶヤツだとか？」

無反応でやりすごすはずが、後半のあたりで勝手に肩が跳ねた。とたんに満面の笑みになった菊池にぐいと腰を抱き寄せられて、ひどく厭な予感がさす。

「オレとの関係をアイツには知られたくない、と。ま、そりゃそうだよなあ、男にサレて喜ぶようなのと好き好んで関わるヤツなんか、まずいないしなあ？」

「お、まえには関係、な」

「ま、それはどうでもいいか。面倒そうだし、話はまた今度な」

言うなり、菊池は夏生を解放した。軽く身を引いたかと思うと、オモチャでも眺めるような顔で見下ろして続ける。

「今は夏期休暇中でな。オマエとゆっくり話すつもりでメイン通りにホテルを取ってる。……明日の朝に連絡するから、今度は出ろよ。でないと、どうなるか」

言い様にわざとらしく明良を目で指したかと思うと、呆気なく踵を返した。悠然と廊下を進んだかと思うと、玄関脇にいた明良を見もせずに出ていく。

玄関ドアが音を立てて閉じたとたん、全身から力が抜けた。

「……、なっちゃん⁉」

そのまま床にへたり込んだ夏生を目にして、慌てたように明良が駆け寄ってくる。あっという間に目の前に来たかと思うと、視線を合わせるようにしゃがみ込んだ。

「なっちゃん大丈夫？　どこか痛いとか？」

「いや、平気……」

「立てる？　とにかく摑まって」

言いざまに肘(ひじ)を取られる。いつものことなのに、相手は明良なのに——明良だからこそ後ろめたくて、ついそれを振り払っていた。

目の前の明良が、ぽかんと瞬く。それを目にしたとたんに後悔した。けれど今さらどうしようもなく、その場に重い沈黙が落ちる。

ややあって、先に動いたのは明良だ。夏生に振り払われた手をちらりと眺めてから、何事もなかったように言う。

「なっちゃん、具合はどう?」

「え、」

「疲れたってメールくれたよね? あと、ずいぶん長く下りてこなかったし」

「あ、……うん、ごめん。その」

「急にひとりで帰るとか連絡が来るし。電話も通じなくなるしでびっくりしたよ。吐き気がするとかどこか怪我してるとか、そういうことはないんだよね?」

どうにか頷きながら、違和感を覚える。明良の声音はこんなに平淡だったか。何だか無理に作ってはいないか——まるで、飲み込み損ねた何かが喉に詰まっているように。

「具合なら、もう落ち着いた。……ごめん、疲れてるんだ。今日はもう寝る、から」

それが何なのかひどく気になるのに、落ち着かないのに思考がうまく動かない。自分はどうすればいいのか、わからない。

今、明良にどんな顔をして、何を言えばいいのかがわからない――。

「そっか。……それはそうと、訊いていいかな。さっきの男って誰。なっちゃんの何？」

妙に静かな声で告げられたのは、いったん回避されたはずの問いだ。大きく跳ねた心臓を辛うじて抑えて、夏生は必死で声を作る。

「誰、って……知り合い、だけど」

「知り合いって、具体的にどういう？」

「どういう、も何も……明良が知らない、おれの知り合いってだけ」

「本当に知り合いなだけ？　友達じゃなく？」

「――友達だったことは一度もない」

淡々と答えていたはずが、最後の問いに至って声が尖った。

あんなもの――アレが友達だったはずがない。そう思っていたのは夏生だけで、あの男はきっとそうじゃない。それはきっと「恋人だった」時も同じことだ。

内心で自分を罵倒していて、だから落ちてきた沈黙にすぐに気づけなかった。ふと視線を感じて顔を上げると、ずっと見つめていたらしい明良と目が合う。

「なっちゃんは、友達だったことが一度もない、ただの知り合いと抱き合ってキスするんだ？……しかもさっきの、男だよね？」

明良の声音の、初めて聞くほどの冷ややかさに絶句した。同時に、あの状況は「その通り」

でしかないことを痛感する。

男同士の恋愛なんて、どうしたって少数派だ。多少世間的に周知されてきたとしても大抵の人にとっては余所事でしかなく、だから実際に身近にすると奇異や嫌悪の目を向けてくる。

それは、菊池との「つきあい」で同類が集まる飲み屋に出向いた時に知った。

夏生自身は男女関係なく、好きになったのもつきあったのも菊池が初めてだ。周囲には秘密なのが当然だったから、知り合った同類から悪意や排斥について漏れ聞くことはあってもどこか遠いことのように思っていた。

――だからこそ。明良のその目が、どうしようもなく怖い。

あり得ない、存在すら許せないものを見たとでも、言うような。かつて夏生の母親が、夏生自身に向けてきたものとよく似た……

「なっちゃん?」

窺うような明良の声に、呼吸が勝手に切迫する。どうしよう、どうすれば、何を言えば、でも見られてしまったのに、誤魔化しようがない、のに。

今、明良が言ったことはすべて「事実」なのに――?

思った瞬間、ギリギリまで追い詰められていた気持ちがふっつりとキレた。唐突に、「もう、いいんじゃないか」という思いが落ちてくる。

そもそも、明良は望んで「今の」夏生と親しくしているわけじゃない。多少気に入っていたとしても、それは幼い頃の夏生を美化して重ねているだけだ。あとは祖父の遺言だとか、生来の気質から放っておけないだけに過ぎない。

　全部話したら、助けてくれようとするかもしれない。けれどその場合、菊池との経緯も関係もすべて知られる。明良が信じる「ヒーロー」なんてどこにもいないことが露呈する。

　その時、明良は夏生にどんな目を向けるだろう。

　さっきの菊池は間違いなく、明良に目をつけていた。それも「夏生の弱み」としてだ。だったら、夏生を言いなりにするためにきっと明良を利用する。あるいは、夏生に関してあることないこと吹き込むかもしれない。

　どんなに考えても——どうにかこの場を繕ったところで、行き着く先はひとつしかない。

「……なっちゃん？」

　もう一度、名を呼ばれて顔を上げる。明良の表情はやっぱり険しいままで、いつかそれを「怖いぞ」と揶揄した時のことを思い出す。

　あの時、明良があの表情を向けたのは、その場にいない夏生の家族へだった。そして今、明良はあの顔でまっすぐに夏生を見ている。

　とうとう軽蔑されたのかと、不思議なくらい静かに胸に落ちた。

　渦巻いていた感情が、一気に凪いでいく。落ちたため息に「長いな」と思った後で、それが自分のものだったことを知った。

「――……だったら何。おれが誰とキスしようが、つきあおうが明良には関係ないよな？」

「か、んけいないって、でもなっちゃん」

「あのさあ。それ、おれのプライバシーなんだけど、わかってる？　前から言ってたけど、おまえおれに過保護すぎ。下手したら赤ん坊扱いしてるよな」

我ながら、ひどく乾いた声になった。あえて「いつもの口調」を意識して、夏生は言う。

「今までは確かに助かったし、ありがたかったけどさ。さすがにもういいや」

「なっちゃ、ん……？」

明良の声が、ふと弱くなる。戸惑ったような顔を見ただけで、胸が痛くなった。

よく知っているはずの、痛みだ。なのに、それと同じくらい「知らない」気がする。夏生が知らない何かが奥底に潜んでいる、ような。

「なっちゃん、あの」

馴染んだ呼び方に、失笑した。

今になって気付く自分も自分だが、結局その呼び方がすべてなんじゃないのか。明良も夏生も四捨五入すれば三十歳で、それなのに「ちゃん」呼びだ。かの青年のような長年の延長であればともかく、二十年ぶりの再会でそれはない。

実際、夏生は早々に「あっちゃん」を「明良」に呼び替えた。今の明良に「あっちゃん」は不似合いだとしか思えなかったから。それは夏生も同じはずで、つまり明良にとっての夏生はあくまで「二十年前のなっちゃん」でしかなかったのだろう。

「悪いけど、帰ってくれる？　シエルなら二階にいるから、もちろん連れて帰ってやって」

「なっちゃん、」

「そんで、おまえはもうここに来なくていいから」

「——、っ」

言い放った瞬間、明良が瞠目するのがわかった。何か言おうと口を開くのを待たず、夏生は畳みかけるように言う。

「リオンの散歩は、おれひとりで行く。もう十分慣れたしな。あと、おれの食事とかもう関わらなくていい」

「ちょ、待ってよなっちゃん、そんないきなり——ごめん、余計なこと言って、でも」

「別に謝らなくていいけど？　今まですごく助かったしな。本当にありがとう、お礼に近々シエルのごはん半年分くらい？　例の人に頼んどくから」

「なっちゃ、」

「倒れた時のことも、家のこともおまえの助けがなかったらどうにもならなかったし、本気で感謝してる。けど、これ以上はもういいから今日で終わりってことで」

床にへたり込んだままの宣言は、とても間抜けに見えるに違いないと他人事のように思う。

膝立ちのままこちらを見る明良は、今にも泣きそうな顔をしている。それを見てさえ、不思議なほど心が動かなかった。

「なっちゃん、は……おれが、ここに来ると迷惑……？」

いつもの問いに、夏生は小さく苦笑する。

「うん。そろそろ迷惑、かな」

自分の声の妙にさっぱりした響きに、我ながらすごい人でなしぶりだとつくづく思った。

11

ろくでもない夢ばかり続くのは、精神的にかなりまずい兆候だ。

「ぅあちょ、……わかったもう起きるからそのへんにしろって」

すっかり恒例になった子犬の顔面べろべろ攻撃に起こされて、夏生は思わずうなり声を上げる。顎と頬に前脚を乗せた子犬を、寝転がったままで抱き上げた。

あんあんと抗議らしい声を上げる子犬は、毎度のことながら元気だ。それが救いのようにも思えて、少しだけ気が楽になった。

どうやら目覚まし時計を無視して寝こけてしまったらしく、引いたカーテン越しにも室内は明るい。子犬を抱いたまま起き上がって目をやると、時刻はすでに午前七時を回っている。

「うっわ、ヤバい散歩っ」

慌ててベッドを出て、速攻で身支度をする。子犬の首輪にリードをつけ、散歩バッグを手に家を出た。とたん、降り注ぐ針のような日差しに思わず目を細めてしまう。

「うあ、……やっぱもっと早い時間がいいのかあ」

勝手知ったるとばかりに先を行く子犬を追い掛けながら、どうにもしょぼつく目元を何度も拭う。こみ上げる欠伸(あくび)を何度も飲み込む羽目になった。

寝不足もあるが、同じくらい夢見も悪いのだ。もしかして、睡眠時間の半分ほどは魘(うな)されているのではなかろうか。

思考が半分眠ったまま、三十分ほど歩いて引き返す。途中、これから出勤するらしい「ご近所さん」と出くわした。どちらからともなく、「おはようございます」と挨拶を交わす。

「そういえば最近の散歩はひとりと一匹なんだね。明良くんはどうした？」

「あー、予定が合わなくなったので。この先は、おれひとりになると思います」

「そうなのか。ふたりだとずいぶん楽しそうに見えたがね」

「ずっと甘えてるわけにもいきませんから」

怪訝そうにした「ご近所さん」を見送って、そろそろ暑くなってきた頃合いに帰宅する。起き抜けの一時間を歩いただけなのに、妙にぐったりとなるのもここ最近の恒例だ。

時間を見て、急いでリオンの食事を用意する。庭に水入れを出し、日陰になるあたりに下ろしてやった。もちろん、門にある柵は施錠済みだ。遊んでほしいと言わんばかりに尻尾(しっぽ)を振って見上げてくる子犬を撫でながら、夏生は申し訳なさに息を吐く。

「シエルと会えないし、遊べなくなってごめんな」

あん、と声を上げる子犬は、ここ数日で「構え」アピールが増えた。それがシエルやその飼い主に会えないせいなのか、ここ最近連日留守番させているせいなのかはわからない。

ひとしきり子犬を構ってから、夏生は仕事にかかる。今日は久しぶりのネット会議参加だ。画面越しとはいえ複数人で、意見を出し合いまとめていく。

司会の真藤に何度か指名され、発言を求められるのは今の社に入ってからは恒例だ。当初は緊張で噛みまくりだったが、最近はすっかり慣れた。だからこそ先日の出勤日にも同僚に気づいてもらえたのだろうから、ありがたいことだとつくづく思う。

『じゃあ今日の会議はこれで終了。——西谷は、ちょっと話があるからそのままで』

その言葉に応じるように出社している同僚が席を立ち、あるいは画面上からログアウトしていく。最終的にふたりになるのを待って、改めて声をかけられた。

『はい、今日もありがとうお疲れさん。最近はどうかな、変わりない？』

「特には。あの、訊いていいでしょうか。前回出社した時にお聞きした話のことで」

中途半端に言葉を止めた夏生に、真藤が眉を上げる。さらりと言った。

『ああ、あの案件？　何か気になることでも？』

「いえ、……余計なことだとは思うんですけど、何かそちらに影響、とか」

『今のところは特にないなあ。――そっちで何かあった？』

「いえ、ないです」

慌てて否定した後は、仕事の指示を受けて通信を終えた。藪蛇（やぶへび）になるところだったと息を吐くと同時に、まだ何事もないようだと安堵する。直後、時計を目にして慌てて腰を上げた。

庭で蝶を追い掛けていたリオンを回収し、水入れと一緒に二階の犬部屋に移す。空調その他を整えてから、改めて自分の身支度をした。戸締まりをし、自転車に乗ってメインストリートへ向かう。「喫茶ひより」のすぐ横を振り切るように急ぎながら、胸の奥でもう馴染みになった痛みを覚えた。

――花火大会のあの夜から、夏生は明良に会っていない。

（うん。そろそろ迷惑、かな）

そう言った時、夏生は確かに安堵した。これでいいと、全部がうまく収まると思った。

しばらく無言で目の前にいた気配が、のろりと動いて廊下に出ていく。二階に上がっていったかと思うと、爪音を連れて下りてきた。

その時、夏生は音につられるようにぼんやり顔を上げていて――通り過ぎざまに、こちらを見ていた明良と目が合った。

満ちていたはずの安堵が、その時一瞬で霧散した。

その時の明良は、見たこともないほど暗い顔をしていた。痛みを堪えるような、ひどく苦いような。どこかに、絶望までも含んだような。

反射的に俯いた夏生の中に、とてつもない後悔が落ちてくる。何で、どうして明良がそんな顔をするのか。さっきまで夏生を軽蔑していたくせに、祖父の遺言で面倒を見ていただけで、本当の夏生を知らないくせに。

再び落ちた大混乱の中、玄関ドアを開ける音を聞いて反射的に上がろうとした顎を止めて、——偶然、振り返ってこちらを見ていたシエルと目が合った。同時に、隣にいる明良もまた、振り返ってこちらを見ているのがわかった。

……その時に明良がどんな顔をしていたのかは、見なかったから知らない。

ほんの一瞬にも、数時間にも感じる間合いの後でゆっくりと明良の脚が動いて、低い声がシエルを促すのを聞いた。玄関ドアが閉じるのを見届けてからしばらくの後、聞き覚えのあるエンジン音がして、そこでようやく身体が動いた。

転がるように玄関ドアまで走って、けれどノブに手をかけたとたんに動けなくなった。

追い掛けて、何を言うのか。今のは嘘だったとでも？

確かに嘘だ、本当は終わりになんかしたくない。距離を置くことは確かに考えたけれど、もう来るななんて言うつもりはなかった。

ただ、怖かっただけだ。明良に軽蔑されるのが。呆れられるのが。

本当の夏生が取るに足らない、恋人だと信じていた男に簡単に騙（だま）されるような情けないヤツだと知られることが。

だったら、化けの皮が剝がれ始めたばかりの「今」に。明良がまだ、夏生を美化してくれているうちに。祖父からの遺言を守ってくれているうちに。

明良が、本当に離れていく前に。自分以外の誰かを選ぶのを、見ずにすむうちに。

ハリボテの、結局は続かない関係なら、まだ夏生を「なっちゃん」と呼んでくれているうちに。明良がまだ、夏生を「ヒーロー」だと思ってくれている間に——夏生の方から、終わらせてしまった方が、ずっといい。

十か月前のあの時のように、突然切り捨てられるのは痛い。今の菊池がしているように、「どうしようもなく好き」な人から蔑みの目を向けられたくない。

(しかもさっきの、男だよね?)

あの冷ややかな目を、もう一度向けられるのは耐えられない。

——明良には。明良にだけは、失望されたくない……。

いつの間にか、車のエンジン音は消えていた。気がつくと夏生は玄関先に座り込んで、きつく奥歯を嚙みしめている。そうして今さらに、遅すぎる自覚をした。

夏生は、明良を好きなのだ。少なくとも二階の「自分の部屋」について来て欲しいと頼んだ時にはもう、夏生にとっての明良はなくてはならない人になっていた。

だって、夏生は「何があっても泣かない」人間だ。どんなに痛くても、苦しくても黙って我慢する。いつかそれが終わるまで、過ぎ去って遠くに行くまで待っている。

泣いても無駄だと、知っているからだ。必死に願って何度も頼んで、そのたび「我が儘」、「聞き分けがない」と言われ続けた。

だから、祖父からの手紙を見つけたあの時も、泣くつもりはなかった。大丈夫だと、ちゃんと堪えられると思っていた。少しの涙が落ちても、誤魔化して終われるはずだった。

……明良が、泣かせてくれたのだ。傍にいてくれたから、泣いていいと手のひらで教えてくれたからこそ、声を上げることができた。

本当に自分は馬鹿だと、玄関先に蹲ったままで笑えてきた。

友人だと思っていただけなら、明良に恋人がいたからってあんなに苦しいわけがない。繰り返し、思い出して痛みを覚えるわけがない。「ヒーロー」扱いの本当の意味が、あれほど空しいわけがない。輪に入れないことだって、あそこまで気に病むこともない。

友人でいたいなら「棲み分け」ればいい。「もう来るな」ではなく、「少し間を置こう」と言えば十分だ。その上で、今度こそ友達としてやり直したいと伝えればそれでよかった。

それが言えなかったのは、思いつきさえしなかったのは、もうそれでは耐えられない自分をどこかで知っていたからだ。「友達」ではいられないくらい、明良のことが「好き」だったから。恋人として、明良を独占したかったから。

……けれど、もう遅い。遅くなかったとしても、自分には無理だ。気付いた気持ちに蓋をして平然と「友達」でいられるほど、夏生は器用にはできていない。きっと、あっという間に気付かれるに決まっている——。

玄関先からどうにか仕事部屋の椅子に戻って、夏生はそこで朝を迎えた。二階で吠えるリオンに気付いて下ろしてやり、ぼんやり構っている時にインターホンが鳴った。

ぴん、と尻尾を上げたリオンが、喜び勇んで玄関先へと駆けていく。反射的に見上げた時計はいつもの散歩時刻で、けれど夏生はその場から動けなかった。

下手に顔を合わせたら、何をするかわからない自分が、怖かった。これ以上迷惑をかけるより、昨夜言った通り完全に離れてしまう方がいいと、思った……。

一度きりで終わったインターホンから時間を置いて出た玄関先には、見覚えのあるバスケットが置いてあった。

朝食だと気づいて、途方に暮れた。その日の明良は出勤のはずで、だったらと自転車で明良の自宅に出向き、幸いにも庭先にいた彼の兄——「喫茶ひより」で面識のあった人がいた。

これ以上、甘えるわけにはいかないので。

怪訝そうにしたその人に、押しつけるようにしてバスケットを返して帰宅した。

その日の夕方に鳴ったインターホンも、無視した。玄関ポーチにやっぱり置いてあったバスケットの扱いに困って、申し訳ないと思いながらあえてその場に放置した。

翌朝はインターホンが鳴らず、リオンの散歩に出た玄関先からバスケットは消えていた。

それきり、朝夕のインターホンは鳴らなくなった。

これで、よかったはずだ。自由になった明良はきっと楽しく恋人や友人たちと「本来の」時間を過ごせるようになる。

夏生自身は、「もともとそうだった自分」に戻るだけだ。仕事はそこそこでも人あしらいが下手で、これといって何の特技もない地味な人間。それが夏生であって、それ以上はない。

どうしたって、明良とは釣り合わない――。

幸いなことに夏生に実体験はないが、もしかしていわゆるネズミ講の類はこれに近い方法を取るのではなかろうか。

「ゴネるのもいい加減にしろ。いつまでもオレが優しいと思うな」

会うのはこれで連続五日目になる菊池は、いかにも不機嫌そうにそう言った。

場所はメインストリート沿いにある和風創作料理店で、時刻は昼を過ぎたところだ。

向かい合って座るテーブルの上のランチセットは、どちらも今しがた食べ終わった。それを見計らったのだろう、もうすっかり見慣れてしまった例の明良の友人が営業中の店員の顔でトレイを回収しにやってきた。

「デザートをお持ちしていいですか?」

「……お願いします」

目線すら向けない菊池に代わって、夏生は短く返答をする。一瞬目が合った彼が物言いたげなのはわかったけれど、あえてすぐに視線を逸らした。

五日連続のうち本日を含めて三日の待ち合わせ場所に、この店を指定したのは菊池だ。本人曰く「舌が肥えてるから下手な店はお断り」らしい。

味に文句を言うのなら己のマナーを少しは顧みろと、いつか言ってやりたいものだが。

「で？　どこにするんだ。もう時間がない、今日中に決めろ」

言って、菊池はテーブルの窓際に寄せていた紙の束を夏生の前に押しやった。

見取り図つきの、いわゆる不動産情報だ。何でも秋以降の菊池の新居にそこそこ近い上、新婚の菊池が頻繁に出入りしても問題が起きにくい物件なのだとか。

「引っ越しまでは必要ないだろ。手伝いが必要なら連絡すれば？　データはネットで送る」

「はあ？　何だそれ、オマエせっかく人がここまで準備してきてやったのに」

「……奥さんにバレたら困るのはそっちだろ。それと、何度も言うけどあの家の相続条件は五年住むことなんでね。今引っ越しても、賃貸に出してもおれのものじゃなくなるの」

素っ気なく言うと、菊池はいかにも気に入らない顔をした。

どういう精神構造をしているのか不思議で仕方がないが、何故かこの男は祖父のあの家まで「自分のもの」だと決めているようなのだ。おかげでこの五日間、執拗に引っ越しを迫られながらもどうにか凌ぐことができている。

――この男から、完全に逃げることはほぼ諦めた。

人脈が多くそこかしこに伝があり、近々結婚によってさらに協力な後ろ盾を得るだろう菊池と、友人すらほとんどいない夏生ではどうしたって勝負にならない。悔しいし情けないとも思うが、去年のあの経緯を思うと無力感しか湧かない。

とはいえ、よりを戻すのだけは真っ平だ。そういうわけで今になって、夏生は祖父が遺言でつけた「五年住む」という条件に心底感謝していた。

「……だったらあの家はそのままでいいから、どれかの部屋も別に借りろ。オレが呼んだ時だけ出てくれればそれでいい」

「だったらホテルでいいだろ。ああ、でもおれ犬飼ってるから泊まりは無理だけど」

「――おい、ナツ」

ここまでのらくらと話を躱してきたが、どうやら菊池の方はそろそろ限界らしい。昨日までそれなりに繕っていた「かつての恋人らしい穏やかさ」が、べりべりと剝がれていくのがわかる。と、そこで横合いから「失礼します」と声がかかった。

「デザートとコーヒーです」

にこやかに、カップと皿をテーブルの隙間に置いていく彼――明良の友人は、どうやらかなりの強心臓のようだ。夏生がつい息を詰めてしまった菊池の怒気をきれいにスルーし、「ごゆっくり」と声をかけて離れていく。

それで毒気を抜かれたのかどうか、菊池がやけに長いため息をつく。散らばった物件情報を手に取り、コーヒーとデザートに手をつけながら次々とチェックしていった。

「仕方がねえな。オレが選んでやる」

そこからは毎度のごとく、夏生の言い分など完全無視だ。勝手にひとつの物件に決めた上、その場で不動産屋に連絡を入れる。

「ああ、明日の午後に。本人を連れていくから、確実に押さえとけ」

やたら尊大な言い方に眉を顰めていたら、勘違いしたらしい菊池がスマートフォンを掲げる。まだ通話中なのをそのままに「こいつオレの下僕なんでね」などと言い放った。

「明日の朝にあのボロ屋まで迎えに行くぞ。準備して待ってろ」

言うなりとっとと腰を上げた男を、夏生は座ったままで見上げる。冷静にと、自分に言い聞かせてから言った。

「——おれは引っ越す気はないって、さっきから」

「だからそれでいいって言ったろ。いつまでも我が儘言ってんじゃねえよ」

苛立たしげに言ったかと思うと、菊池がテーブルを蹴り上げた。

音を立てて動いたテーブルの、端にあった水入りのグラスが落ちて割れる。大きくズレたカップからこぼれたコーヒーが、勢い余って夏生が着ていた夏用の上着の袖に飛び散った。

その全部を目にしたはずの菊池は、むしろ清々したという顔で背を向け出口へと歩いていく。いつも通り、伝票を置いたまま。

短く息を吐いて、夏生はひとまず散ったコーヒーに紙の束を寄せた。どうせ捨てるのなら有効利用だ。そのついでに席を立って、床に散ったガラスを拾いにかかる。

「え、あ、お客さ——西谷さん、いいですよ。怪我します」

慌てたように駆け寄ってきた明良の友人は、用意周到にもモップとちりとり持参だ。改めて、申し訳ない気分になった。

「すみません、ご迷惑を」

「いえ、その……大丈夫、ですか。うわ、その上着すぐ流さないとシミにっ」

「ああ、いいですこのくらい」

「よくないですー」

何故かムキになって言った彼が、近くにいた他のスタッフを呼ぶ。後片付けを頼んだ後、コーヒーで浸された物件情報の束を目にしてぎょっとしたように夏生を見た。

「あの、これ」

「ゴミです。気にしないで捨ててください」

「ええ、いいんですか？」

「いいです。もう用はすんだので」

自分でも驚くほど、事務的な口調になった。

微妙な顔で「そうですか」と言った彼に、半ば強引に店の奥に通される。スタッフ用らしい部屋で上着を脱がされ、検分された結果「シミ抜きをして後日お渡しします」となった。

「いや、そこまでしなくても」

「いえ、これはうちの店のマニュアルなのでご遠慮なく。で、ですね。いきなりですけど、明良のヤツ、いったい何をやらかしたんでしょうか」

「……は？」

唐突な言葉に瞬いた夏生に、彼は軽く眼鏡を押し上げるようにして言う。

「あと、引っ越しちゃうんですか？　それも明良のせいなんでしょうか」

「――――」

ため息を、つきたい気分になった。

目の前の彼が、一日置きに菊池とともにランチに来る夏生を気にしていたことは知っている。初日は親しげな笑顔での「いらっしゃい」だったのが、一日置いて来た一昨日（おととい）には何やらとても物言いたげになっていたし、今日は店に入った瞬間からたびたび視線を感じていた。

今も、彼はまっすぐに夏生を見据えている。糾弾でも追及でもなくただ真意を問うような目に、夏生はつい視線を逸らしてしまった。

「……それは、あなたには関係のないことでは？」

「そうかもしれませんけど、実は今、明良が相当ヤバいんです。――それも、西谷さんには関係ないことなんでしょうか」

思いがけない言葉に、反射的に視線を戻していた。それへ、彼はまっすぐに言う。

「少しだけ、時間をいただけませんか。すぐに終わらせますので」


「休憩をもぎ取った」明良の友人に連れて行かれた先は、和風創作料理店からほど近いカフェだった。

断りきれずついていては来たものの、席についてもどうにも落ち着かない。そんな夏生に気付いてか、席につくなり早々に「好き嫌いあります？」と訊いてきた。否定すると「自分のおすすめでいいですか」と畳みかけられ、反射的に頷いてしまう。手を上げ店員を呼びオーダーをすませると、「ここは自分が持ちますので」と先回りで宣言された。

逃げ道を完全に塞がれた気分で、夏生は短く息を吐く。手持ち無沙汰にスマートフォンを見れば、山科からのメールが入っていた。

「すみません、ちょっとメールいいですか？」

「どうぞ。オレも少し失礼しますね」

行儀よく言った彼だが、メールを打ち込む指の動きがとんでもない。それに一瞬見とれかけて、夏生はすぐさまメールに意識を戻す。

山科のメールの内容は、「頼まれていた本が届いたから都合のいい時に取りにおいで」というものだ。先が見えない以上はと、即座に「今日中に行きます」と返信する。顔を上げると、すでに送信を終えたらしい明良の友人と目が合った。

「そういえば名乗ってなかったですよね。明良の悪友の樋口と言います」

「あー……ええと、もう名乗りましたけど西谷です」

「なっちゃんさん、ですよね？」

「……はあ」

念押しのように訊かれて怪訝に思ったが、それは彼——樋口にとって必須の確認事項だったらしい。ちょうど運ばれてきた煎茶と煎餅のセットを前に、改まったように言った。

「単刀直入に言います。明良が今、青菜に塩です」

「——はい？」

「ここ最近、正確に言えば花火大会の翌日から様子がおかしいんです。仕事にはきちんと出ているようですが、明らかに元気がない。しょげかえってるし、落ち込んでいる様子でもあります。で、ですね。オレはあいつとは小学校からのつきあいなんです」

つらつらと続く内容に、夏生は「はあ」と生返事をする。それへ、彼は少し間を置いて言った。

「ですけどオレ、あいつがあんなふうになったのを初めて見ました、――原因、西谷さんに関係ありますよね？」

「え、……いやちょっと待ってください。いきなり何です？　どうしておれが」

「他に要因がないからです。日にち的にも、西谷さんと会わなくなってからですし。オレが気付いたのって四日前に駄目元で呑みに誘ったからなんですけど、ふたつ返事で出てきたし。気になって、三日前にも声かけたらやっぱりついて来たし」

「それの、どこがおかしいんです？」

言いながら、最初に覚えたのは安堵だ。だったらよかったという気持ちに続いて「やっぱり窮屈だったんだな」という落胆と、明良の負担でしかなかった自分への嫌悪と、そう思われていたことへの痛み。

「心ここにあらずでも、ですか？」

「え、」

「どこに行ってもぼーっとため息をついてますし。あのでっかい図体丸めて下向いてるし」

「それ、は……でも、そんなのおれとは関係ない、んじゃあ」

そんな明良は想像できないが、だとしても夏生に原因があるとは思えない。

「あまりに鬱陶（うっとう）しいんで、一昨日無理やり呑ませまして。そしたら、あいつにしては珍しく愚痴（ぐち）ったんですよね。なっちゃんに嫌われた……って」

「き、らわ」

何だそれ、小学生かと反射的に思ってしまった。そんな夏生を見つめて、彼は眼鏡の縁を押し上げる。「委員長」を連想させる仕草に、何となく背すじが伸びた。

「それで、西谷さんに確認したいことが――」

言いかけた彼の言葉が途切れたのは、あり得ない勢いでカフェのドアが開いたせいだ。

平日の午後とはいえ、八月だけあって席はそれなりに客で埋まっている。その視線がいっせいに、ドアを押し開け肩で息を吐く人物――「マモル」に集まった。

ぐるりと店内を見渡した「マモル」の視線が、夏生のところでぴたりと止まる。くわりとばかりに目を見開くのが、やや距離があってもはっきりわかった。

「アンタ！　ちょっとアキちゃんに何したんだよっ」

「……はい？」

大声で言いながらずんずん近づいて来られても、夏生は唖然とするしかない。

「うあ、あの馬鹿。……すみません、ちょっと失礼しますね」

前半を妙に低い声で言った樋口が、後半でにこやかに席を立つ。彼を認めて「あ」と声を上げた「マモル」を、有無を言わさずの拳骨一発で黙らせた。ついでとばかりに捕獲した「マモル」を連れてカウンターへ出向き、呆気に取られていたスタッフにきっちりと謝罪させてから、おもむろに夏生がいるテーブルに戻ってくる。

「さて。西谷さんに、まず言うことは?」

「そ、……だからアンタ、アキちゃんに何やっ」

言いかけた、そのとたんに再びの拳骨が落ちる。「マモル」の脳天に、正確にだ。涙目で頭を抱えているあたり、ダメージは相当に違いない。

「前にも言ったよな? 少しは学習機能を使え」

「え、でもだって、コイツがっ」

「もう一発必要か?」

言いながら軽くこぶしを上げた樋口に、泡を食ったように「マモル」が黙る。数秒小さく唸(うな)ったかと思うと、いかにも渋々というていで夏生に向かって頭を下げた。「いきなりごめんなさい」との声音には、当然ながら真逆の響きがある。

見張りよろしくそれを見下ろす樋口が、仕方ないとでも言いたげに息を吐く。目を向けられた夏生が思わず頷いたのを確かめてから言う。

「ん、座ってよし」

「う、たっちゃんやさしくない……」

「無駄に図に乗るヤツに優しくする趣味はない。――失礼しました。話の続きをしても?」

がたがたと音を立てて座る「マモル」を鼻で笑ったのに、後半で夏生を見た時にはもう「委員長」の顔だ。どうにもこうにも、なかなかの曲者(くせもの)らしい。

「はあ。でも、明良のことなら、おれ五日前から連絡も取ってませんし」

「だ、から！　アキちゃんが変になってんの、アンタのせいだろ⁉　元気ないし口数すっごい減ったし全然笑ってくんないし悩んでるみたいだし、仕事はアキちゃんだからもちろん完璧だけど、ふだん絶対しないミス何回かしかけたし、だから絶対おかしいんだってばっ」

「おかしいって、……そもそも何でそれをおれに言うわけ」

「だって今日はせっかく一緒の休みなのに！　オレが誘ったのに何で即答で断られんの⁉　絶対おかしいじゃん、アンタが来るまでそんなこと一度もなくて、だから絶対アンタ、が」

ぎゃんぎゃん言いかけて、ふと黙った。何かを考えるように眉間に皺を寄せる様子に、夏生はもう一度念を押す。

「だから、そんなのおれが知るわけない。さっきも言ったけど花火大会の後は一度も会ってないし、連絡も取ってない。あと、今後も会う気はないから」

「な、ちょ……アンタ何そんな無責任——」

「一方的に甘えるのも、迷惑をかけるのもよくないから距離を置いたんだ。様子がおかしいとか言われたって、たかだか一か月のつきあいしかないおれに理由がわかるわけがない。それこそ、明良の彼女に聞いた方が早くて確実なんじゃないのか」

「あ、」

「彼女って、——明良にはそんなもんいませんよ？」

名案とばかりに目を輝かせた「マモル」とは対照的に、樋口がさらりと言う。爆弾に近い物言いに、夏生だけでなく「マモル」までもが目を丸くした。

「え？　でも花火の時に、高校からの公認だって」

「そ、そうだよ、アキちゃんにはあやかさんがいるじゃんか！」

夏生の言い分を、初めて「マモル」が擁護する。その「マモル」を見る樋口の顔は、けれどとても胡乱そうだ。呆れたようなため息をついて、改めて夏生を見る。

「それ、ただの噂ですよ。根も葉もないとは言いませんが、その部分は周りの煩さにキレたあやかが勘違いから出てきた明良との噂を明良本人に頼んで放置した――だけじゃなく、ちょいちょい育てたってあたりで」

「そだてた、……ですか」

「一応、幼なじみですから。明良も明良で恋愛事に無関心だったので、あやかが助かるなら別にいい、というスタンスだったんです。とはいえそれも、高校卒業前に盛大にネタばらししたはずなんですが。――で？　おまえはそれを確定事項として西谷さんに言ったわけか」

言い様に、樋口がじろりと「マモル」に目を向ける。びく、と肩を揺らした青年に、冷ややかな声で言った。

「おまえが明良を追っかけるのはいいけどな、もう少し周りをよく見て情報は精査しろ。オレは前に何度も、あやかとのことは事実無根だとおまえに言ったはずだぞ」

「う、嘘だろ、だってこないだの花火の時だってアキちゃんにくっついてたし！　みんなだって、明良に会いにわざわざ帰ってきたって言っ」

「わざわざ帰ってきたのは間違いじゃないが、あいにく男連れだ。プロポーズを受けたとかで親に紹介して、正式に決まったとオレは聞いたが？　明良にくっついたとかいうのも、報告したあいつが感極まっただけなんじゃないのか」

あやかならそのくらいやるだろうよと、付け加えた樋口の声音は露骨に呆れたふうだ。

「かん、きわま……」

茫然といったていでつぶやく青年をよそに、樋口は夏生に向き直る。

「というわけで、明良に彼女はいません。オレの知る限り、過去にもいたことはないですね。あまり他人には興味がないタチみたいですし」

「は、あ……」

「聞いた通り、職場でもヤバげですよね。原因はなっちゃん——西谷さんに嫌われたから、ということで間違いないかと」

あっさり断言されて、夏生はぎょっとした。

「ちょっ、でもその、その程度のことで」

「その程度かどうかを決めるのは、西谷さんではなく明良なんで。あとさっき西谷さんが仰ったことに異論があります。あいつって基本的に人づきあいはそうよくはないんですよ」

「何ソレ嘘、たっちゃ――」

とたんに声を上げた「マモル」の口を手のひらで物理的に塞いで、樋口は続ける。

「シエルに留守番させるのを好みませんから、遊びに行くにしても連日はまずやりません。あれで気い使いなんで、連れを放置してぼうっとするなんてこともふだんなら絶対あり得ません。どうせ行くなら全力でその場を楽しむヤツなんで」

「はあ、……そう、なんですか」

話についていけない夏生に重々しく頷いて、樋口はおもむろに「マモル」を見る。やたら低めた声で言ったのは、「許可が出るまで静かにできるなら手を離してやってもいいけど、どうする？」というとても不穏な台詞だ。

もっとも言われた「マモル」が即座にかくかくと頷き、自由になったとたんに唇を尖らせて樋口を睨んでいる様子からすると、彼らにとっては「いつものこと」なのかもしれないが。

「ところで西谷さんから明良を誘ったことが一度もない、というのは事実ですか？」

「はあ？　何ソレ、アキちゃんにしつれ、」

とたんに言いかけた「マモル」が、樋口の一瞥でぴたりと黙る。夏生はと言えば、いきなり飛んだ質問に首を傾げてしまった。

「事実ですけど。その、誘う前に誘われるので」

「嘘、そんなっ」

「マモル」

今度は椅子を蹴立てて立ち上がった青年だったが、やっぱり樋口の一声で口を噤んだ。いかにも渋々といった様子で、些か乱雑に椅子に腰を下ろす。

「あいつ、誘われた時はそこそこ応じますけど、自分からは滅多に……というより、まず人を誘ったりはしませんよ？　――なあ、マモルは誘われたことある？」

樋口が話を振ったのは、よりにもよって「マモル」だ。唇を一文字にした青年は、ややあってやけに抑えた声で言う。

「……ない。いっつも、オレから誘ってる……」

「というわけです」

悔しげな「マモル」を横目に、やけにすっきりした顔で樋口は夏生を見る。

「オレは部外者で、具体的に何があったのかは知りません。余計なことを言っているのは承知でお願いします。一度でいいからあいつと会って、きちんと話してもらえませんか。正直に言いますと、あの凹みようだとオレにも手の打ちようがないんで」

「それ、は――でも、」

「さっき聞いた話だと、引っ越しの予定があるんですよね？　できればその前に、どうか」

言って、彼は夏生に頭を下げる。その隣の「マモル」は「引っ越し」の一言に反応しかけたものの、樋口に腕を摑まれたとたんに渋面で黙った。いかにも不満げに、けれどどこか懇願を含んだ目でじっと夏生を見つめてくる。

短く息を吐いて、夏生は視線を落とす。テーブルの上の煎茶は結局口をつけないまま、冷めてしまっていた。


頭が疲れている時は、甘い物を食べるに限る。――というのは実は正しくはないのだと、どこかで読んだ気がするが、果たしてどこでだったろうか。

樋口たちと別れた後、予定通り山科の店に向かう途中で目についた和菓子を買った。祖父が好きで、山科が自宅に来る時は大抵準備していた「練り切り」だ。

「これはまた懐かしいねえ。せっかくだからお茶でも淹れようか」

頼んでいた本を受け取り代金を支払ってから手土産を差し出すと、山科は破顔した。いそいそと向かったカウンターの奥、ごく小さくしつらえられた流し台へと向かう。

「じゃあそこの自販機で買っ……」

「それが、いいお茶を貰ったところでね。それに、暑い時は温かいお茶の方がいい」

にこやかに制止されて、夏生は苦笑した。促されるまま、カウンター近くのソファに腰を下ろす。立ち動く山科の後ろ姿を見ながら、先ほどの樋口たちの話を思い出した。

(きちんと話してもらえませんか)

そう言われても、――今さら、何を？

改めて考えてみても、行き着く答えは同じだ。明良の様子がおかしいと、それが夏生に関係していると言われてもぴんと来ない。例の彼女が恋人じゃないと聞いて驚いたけれど、それで何が変わるわけでもない。

「何かあったのかな？」

「あ、……うわすみません、おれぼうっとしてたてっ」

声に気付いて顔を上げると、いつの間にか真正面のソファに山科がいた。間のテーブルには湯気の立つ湯飲みと皿に盛られた練り切りが、それぞれ置かれている。

わたわたと謝罪した夏生に、山科は軽く笑う。

「若いうちは悩むものだよね。それが特権とも言うけれど。――僕でよければ話を聞くよ？」

「え、……いえ、大したことじゃないですから」

「そうかい？　いや、でもねえ」

ふと言い淀む様子に、夏生は瞬く。山科と会った回数はそう多くはないが、この人がこんなふうに言い淀むのは珍しい。

「あの、……？」

「うん。いや、実は明良くんがうちに来てね」

またしても飛び出した名前に、夏生は小さく息を呑む。それと気付いたのかどうか、山科はごく穏やかに続けた。

「夏生くんの様子を気にかけてくれないかと、内密に頼まれた」

「それ、おれに言ったら内密じゃなくなります、よね」

「うん、そうなんだけどね？」

苦笑する様子で、何となく悟る。これはおそらく確信犯だ。もしかしたらこの人も、「明良の様子がおかしい」と感じているのかもしれない。

「訊いていいでしょうか。それって、いつ」

「一昨日だったかな。仕事の中休みに、差し入れまで持ってきてくれた。くれぐれも、絶対夏生くんにはバレないようにって、ものすごくしつこく念を押されてねえ」

「速攻でバラしてるじゃないですか……」

にこやかに言われて、完全に毒気を抜かれた。どんな顔をすればいいのかわからず、夏生はどうにも下を向く。

「そうなんだ。だから夏生くん、くれぐれもこのことは明良くんには内密に頼むよ」

「…………」

ちらりと上目に眺めた山科は、美味しそうに練り切りを口に運んでいる。夏生と目が合うなり、思い出したように言う。

「それにしても、ずいぶん懐かれたもんだよね」

「……はい？　ええと、それはおれ、が明良、に懐いたっていう……？」

「逆かな。夏生くんは懐かれた方」

「それはないでしょう。世話かけまくってたの、おれの方ですよ？」

即答で反論したら、山科はのほほんと笑って湯飲みを手に取った。

「うーん。僕の目にはそう見えるけどね」

「——……もう会わないって、言っちゃったんです」

ぽろりとこぼれた言葉とともに、思い出したのは最後に見た明良の悄然とした顔だ。見ただけで苦しくなるような、ひどく辛そうな表情をしていた……。

「そうなのか。まあ、人間同士、若い者同士ならいろいろあるもんだよ」

「え、」

つい顔を上げた夏生に、山科は穏やかな笑みを向ける。

「明良くんには明良くんの、夏生くんには夏生くんの考えがある。それぞれペースだって違うだろう。どうしても無理だ、合わないと感じるなら、距離を置くのもひとつの手だよ」

「ひとつの手、ですか」

「オモチャなんかのギミックも同じだが。噛み合わないものを強引に合わせようとすると、歪むか欠けるかするだろう？　それと同じで、人との関係も無理に合わせると歪みが起きる」

ごく静かな声音に、引き込まれるように聞き入っていた。そんな夏生と目を合わせたまま、山科は軽く頷いてみせる。

「今は無理だと思うなら、いったん離れてみるのもいい。縁があるなら、必ずどこかでまた繋がるもんだよ。人は変わっていくものだから、案外その時にはちゃんと互いに合うようになっていたりする」

「でも、おれと明良とでは違いすぎます」

「違うから面白い、とも言うんじゃないかな？」

肯定とも否定ともつかない柔らかい声は、夏生を責めるどころか擁護するようだ。ふだんなら安心しただろうその言葉が、けれど今の夏生には息苦しく思えた。

「――これまでが、甘えすぎだったと思うんです。あいつが優しいから、何も言わないから。気付かないことが多すぎて」

「うーん……ひとつだけ言っていいなら、夏生くんが自分で思う『甘えすぎ』はあまりアテにならない気がするけどねえ」

「えー」

あの状況で、それはない。そんな思いが顔に出ていたのか、山科は少し困ったように笑う。

「無理をしてまで一緒にいることはないと思うけどね。反対に、無理をしてまで離れる必要はないんじゃないかな」

12

「ごめんな。今日も昼から留守番させなきゃなんだよな……」

翌日は、朝から見事な晴天だった。まだ午前八時過ぎなのに日差しが強いあたり、間違いなく暑くなるのだろう。

朝の散歩から帰った子犬は、ご機嫌で食事をすませたところだ。今は夏生が仕事に入る前の隙間、つまり「子犬と遊ぶ」時間でもある。玄関から出て数メートルの位置にまで届く日陰の中、腹を見せて地面に転がっているのを手のひらでころころしている。

子犬のリオンはこの構われ方が大好きだ。夏生や明良が近づくと、かなりの確率で転がって腹を見せて「構え」とばかりの目で見上げてくる。結果、背中の毛に土が潜り込んでしまうため、注意して払うなりブラッシングしていても家の中に土が上がるわけだ。

まあ、それも織り込み済みなので別にいいのだが。

「アパート契約、ねえ……」

本日昼前からの「予定」を思い返して、夏生は重いため息をつく。

昨日のあの様子では、一緒に出かけたが最後間違いなく契約書にサイン捺印させられる。印鑑を忘れて行くつもりではあるが、おそらく近くで三文判を買わされるに違いない。

……わかっていて、それでも行くのか。いつまでその「仕方がない」を続けるのか。

いっそまた、別の土地に逃亡してしまった方がいいんじゃないのか？

（無理をしてまで一緒にいることはないと思うけどね。反対に、無理をしてまで離れる必要はないんじゃないかな）

逃避気味に思ったとたん、耳の奥によみがえったのは山科の言葉だ。連鎖的に浮かんだ明良のしょんぼり顔を、頭を振って追い払った。

「まずは仕事、だよな」

菊池からの連日呼び出しの皺寄せで、仕事の進行が見事に遅れ気味なのだ。ため息交じりに子犬を撫でて、夏生は早々に家の中に戻る。

仕事を始めてしばらくして、スマートフォンに真藤の個人アドレスからメールが入った。初めてのことに怪訝に思いながら開くと、「個人的に話したいことがある、今夜ネットで話せないか」とあった。

了承のメールを返し、何度かのやりとりで時間を決める。妙に落ち着かない気分で仕事に戻ったものの、集中力にだけは自信があるのが夏生だ。セットしておいたタイマーが鳴るまで、完全に仕事に没頭していた。

「時間、かあ……」

まったく気がすすまないまま、それでも身支度をすませて子犬を回収すべく庭に出た。

「リオン？」

この家の庭は、子犬の遊び場だ。灌木の根元に大穴を開けたり、みっしり茂っていた低めの樹木の枝から葉を食いちぎったりと好き勝手しまくっている。とはいえ、現行犯はきっちり注意しているため、以前に比べたらずいぶんおとなしいものだ。

「……リオン」

表の庭で呼んでも反応はなく、それならと家の裏手に回る。そちら側には台所から続く倉庫と複数の樹木が植わっているだけだ。真夏の今は緑と土しかないため、ころころの毛玉を見つけるのは容易いはず、なのに。

「いないって、……嘘だろ。ええと」

まさかと思い至って、慌てて表の庭に駆け戻る。門扉に取り付けた柵を検分して、ざあっと全身から血の気が引いた。

留め金の一部が壊れて、ほんのわずかの——けれど子犬が抜けるには十分な隙間が開いていたのだ。

「リオンっ」

門扉を開け、敷地を出て周囲を見渡す。呼んだ声に返事はなく、視界のどこにも小麦色の毛玉はない。咄嗟に浮かんだのは、いつかの明良の台詞だ。

（何しろ、脱走常習犯なもので）

「明良、」

連絡をと反射的に思い、家の中に取って返す。仕事部屋のデスクの上、スマートフォンを手にして動きが止まった。——昨日休みだった明良は、今日は出勤のはずだ。

それ以上に、「また」明良を頼るのか。自分の都合であんなふうに突き放して、恩知らずにも「来るな」と言っておいて。自分の不注意で、こんなことを起こしておいて？

「……と、にかく探し、に」

スマートフォンをテーブルに戻し、家の鍵だけ握って玄関を出る。ひとまず施錠し振り返って、夏生は「うわ」と顔を顰めた。

昨日と同じく露骨な不機嫌顔の菊池が、門扉を入ってくるところだったのだ。玄関先に立つ夏生を見るなり、わずかに機嫌よさげにする。

「ちゃんと待ってたのかよ。いい心掛けだな」

「……まだ時間にはなってないだろ。少し待てよ、おれ犬を探しに行くから」

言い様に、急いで傍をすり抜けようとしたら乱雑に肘を掴まれた。

「犬ぅ？　そんなもんどうだっていいだろ。いいから来い、こっちは急いでんだよっ」

「い、いわけないだろ！　まだ子犬だし好奇心旺盛で、池でも川でもかっとんでいくんだよ、前に攫われかけたことだってあるし事故にでも遭ったら、」

想像しただけでぞっとして、夏生は菊池の手を振り払う。その端から今度は肩を掴まれた。

「それならそれで好都合じゃないか。どのみちアパートじゃ犬なんか飼えないんだ、誰かが拾ってくれりゃ御の字だし、それで死ぬなら運命ってヤツで」

「はあ？」

頭のてっぺんまで昇っていた熱が、急激に冷えた。……今、この男は何と言ったのか。

「――リオンを見つけるのが先だ。無事見つかって、二階に上げたら車に乗る」

唸るように言い捨てて門扉に手をかけたとたん、ぐいと乱暴に引き戻された。

「おい待てって、犬っころなんかどうでも」

「リオンが先だって、何度言えばわかる。そうも急ぐんだったらおまえひとりで行けばいい」

「あぁ？　何言ってやがる、契約すんのはオマエ……」

「時間を後ろにするか、今日は中止だ。どっちかを選べ」

「はぁ？　我が儘もいい加減にしろよ、たかだか犬一匹消えたくらいでっ」

睨み上げて言い切ったとたん、不機嫌だった菊池の顔が怒りの表情に変わった。と、何か思い出したように――いたぶるように、厭な笑みを貼り付けた顔を夏生に寄せて言う。

「そんなん言ってると人生棒に振るぞ？　忘れたのかよ、オレがその気になればオマエなんかいつでも今の会社をクビに」

「いいよ。クビでも何でも、勝手にすれば？」

自分でも不思議なほど、迷いのない声が出た。

虚を衝かれたように、菊池が黙る。あり得ないものを見るような目で夏生を見下ろしたかと思うと、気を取り直したように唇を歪めた。

「真藤に泥を被せてもいいのか。オマエの恩人なんじゃねえの」

「被せなきゃいい。何もかも全部、おれのやらかしたことにするだけだ」

「……は？」

「何しろ前科者だからな。去年のアレをそのまんま暴露して、おれひとりで全部やりましたとでも自己申告するさ」

言葉を失ったらしい菊池をまっすぐ見据えて、思ったのは「馬鹿馬鹿しい」の一言だ。

今、一番大事なのは——優先すべきなのは子犬の無事だ。やり直しなどいくらでもできる上、そもそも望んですらいない契約とでは、天秤にかける意味すらない。

それに、今起きているのは結局のところこの五日間の繰り返しだ。ここで折れようがどうにかやり過ごそうが、その後も必ず似たような状況に陥るのは目に見えている。

それこそ、人生を棒に振ることじゃないのか。好きどころかとうに嫌悪しかない男の都合に振り回されて、これから先の時間すべてを食い潰されていくのか。

無理やりに自分を曲げて、到底納得できないものを「仕方がない」と、「自分には無理だ」と諦めるのか？

……そんなのは、もう真っ平だ。

自分は駄目だと、どうせできないと決めつけて逃げるようにこの家に引っ越した。言うべきことすら口に出せず、泣き寝入りするしかできなかった。菊池ならいつか連絡をくれるはず、気付いてくれるはずとあり得ないことを自分に言い聞かせて、ただ待っていた。

いったいいつまで、そんな自分のままでいるのか。そんな自分でいることを、本当に自分は望んでいるのか。

——じいちゃんが信じている、夏生を信じてください。

不意打ちで脳裏に浮かんだのは、祖父が遺した最後の手紙だ。無骨な文字で、けれど丁寧に。きっと誰よりも夏生を思って書いてくれた……。

「あのさ。もう決めたから」

ひどく静かに、夏生は菊池に向き直る。かつて恋人だった男を、まっすぐに見据えた。

夏生の肩を摑んだままの菊池が、たじろいだように一歩下がるのがわかった。

「おれはもう、おまえの言いなりにならない。一緒には行かないし、アパートの契約もしない。仕事の手伝いは断るし、結婚式にも出ない。よりを戻すなんか、死んでも真っ平だ」

「……本気かよ」

瞠目した菊池が、唸るように言う。無言で見返す夏生に、爆発したように言った。

「オマエみたいなヤツ、他ではまず雇ってもらえないぞ。路頭に迷ったらどうするよ？　家族もアテにならないんだろうが」

「別にいい。それはそれで、その時になったら考える」

言いながら、ああそうなのかと腑に落ちた。菊池がこうも高圧的なのは、夏生に誰もいないと思っているからだ。夏生をどう扱おうと、文句を言う者はないと安心しているから。

なるほどと納得した拍子で、つい頬が緩んだ。それが笑ったように見えたのだろう、菊池は信じられないという顔で固まったままだ。

「手、離せよ。おれ、急ぐんだから」

「……な、に――」

菊池の声に重なるように、車の音がした。門のすぐ前、横付けするように停まったのは夏生がよく知っている、けれどここ数日見ることのなかった――

「なっちゃん！」

まさか、と思ったタイミングで運転席から顔を出したのは、やっぱり明良だ。慌てた様子で、エンジンを切ることもなく車から降りてくる。その様子に、瞠目した。

「青菜に塩」と樋口は言ったが、本当に「萎れている」ように見えたからだ。窶れているとも言えるが、どことなく生気がない。寝不足なのか目の下に隈まで浮いていて、結果いつもより五割増しで「怖い」。

この原因が、夏生なのか。もう会わないと言っただけで。たった五日間、会わなかっただけで？

門扉の前に駆けつけた明良は、そこで見えない壁にぶつかったように足を止めた。無言のまま、口を真一文字にして夏生と菊池とを見つめている。子どもの頃に何度も見ているから知っている、これはもの凄く、何かを我慢している顔だ。

「……アイツのことも、いいのか？」

摑まれたままだった肩を、いきなり引かれる。我に返ってみれば、表情を歪めた菊池が夏生に顔を寄せていた。顎先で明良をさしたかと思うと、落とした声で続ける。

「アイツ、オレとオマエがいい仲だったこと、知らないんだよなあ？　ついでにオマエがアイツを好きだってことも」

脅しでしかない声音に、夏生は露骨に顔を顰める。

本当の自分を、明良に知られて嫌われたくない。もう二度と、同じ思いをしたくない。

――それは、何のためのプライドだったのか。

全部が全部、夏生の勝手な事情だ。明良には何の関係もない。

男同士の関係を嫌悪するのは明良の自由で、夏生がどうこう言っていいことじゃない。家族や菊池にさんざん振り回されてきた自分には、それくらいよくわかっていたはずだ。

それなのに、六日前の自分はどうだったか。自分の気持ちを守るだけで、自分自身が可愛いばかりで、何も知らない明良に勝手な理屈ばかりを押しつけた。「マモル」や菊池の言い分ばかりを気にして、肝心の明良からは話を聞こうとも、事実を確かめようともしなかった。

それは結局幼い頃、母の言い分を鵜呑みにして祖父に「嫌われた」と信じ込んだのと同じじゃないのか。

変わったと思ったのも「つもり」でしかなくて、ただ明良を傷つけただけなんじゃないのか?

「いいよ、別に。言いたきゃ言えば?」

我ながら、怖いほど素っ気ない声が出た。目を剝いた菊池の手を肩から払って、夏生は門扉越しに明良に声をかける。

「明良、おまえ今日は仕事じゃなかったのか」

「え、……臨時の休み、だけど」

「そ。じゃあ、これからちょっと時間取れる?」

夏生から声をかけたのがよほど意外だったのか、かくかくと頷く様子がぎこちない。それを、「何だか可愛い」と思ってしまった。

言質は取ったとばかりに、夏生は凝固したままの菊池に目を向ける。事務的に言った。

「おれの前で言っていいよ。去年のことも今までのことも、全部」

「おい、ナツ……」

ようやく菊池が発した声は、気のせいでなく震えていた。動揺も露わに、夏生と明良を交互に見ている。時折頬が引きつっているのは、明良を怖がっているのかもしれない。

その明良はと言えば怪訝そうだが、菊池を見る目は心底厭そうだ。

黙ったままの菊池に呆れて、夏生はつい顔を顰める。そこで、ふと気がついた。

「明良さ。たぶんこれから、かなりろくでもない話を聞かせることになると思うんだけど、いいか？」

「ろくでもない、って」

「うん。おれの過去の話」

「……なっちゃんの？」

予想外だったのか、明良が大きく目を瞠る。その様子に、苦笑がこぼれた。

どうしたって、夏生は夏生だ。どんなに頑張っても、無理をしても夏生以外には——明良が思うような「ヒーロー」にはなれない。

数秒、夏生を見つめた明良が、ひとつ頷く。はっきりした声で言った。

「大丈夫。なっちゃんはなっちゃんだから」

明良らしい言い方に、思わず笑ってしまった。視界の端で菊池が唖然とするのが、面白くて仕方がない。と、その時明良の車の後部座席の窓に、ひょいと小麦色の頭が出てきた。

シエルだと気付いた瞬間に、大事なことを思い出した。

「あ、明良ごめん、今はそれどころじゃ——リ、リオンがいなくなっ」

「あ」

今さらに門扉から飛び出そうとした夏生を、明良が制止する。ごく普通の声で言った。

「大丈夫、今熟睡してるから」

「へ？」

手招かれて、急いで門を出た。促されるまま後部座席の窓を覗き込むと、シエルの足元で腹を見せて転がっている毛玉がいて、安堵のあまりその場に座り込みそうになった。

「なっちゃん、大丈夫？」

「う、ん。その、……ありがとう。リオンのことも、それ以外も」

明良の手を借りて、どうにか体勢を立て直す。改めてお礼を言うと、明良は眩しそうに目を細めた。

「どういたしまして」

「……ナツ」

そのタイミングで、擦れたような声に名前を呼ばれる。そういえばコイツもいたんだったと思い、そんな自分に少し驚いた。気を取り直して、夏生は菊池に言う。

「おまえ、明良に言いたいことがあったんじゃないのか」

けれど菊池は無言のままで、これでは埒があかないとため息が出た。それならと、夏生は明良に向き直る。

「じゃあ代理な。まず、おれとあいつは男同士だけど、以前つきあってた。一応恋人だったんで、普通に身体の関係もあった」

　つらりと口にした夏生に、菊池が驚愕（きょうがく）の顔を作る。一方、明良はと言えば後半のあたりでぴくりと肩を揺らした。

「で、おれは前の会社では嫌われ者で――こいつに言わせると前の会社だけじゃないらしいけど、まあ追い出されるようにして辞めた。今の会社でも、上司に迷惑かけたあげく問題起こして辞めさせられる予定……なんだってさ」

「何その予定。そんなの誰が決めた？」

　他人事みたいに軽く言えた自分も不思議だが、日常会話のように反論してくる明良も明良だ。感心しながら、夏生は肩を竦めてみせる。

「知らない。計画も実行も根回しも、するのはそいつだし」

「なっちゃんさ、それ今の上司さんに相談っていうか、報告した方がよくない？」

「おれも今そう思った。今夜話す予定があるから、知ってる範囲で言っとくよ。去年のアレも真藤さんには全部話してるし、そいつのことも知ってるしな」

　言いながら目をやると、菊池はひどく落ち着かなげだ。逃げ場を探すように周囲を見回しては、明良の視線にびくりとしている。

「追加だけど。こいつの中の予定では、今後おれはこいつの新居近くに引っ越して、こいつの仕事を手伝うらしいよ。引っ越し先はこいつの奥さんにバレにくいとかで、おれとよりを戻すことになってるんだってさ」

「……はあ……？」

半笑い気分で言ったのに、明良の反応は押し殺すように鋭い唸り声だ。夏生からすれば「怖いなあ」程度だが、菊池の方は完全に腰が引けている。

「――なっちゃん。まさか本気で」

「さっき全部断った。結婚式に出る義理はないし、おまえの親友って看板は廃棄したってことでよろしく」

「な、……おい待てよナツっ、そんなこと言っていいのかオマエ、」

前半を明良に、後半を菊池に向かって言ったら、叫ぶような反論が来た。

だったらとばかりに菊池が明良に目を向けるのと前後して、夏生は明良の腕を引く。見下ろしてきた強面に笑顔で言ってのけた。

「あと、これはそいつの予定とは全然関係ないんだけど。おれ、おまえのことが好きなんだ。一応断っておくと、友達や幼なじみとしてじゃなくて恋愛感情な」

「…………へ？」

一音だけの声を上げた明良が、その場で凝固する。そのましばらく待ってみても、夏生を見下ろして固まったままだ。

予想通りの反応に、不思議なくらい笑えてきた。

どうせ駄目になるのならちゃんとぶつかった上で、本当に無理だと思い知った方がいい。人の気持ちを縛ることはできないし、そもそも恋愛なんてそう簡単には実らないものだ。夏生自身の経験ではなく、同類の知人から聞かされたことだけれども。

「あ、でも安心していいよ。無理に迫るつもりはないし」

微動だにしない明良を見上げて、妙にすっきりした気分になった。

負け惜しみではなく、「もういいか」と思ったのだ。ちゃんと伝えることができただけで、夏生にしては上等だろう。ただ——できればもう少し、欲をかきたいのが本音だ。

「おまえが男同士とか嫌いなのはわかってるし、無理強い……はまあおれからは絶対無理だと思うし？　変に負担かける気はないから、すぐ忘れてくれていい」

明良の思惑がどうであれ、助けてもらったことに変わりはない。この土地に来なかったら、明良に再会しなかったら、一緒に過ごす時間がなかったらきっと、夏生は菊池の言いなりになっていた。厭だと思いながらも「仕方がない」と諦めて、この家を出ていたに違いない。

「無理にとは言わない、けどさ。できれば今後は友達……は無理でも、知り合い程度のつきあいくらいはしてくれると嬉しい、かな」

下心満載でそろりと見上げてみたら、今度はばっちり目が合った。

「……なっちゃん」

明瞭な、どこか改まったような声で呼ばれて、勝手にぴんと背すじが伸びる。

今の明良と夏生の距離は、ほんの一歩ほどだ。六日前まではごく当たり前でしかなかったけれど、「知り合い」としては近すぎる距離。

「ええと、その……あの、さ」

珍しく明良が言い淀む。返事が貰えるならと待ってみたものの、続くのは意味のない代詞ばかりだ。気のせいか、日焼けした頬が赤くなっているようにも見える。

「あー……明良さ。無理なら無理で、別に」

「いや、そうじゃなくて！　俺もその、なっちゃんが好きです。えーと、割と前から」

「へ、？」

「俺も、ちゃんと恋愛感情で。けどその、なっちゃんてそういうことに全然興味なさそうだったし、俺のこと弟扱いしてたし男同士とか知らないとしか思えなかったし、嫌われるかもとか思ったら下手なこと言えなくて」

「はい？　え、ちょっと待っ」

「なっちゃんがよく言ってた過保護っていうのもその、単に俺がなっちゃんを構いたかったのと、他のヤツがなっちゃんに近づくのが厭だっただけっていうかさ……」

しどろもどろの、「らしくない」口調で言う明良の顔は日焼け越しにも明らかに真っ赤だ。困ったように、気恥ずかしそうに額から目元のあたりを手で覆うようにして、そのくせ指の隙間からじっと夏生を見つめている。

何だソレと思った瞬間に、先ほどからの明良の言葉が、意味を為して落ちてきた。

「……え、——？」

自分でもわかるほど、一気に顔が熱くなった。

「え、や、その、……え？　明良、今言ったの、」

「本気だから」

さっきまでの躊躇はどこに行ったのか、今度の返事は間髪を容れずだ。

顔に当てていた手を外した明良が、改まったように向き直ってくる。まだ完全には意味が飲み込めていない夏生を、まっすぐに見据えて言った。

「だから、その——なっちゃん。俺の、恋人になってくれる？」

13

世の中というのは本当に、何が起きるかわからない。

逃亡、としか表現できない勢いで走り去っていくシルバーの高級車——菊池を見送りながら、夏生はふとそう思った。

……期せずして始まった夏生と明良の告白大会を、ぶった切るように菊池が声を上げたのだ。馬鹿馬鹿しいだのつきあいきれないだのと喚きながら夏生たちを避けるようにガレージに駆け込み、車のエンジンをかけた。

去り際の運転席から投げつけられた台詞は「覚えてろ」に「どうなっても知らないからな」、「後悔するぞ」だったか。それには明良が逐一返事をしていた。曰く、「もう忘れた」、「アンタに知っててもらう必要はない」、「なっちゃんの心配は俺がするんで余計なお世話」。

菊池の車が見えなくなっても、夏生はまだ半信半疑だ。あの男がこうもあっさり去っていったことも、――今、すぐ傍に明良がいて、あのにこにこ顔で夏生を見ていることも。

明良の車をガレージに入れ直し、犬たちを連れて庭に戻る。壊れたと思った門扉のところの柵は明良曰く「留め金が緩んだ」だけだったとかで、その場で直してくれた。

久しぶりに会えたのが嬉しいのか、目を覚ましたリオンはシエルにじゃれつきっぱなしだ。だったらと、そのまま庭で遊ばせておくことにする。

「ところでなっちゃん、お昼はもう食べた？　これ、作ってきたんだけど」

見覚えのある大きめのバスケットを持ちあげた明良に、夏生は瞬く。

「いや、まだ……作ったって、あれ、でも明良今日仕事……臨時の休みって言ったか？」

「うん、その、ばあちゃんが、そんな辛気くさい顔で作った料理をお客さんに出すわけにはいかないから今日は休んで顔を元に戻せって……あと辰也（たつや）、じゃなくて樋口から、今日の昼までに絶対なっちゃんに会っておけって――引っ越しで逃げられる前に、とか」

前半の、明良の祖母の物言いに「そこまでか」と絶句した後で、後半の内容に顔を覆う気分になった。

結果的には助かったし心底感謝もしているが、あの明良の友人は何をどこまで察しているのか。正直、次に顔を合わせるのがとても怖くなってきた。

「一応だけど訊いていい？　なっちゃん、ここから引っ越したりは」

「しないよ。おれ、この家が気に入ってるし出なきゃならない理由もない。あと、来てくれてありがとう。もの凄く助かった」

気を取り直し改めて礼を言うと、明良は面映ゆそうに笑った。つられて頬を緩めながら、夏生は「そういえば」と聞いてみる。

「ところで明良、どこでリオンを見つけた？」

「うちからここに来る途中の河原。リオンが脱走した時によく行ってた場所なんだけど、川に飛び込む寸前にどうにか間に合った」

捕獲後、車へと移動する間にすとんと眠ってしまったというから、かなり早い段階で庭を出ていたのかもしれない。自分の注意不足を改めて反省し、もう一度礼を言っておいた。

「いや、俺も注意が足りなくてごめん。柵の方、もっとまめにチェックしないとだね」

「だから、それはおれの責任で」

「俺だって無関係じゃないよ。シエルもここに入り浸ってたしね」

とにかくお昼にしようと言われて苦笑した。日陰で伏せたシエルと草の上を転がりまわる子犬をそれぞれ撫でて、夏生は明良について家へと向かう。

後ろ手に玄関ドアを閉じるなり、ほっとため息が出た。すぐ横で聞こえた似たような音に顔を上げると、ちょうどこちらを見下ろしていた明良と目が合う。

どうしてか、視線を逸らせなくなった。互いが互いの目を覗き込むような恰好のまま、夏生はじわじわと顔に熱が上がるのを自覚する。

——明良が自分を見る目は、これほど優しかっただろうか。

「なっちゃん、顔が真っ赤」

「ば、そんなことわざわざ言う……って、おまえも人のこと言えないけど？」

「うえ、」

慌てたように手のひらで押さえた明良の頬も、真っ赤と表現していいくらい染まっていた。狼狽えたようにあちこちを向く様子が珍しくて、夏生はつい笑ってしまう。

「隠すなよ。明良が赤いの、珍しいじゃん。もっと見せて」

「え、やだよちょっとなっちゃん待っ」

期せずして、玄関先での攻防が始まってしまった。じゃれあいのようなやりとりの中、ふと気付いた時には互いの顔があり得ないほど近くにあって、何故か同時に動きを止めてしまう。——互いが、互いの腕を摑んだままで。

明良の目の中に、自分の顔が映っている。そう思ったのと明良が身を屈めたのがほぼ同時で、ごく自然に「キスの距離だ」と思った。とはいえ、自分から動いたことなどほとんどない夏生はつい待ってしまったわけで、なのに明良はあと数センチのところで固まった。

あれ、と何度か瞬いて、その後で夏生は気づく。

ピントがブレる距離にある強面が、やけに強ばっている。屈んだ背中も夏生の腕に触れる指もカチカチで微動だにしない。

そういえば昨日、樋口から聞いたような気がする。明良は恋愛事には無関心で、過去にも今にも恋人がいたことがない、とか。

じゃあこれは緊張しているのか。またはこの先どうすればいいのか、迷って困って途方に暮れている？

——何だそれ、可愛すぎないか。

と思ってしまったら、もう駄目だった。傍目には睨みつけているように見えるのだろう強面が、幼い頃の可愛かった「あっちゃん」と重なってしまった。

自分の頬が勝手に緩んで、笑みを作るのがわかる。伸ばした両手で明良の頬をそっとくるむようにすると、少しざらついた肌がびくりとするのがわかった。

合わせたままの視線をそのままに、夏生は自分から顎を上げる。少し背すじを伸ばすだけで、明良の唇にはちゃんと届いた。

そっと押し当てて離れるだけの、リップ音すらしないキスだ。なのに、目の前の分厚い肩が跳ね上がるのがわかった。至近距離にある明良の目がまん丸になるのがひどく可愛くて、愛(いと)しくて面白くてもう一度唇を押しつけた。

　触れ合うだけのキスを続けながら、思ったのは「違う」の一言だ。

先日、菊池に無理やりされた一方的なそれとは全然違う。あの時にあったのは嫌悪だけで、今みたいな安心感やどきどきや、満たされるような幸福感は欠片(かけら)もなかった。今思うと菊池との間でそれを感じていたのは、本当に最初の頃だけだったような気がする――。

　ちらりとそう思ったのとほぼ同時に、唐突に明良が動く。長い腕に腰ごと抱き込まれ、首の後ろを掴まれたかと思うと、身体を反転させられ背中を玄関ドアに押しつけられた。

「え」と上げた声ごと、食らいつくように呼吸を奪われる。がむしゃらに唇を重ねるだけのキスの強引さに、びくりと肩が揺れた。それと気づいたのだろう、いったん離れた吐息に「ごめん」と一声かけられて、けれどすぐにまた唇を塞がれる。

「……っン、――」

　強引で、けれど優しいキスだ。最初は確かめるようにそっと触れるくせ、夏生が許したとたんに遠慮なくまさぐってくる。

　不慣れだとすぐにわかるほど不器用に、それでいて夏生の反応を確かめるように。最初は様子を窺うように慎重だったのに、夏生が許したとたん遠慮なく深いところまで探ってくる。

　もどかしげに動く体温に歯列を撫でられて、考える前に顎が緩む。そっと隙間を探られたかと思うとするりと分け入って来られて、あっという間に舌先まで搦(から)め捕(と)られていた。柔らかく吸い付かれやんわりと歯を立てられて、その合間には頬の内側を撫でられる。

「う、……ン、んぁ、——っ」

耳の奥でひっきりなしに、湿った音がする。久しぶりの、確かに知っているはずの水を含んだ音の響きをどうしてかひどく淫靡(いんび)だと感じて、それだけで体温が上がった気がした。

「ん、——なっちゃ、……」

「うん、……きら、」

続くキスの合間、擦れたような低い声で名前を呼ばれるだけで背すじが粟立(あわだ)った。いつしか夏生は明良の首にしがみついて、少し剛(こわ)い短い髪を指先でかき回している。

後ろ頭に、熱が灯(とも)ったような感覚だった。もっと近くに、もっとすぐ傍で。まだ足りないとそればかりで、だから自分がまともに息をしていないことにも気づかなかった。

「——……っ、うわなっちゃん⁉」

のぼせたような意識の中、ふいにかくんと感覚が落ちる。立っていられなくなったのだと気づいたのは間一髪で明良の腕に支えられた後だ。

「ご、め——あきら、ありが、」

上せたように熱い顔を、自覚したのは見上げた先で明良と目が合った時だ。お互いさまでよかったと言うべきか、明良の方も負けず劣らず熱が籠もった顔をしている。今さらの気恥

ずかしさに、抱き合った恰好のままで揃ってそっぽ向く形になってしまった。

「なっちゃんごめん、その、つい」

「い、いよ。さっき言った、ろ？　おれ、ちゃんとあきらがすき、だから」

明良の謝罪を制止したものの、うまく舌が回らない。それがひどく気恥ずかしくて、今度は耳まで熱くなった。ううと唸って明良の胸に頭をつけたとたん、低い懇願めいた声が届く。

「なっちゃん、……もう一回」

「へ？」

「もう一回、言って。今度はちゃんと、俺の顔を見て」

「えー……」

まさかそんな恥ずかしすぎる。ちらりと明良を見て、けれど夏生は瞬時に思い直す。

夏生を見下ろす明良が、まだどこか不安そうに見えたのだ。考えてみれば明良にとっては夏生以上に怒濤（どとう）の展開だったはずで、その原因を作ったのは間違いなく夏生だ。

「おれ、明良が好きだよ。たぶん、……二階でじいちゃんの手紙を見つけるより前から、好きだったんだと思う」

夏生の言葉に、明良の表情がふわりと緩む。腰に回った腕に力が籠もるのを感じて、自分から腕を伸ばした。明良の頬に手を添え、間違いなく赤くなっているだろう顔を上げて言う。

「けど、さっきのヤツとのことでもうレンアイとか懲りてたし。そもそも人づきあい自体が下手なんだから不向きに決まってると思ってたのと、……たぶん明良をあいつと同列にしたくなくて、わざとそっちの意味には考えなかったんじゃないかなって」

「……同列？」

ぴく、と反応した明良が微妙に不機嫌になったのは、間違いなく菊池の話が出たからだ。察して、けれど夏生はあえて続けた。

「レンアイ相手、って意味の同列。今までつきあった相手ってあいつだけだったから、そのまんまあいつが基準になってたみたいでさ。でも、明良はあいつとは全然違ってたから」

「どんなふうに違ってたか、訊いてもいい？」

「うん。その、……最初はそうじゃなかったのに、恋人になって少しした頃から何かとあいつに貶（けな）されるようになってさ。根暗で辛気くさいとか、見た目不審者とか？　駄目出しもしょっちゅうだったし、おれみたいのを好きになってつきあうような奇特な人間なんか他にはまずいないし、何かと助けてやってるんだから感謝して当然、みたいな。そんで、おれもいつの間にかそういうものなんだと思うようになってて、……明良？」

説明の途中で後ろ頭を押さえられ、明良の肩口に額を押しつけるようにされた。

明良の顔が見えなくても、言いたいことは伝わってきた。それ以上言わなくていい、自分も聞きたくない。あるいは聞くほどの意味がない、という。

「けどおれ、明良と会って――明良と一緒にいるようになって、すごく安心した。気持ちが緩むっていうか、すごくほっとしてさ。だからその……早い段階から我が儘だったし、好き勝手に文句も言ってたと思う。今さらだけど、本当にごめん」

「俺も、あっちゃんといると楽しいよ」

低い声とともに、今度は左右の頬を明良の手のひらでくるまれる。そのまま上向かされた額に、明良の額をそっとくっつけるようにされた。

「なっちゃんが傍にいるとすごくあったかい気持ちになるし、当たり前だったことに色がつく気がするんだ。あと、おれはなっちゃんのだったら我が儘も好き勝手も大好物だからさ」

「う、……おまえそれ、いくら何でも趣味が悪すぎ――……ン、っ」

反論しかけた唇を、キスで塞がれた。躊躇いなく、すぐさま深く奥を探ってくる。

自分から顎を上げ首を傾けて応えながら、夏生の脳裏を掠めたのは「キスってこんなに気持ちよかったっけ」という疑問だ。

吐息を共有するキスの合間、頬や額を啄まれる。背中に回った手のひらに、そっと背中を撫でられる。首の後ろを摑んでいた長い指が、背骨を辿るように動いて肩甲骨に辿り着く。シャツ越しの優しい動きの、どこにも煽るようなものはない。それなのに、勝手に肌が反応する。触れられた先から熱が生まれ、辿られた動きが流れになる。

何度も何度も繰り返しキスをして、なのにどうしても何かが足りない。ぎこちなさが残るキスなのに、がっつきすぎてか息をつく間も貰えないのに、酸欠寸前でくらくらするのに、それでもどうしても離れたくない。

どうしようと、そんな思考が浮かぶ。どうしよう、どうすれば——どうしたいのか。行き着いた疑問は不思議なくらい呆気なく、結論を運んできた。

明良に触れたいと、ごく自然にそう思った自分自身に驚いた。

菊池と恋人同士だった時の夏生は、最初から最後まで受け身だった。その手の行為も「厭ではない」というだけで、実を言えば自分から望んだことはほとんどない。恋人だから、望まれたから、誘われたから受け入れる。それが当たり前で、レンアイだと思っていた。

けれど、今感じているこれは全然違う。他でもない自分が望んでいて、明良にもそうであってほしいと思っている。

キスだけでも、抱きしめ合うだけでも足りなくて、もっと近くでもっと直截に触れ合いたい。理由も理屈も全部放り出して、邪魔になるものを全部投げ捨てて、溶け合うみたいにひとつになりたい——。

「なっ、ちゃ……」

長く続くキスの合間、夏生を呼ぶ明良の声はふだんより低く、わずかに擦れて響いてくる。もっと聞かせてほしいと、せがみたくなるような声だ。その語尾ごと移し込むようにまたキスをされて、夏生は必死に明良のシャツに爪を立てる。

食い入るように夏生を見る明良の目には、これまでにない——けれど先ほどのキスで灯った色が確かに滲んでいて、それだけで同じ気持ちでいると伝わってきた。

だから、夏生は必死で呼吸を整える。まだどこか戸惑っている様子の、明良の代わりに。

それと同じだけ望んでいる、自分自身のために。

「……ここ、だと狭い、から——ベッドまで、行こ……？」


かすかな機械音が、妙に耳についた。

滲んで輪郭を失った視界の中、無意識に音源を探す。自分自身の喘ぐような呼吸音の方がずっと大きいのに、その中にはさらに色めいた声が混じっているのに、——先ほどからひっきりなしに水気を含んで響く音があるのがひどく気になって、考える前に首が動いた。

その拍子、ずっと滲んで揺れていた視界がふいに流れてクリアになる。今度こそ見つかった音源は天井近くにあるエアコンで、そのファンがゆっくり動いているのがわかった。

いつ、エアコンを点けたのだったか。

ぽんと浮かんだ疑問に、無意識に眉を寄せる。真夏のこの時期、締め切った室内で作動させるのは当たり前にしても、スイッチを入れた覚えが夏生にはない。つまり、他にリモコンを操作した人がいるわけで——でも、いったい誰が？

「——っぁう、ン、っ……」

不意打ちの波に攫われて、腰から背すじがびくんと跳ねる。無意識に逃げを打った腰を引き戻す腕は、強引なのにひどく優しい。優しいのに容赦の欠片もなく、じりじりと炙るように夏生を追い詰めていく。

「あっ……ン、んぅ——や、……っ」

こぼれる吐息に、噛みきれない声が混じる。時に全体を撫でられ、湿った体温でくるまれ音を立てて嘗められる。焦らすように握られながらわざとのように先端をだけを弄られて、どうしようもなく背すじがうねった。

声に混じって響く粘着質な音が際だったように耳について、それだけで顔が熱くなっていく。もう無理だと息も絶え絶えに必死で頭を起こして目を向けた先、自分の脚の間に顔を埋めた明良とまともに目が合う。

ついさっきも目にしたはずの光景なのに、またしても目眩がした。首を振りながら、夏生の頭に浮かぶのは「どうしてこうなった」ということばかりだ。

だってまさか、こんなことに——こんなふうになるなんて、思ってもみなかったのに。

ごく正直に白状してしまえば、夏生はあの時失敗したなと思ったのだ。

（……ここ、だと狭い、から——ベッドまで、行こ……？）

夏生がそう口にした瞬間、その場の空気は明らかに硬直した。真っ赤になって瞠目した明良は、数秒夏生を見た後でふいと顔を背けてしまった。

否定の言葉や、態度はない。けれど明良は途方に暮れたように動かなくて、だから夏生がその手を摑んで引っ張った。寝室に辿りつきはしたものの、その時点で数分前まで確かにあったはずのあの熱も、どこか熟んだような空気もきれいに消えてしまっていた。

どうしたものかと、真面目に少し悩んだ。

告白して恋人同士になったけれど、合意の上で結構なキスもしたけれど、それでもやっぱり男同士だ。いざとなって怯んだかそこまで考えが及んでおらず固まってしまったか、最悪なところでは我に返って「ちょっと待て」となってしまったか。

菊池が初めての相手だった時の夏生はそんな猶予もなく流されてしまったが、実を言えば事後にはそれなりに悩んだ。それを思えば、可能性としてゼロとは言えない。

そして夏生としては自分がそうしたいというだけの理由で、明良に本意でもない行為を無理強いする気はない。

流れのように寝室のベッドに並んで座ったと同時にその結論が出て、だからそっと隣にいる明良の様子を窺った。

（えと明良、その、何だったら先に、シャワー、とか……）

無理だったらどうにか誤魔化そうと決めたのと長い腕に抱き込まれたのがほぼ同時で、「あれ」と思った時にはもう呼吸を奪われていた。

唐突さに瞬いた視界の先、明良の目に玄関で見たのと同じ色を見付けて安堵した。――「どうにか誤魔化せ」るほどの技術があったら、恋愛に不向きだなんて自覚するわけがない。

「なっちゃん」と呼ばれるたび、遠慮がちだったキスが深いものになっていく。唇の奥の形を確かめるように動いた体温に舌先を搦め捕られ、撫でるように擦られる。頬の内側を抉(えぐ)るように撫でられ、きつく吸われて、背すじから首の後ろにぞくりとするものが走った。

（ン、……ぅ、あ……っ）

無意識に動いた腕が明良の首に回って、とたんに互いの隙間がなくなるほどきつく抱き込まれる。唇が痺(しび)れ、舌が怠(だる)くなるほど執拗なキスをされながら、大きな手のひらや指先にしきりに肩や背中、腰のラインを辿られる。……それなのに、「その先」に進む気配がない。

気がついて、つい頬が緩んだ。キスをしたままでそれがバレないわけもなく、至近距離の明良が困ったように、迷うように睨んでくる。その表情を可愛いと思ってしまった。

要するに、玄関でのキスと同じだ。その気はあるのに、遠慮するつもりはないのに、むしろ逸(はや)っているのにとっかかりが摑めず二の足を踏んでいる。

――そこで、夏生は二の舞を踏んだわけだ。玄関でのキスがどうなったかをちゃんと覚えておけばよかったものを、一応経験者という自負で墓穴を掘った。

つまりは夏生の方から明良の喉元にキスをして、「脱ごっか」と言いつつ彼のシャツに手をかけてしまったわけだ。

固まった明良に構わず上半身をひん剝き、きれいに浮いた彼の鎖骨から胸を啄みながら、さらに彼のジーンズのボタンまで外し。石化したように動かないまま、けれどキスには逐一反応する彼と目を合わせたままで、余裕ぶって手のひらを滑らせた。

　夏生より濃い色をした明良の肌はしなやかに筋肉のラインが浮いていて、手触りのよさに夢中になっていた。鎖骨から喉仏、顎へとキスを落とし、耳朶を食みながら胸元の尖りを弄ってるうち明良の呼吸が乱れてくるのがわかって、それも可愛すぎると思ってしまった。

　結局のところ、夏生も興奮していたのだ。だから、その時の明良はどんな顔をしているかも、どんな目で自分を見ているのかにも気づけず――結果として「手遅れ」となった。

　座ったままの明良の肩口にキスをしながら手のひらを下へと移した時、いきなりがっと腰を摑まれる。え、と思った時には視界が反転し、背中から勢いよく沈み込む。そこがベッドだと気づくより先、目の前には明良の顔があって、それこそ食らい付くようなキスをされた。

（ンぅ、……ん、ちょ――あき、……っ）

　驚いて、反射的に押し返したはずの手首を摑まれシーツに押しつけられる。辛うじて上げた声は舌先を搦め捕るキスに呑まれ、音になる前に消える。歯列の裏を嘗められ、唇の端に軽く歯を立てられて、ぞくりとするものが背すじを走った。

　呼吸すら許さないほど執拗なキスに、喉が詰まって引きつった音を立てる。意識が薄くなるまで長く貪られて、気がついた時には明良の顔は夏生の耳元に埋まっていた。耳朶から顎のラインをキスでなぶられ、シャツの裾をかいくぐった手に胸元の肌をじかにまさぐられている。

(……ゃ、あき、ら——待っ……)

(ごめんなっちゃん無理)

性急さに、思わずこぼれた抗議をノンブレスでいなされる。耳朶を嘗められ、食むように歯を立てられる。夏生のかたちを確かめるように顎から喉へと動いたキスは、じきに喉仏に歯を立てさらに下へと落ちていく。

(なっちゃん、このへんとか弱いんだ……?)

(——っ……ぅ、そっ——……あっ、ンぅ)

語尾を直接耳に送り込むように囁かれて、どうしようもなく肩が跳ねる。じわりと滲んだ天井を見たまま混乱していると、真上から覗き込んできた明良と目が合った。

焦げるような羞恥を覚えて、無意識に身体が逃げる。けれどすぐに肩を掴まれ、あっさりと引き戻された。あげく、明良と額同士を合わせるようにされる。

(なっちゃん可愛い……でも、もっと気持ちいいところがあるよ、ね?)

低い囁きに、肌がさざめく。知らず、じりと動いた腰を抱き込まれる。明良、と呼んだはずの声は、音にならず吐息に混じって消えた。

(ン、……ん、ぅ、——え、ちょっ……)

上げたはずの声は深く奥まで探るキスに呑まれ、舌先をきつく吸われて喉が鳴る。意識が薄くなるまで長く貪られ、実際に数秒時間が飛んだと思う。気がついた時には着ていたはずのシャツが消え、喉から顎のラインを執拗なキスでなぶられていた。

（……っあき、待っ――）

（なっちゃん、）

急な変化についていけないまま名を呼ぶと、耳朶からうなじを舐（ねぶ）られる。夏生の肌が跳ねる箇所を探すように辿られ、きつく吸われるたびに肌の底に炙られるような熱が起こった。

喉から鎖骨へと落ちたキスが、やがて胸の尖りへと移る。さんざんに指で弄られヒリつくような痛みを覚えていた箇所に、やんわりと歯を立てられる。ねっとりとしたキスをされ、舌先を使って繰り返し嘗められ押し潰されて、どうしようもなく背すじが跳ねた。

ひっきりなしに喉からこぼれる色めいた声が耳障りで、それが自分のものだと信じられずに何度も首を振った。その顎を長い指に囚われ、眦を撫でられ名前を呼ばれる。どうにか瞼（まぶた）を押し上げても目の前は滲んだままで、だから夏生は涙目のままだったと思う。

それでも、ちゃんと明良の名を呼ぼうとしたのだ。今、夏生に触れているのも知らなかった感覚を与えているのも明良だと確かめたかった。

だって、かつての恋人はこんなふうに丁寧に、夏生に触ってきたりはしなかった。夏生の目を、顔をまっすぐ見つめて反応を確かめたりしなかった。こんなふうに身体じゅうぐずぐずになって、底のない深みに落とされるみたいな錯覚なんか一度も起こしたりしなかった。

（あき、）

（ぅあ、どうしよなっちゃん可愛すぎ）

吐息が触れるほど近く夏生を見る明良の、目の色がいつもと違う。獲物を目の前にした獣を連想して、とたんに腰のあたりが大きくうねった。今まで知らなかった感覚にぎょっとするのと同時に身体の中で最も過敏な箇所がいつの間にかかたちを変えていたのを知って、顔どころか全身に火が灯る。

考える前に、無意識に腰が逃げる。それを引き戻すように抱き込まれたかと思うと、するりと動いた手のひらにその箇所を撫で上げられて、全身に電流が走ったかと思った。

（……っ、あき、――っ）

剝き出しの神経に触れられたみたいに、びくんと腰が跳ねた。知っていたはずの刺激を、けれどかつての数十倍にも鋭く感じて、夏生は反射的に明良の手首を摑む。無意識に何度も首を振って、自分のその行動に戸惑った。――だって、そのつもりでベッドに誘ったのに。

一方、明良は視線を夏生に当てたままだ。制止を意に介したふうもなく、確かめるように夏生のそこを撫でながらわずかに掠れたような声で言う。

（おっきくなったね。なっちゃんも、こんなふうになるんだ？）

（う、そ……ゃ、――あき、）

新発見とでも言いたげな声音に、今さらに羞恥が襲った。思わず丸まろうとした腕を左右の耳の横に張り付けるように押さえられて、夏生は必死で自分の肩に横顔を押しつける。

（ねえ、なっちゃん。こっち向いて、俺のこと見て）

耳元で囁かれて、どうしようもなく肌が震える。そんなはずがない、こんなの知らないと思う端から衣類越しにも熱を含んだ箇所を撫でられて、過ぎる悦楽に肌の底に熱が籠もり始める。うずうずと動く腰を抑えようもなく、無意味に膝をすり合わせるしかなくなった。

（明良、ごめ、ちょっとだけ、待っ――）

（ごめんなっちゃん、待てない）

言葉を被せたあげく、語尾ごと封じるように呼吸を奪われる。深くて執拗なキスに溺れている間にジーンズの前を開けられ下着はずり下ろされ、布越しでなく直接触れられた。手のひらでくるまれそれぞれの指で撫でるように、あるいは引っ掻くように刺激される。

知っている行為なのに、慣れているはずの刺激なのに、頭の中が飽和したように何も考えられなくなった。鳥肌が立つような悦楽の底、意識に上るのはそこかしこに触れてくる体温とキスと、湿りを帯びたリップ音ばかりだ。

揺れる腰をきつく抱かれて、限界の先へと煽られる。ギリギリの際まで追いやられ、行き場を失くした熱が温度を上げていく。喉からこぼれる自分の声にすら追い詰められて、やがて大きくはじけていく。

（なっちゃん、……こっち向いて？）

空白になった意識の中、囁く声を耳にして肌のそこかしこがぞくりとした。「全部見られた」とどこかで思って、今すぐこの場から消えたいほどの羞恥に襲われる。けれど吐息が頬に触れる距離では逃げようもなく、だから夏生に顔を背け身を縮めるしかできない。

（駄目、かな。厭に、なった？　俺の顔なんか、見たくない……？）

なのに、低い声はそう言うのだ。夏生が一番弱い声で――絶対に断れない懇願に、今にも泣きそうな響きまで乗せて。

（ち、が……あき、のせいじゃ、）

ただ、全然違うだけだ。夏生が知る「恋人同士」の行為と今起きたこれは別物すぎた。だって、こんなに恥ずかしいと思ったことがない。押し流されるようだった最初の時こそ何度となく「あり得ない」と思ったけれど、じきに「そういうもの」だと納得した。触れられる感覚だってこうも鮮烈ではなかったし、何よりこんなふうに混乱したりしなかった。

（なっちゃん。だったら）

（や、ごめ……今、はむりっ――）

何度も小さく首を横に振って、けれど繰り返しの懇願に夏生の決意は容易く崩れた。堪えきれない震えはそのままに、どうにか少しだけ明良に顔を向け――とたん、待ち構えていたらしい手のひらを頬に当てられ、額同士をぶつけるようにされる。

食い入るような明良の視線に、その場で蒸発したくなった。

（うわ、ヤバ、どうしよ……なっちゃん、すんごいかわいー……）

（あ、きら、……ひ、どっ——っん、）

声とは裏腹に嬉しそうな明良の顔に、「騙された」とすぐに思った。

（なっちゃん、好きだよ）

というより、最初から勝ち目なんかなかったのだ。半泣きで抗議した唇を啄まれ、額がくっつく距離で色を帯びた声に囁かれたら、陥落する以外にどうしようもなかった。

「あっ……ン、ぅん——ぅ、そっ……」

そして今、ついさっきいったん終わったはずの——身体の中で最も過敏な箇所を、明良の口であやされている。

湿った体温にくるまれたそこから、断続的な波が押し寄せる。強くなったかと思えば弱まり、ギリギリまで寄せては戻っていく。自分でするのとも、かつての恋人とした時とも違うコントロールのきかない悦楽に、思考が溶けていくのがわかる。

「っ、……ゃあ、——ぅン……っ」

噛んでも噛んでもこぼれ落ちる声が、自分の耳にも甘ったるく響く。さっきまで明良の髪に絡んでいたはずの指はいつの間にかシーツに落ちて、小さく引っ掻いた痕を残すばかりだ。

「ぅあ、あき、……っゃ、む、り……っ」

渦を巻くような悦楽の中、腰の奥をするりと撫でられる。最初は指先で、続いて湿った体温に嘗められて、初めての――あり得ない感覚に腰から背中をおぞけに近いものが走った。跳ねて揺れた腰をきつく押さえ込まれ、同じ箇所を繰り返し刺激されて悲鳴じみた声が出る。

だって、まさかあり得ないと思ったのだ。いくら恋愛感情だったとしても、相手が同性となれば話は違うはず。自分と同じ身体なら、どこかで興が醒めるはず。

夏生のかつての恋人は、ここまで触れてはこなかった。夏生のそこに触れるのは必要最低限だけで、それも恋人になった当初の数か月だけ。以降は「無理させたくないから」という理由で、夏生が相手の熱を解放する手伝いをするのが当たり前になった。

男同士だから、気持ちはそうでも身体は別。それが普通で当たり前で、だから、初心者の明良ならなおさらそうに違いないと、それなら今日は互いに触れ合ってそれぞれが熱を放って、その程度で終わるものだと思っていた、のに――。

「なっちゃ、……だいじょぶ？　きつ、い？」

「あき、……」

ゆるりと身を起こした明良が、顔を寄せてくる。頰をすり寄せ額を合わせて、柔らかく唇を啄んでくる。角度を変えて深くなるキスに安堵したタイミングで、身体の奥に割り入っていた体温がぐっと深くなった。

明良の指やキスでさんざんに蕩（とろ）かされたとはいえ、そこに誰かの熱を受け入れるのはずいぶん久しぶりのことで、痛みに近い圧迫感に呼吸が浅くなる。無意識にも肩や背中が強ばり、冷や汗が浮いてくるのがわかった。

「ごめん、無理させたくな――で、も、俺、」

額がぶつかる距離にいる明良の頬が、何かを堪えるように歪んでいる。気遣われるのも謝られるのもこれが何度目かで、それでも退かないのは珍しくて、だからこそ嬉しいと思う。

「い、から……だいじょ、ぶだから、あきら」

どうにか伸ばした指で、明良の頬を撫でる。その手を摑まれ、手のひらにキスをされて、ふいに泣きたいような気持ちになった。

いつも夏生を優先する明良が退かないのは、それだけ欲しがってくれているからだ。それが、表情を見るだけでわかった。

なっちゃん、と呼ぶ声ごと吹き込むように、唇を塞がれる。舌先を搦め捕られやんわり吸われながら、ひどく優しい指に頬を撫でられる。じかに伝わってくる重みと体温に改めて安堵して、とたんにもっと深く踏み込まれた。思わず歪んだ頬を指で撫でられ、低い声で宥められて、夏生はどうにか細く息を吐く。

「なっちゃん、……力、抜ける？」

「ん、」

ゆっくりするからと囁かれて、夏生は明良の背中に回す指に力を込める。応えるように肩を撫でられ、頬からこめかみを啄まれた。

わずかな間合いに続いて呼吸を奪われ、重なった箇所をゆるりと揺らされる。深い場所を暴くような動きは鈍い痛みと圧迫感を伴っていて、どうしようもなく喉が鳴った。

「……ん、ぅ――ン、」

息苦しさに首を振ったせいか、離れていったキスが耳朶へと移る。唆(そそのか)すように顎を嘗められたかと思うと、下肢の間で熱を帯びていた箇所を心得たような手のひらにくるまれた。

「っぁ、――う、……んっ」

先を促すように動く指に煽られながら、身体の奥の繋がった部分を揺らされる。苦しくて痛くて呼吸しづらいはずなのに、こぼれる声が明らかな色を帯びている。

耳朶をなぶっていた唇が顎から喉へと落ちて、嘗めては吸い付いてくる。執拗すぎて痛みすら覚えていたその刺激が、いつの間にか痺れるような悦楽にすり替わっているのを知った。

「なっちゃ、ん……」

呼ぶ声も頬を撫でる手も優しいのに奥まで押し入る強さには容赦がなく、無意識に逃げた腰を引き寄せられる。知らず噛みしめていた唇を撫でられ、宥めるようなキスをされたかと思うと、ひどく優しく――大事なものをくるむように抱きしめられた。

「あき、……っ」

ぶつかった視線の先、明良の目の奥に逸るような色を見つけて勝手に腰が小さく跳ねる。とたんに顔を顰めた彼に食らいつくようなキスをされて、夏生は広い背中に爪を立てた。

名前に続いてどうにか絞った三音の言葉は、明良の耳に届いただろうか。押し寄せてきた悦楽に押し流されるように、夏生の意識ははじけて消えた。

14

すっかり馴染みになった、子犬に嘗められる感触で目が覚めた。

「——……ぅあ、だから待っ……」

完全に顔に乗っかっていた毛玉を、やたら重い腕を駆使してどうにか掴む。胸の上まで引き下ろし、捕獲してようやく深呼吸できた。顎を引いて目をやった先、胸の上にいる子犬は相変わらず期待に満ちた目で夏生を見つめて、ぶんぶんと尻尾を振っている。

「はいはいわかった朝の散歩……って、あれ。シエル？」

視界の端、ベッドの上に顎を乗せてこちらを見つめる成犬に気づいて、夏生は瞬く。その後で、何がどうなったのかを——どうしてこうも腕を重く感じるのかを、思い出した。

「あー……そっか、そんで」

目だけで見回した寝室内にいるのは、夏生とシエルと子犬だけだ。明良は、と思ったのとほぼ同時に台所の方から聞こえる物音があって、ほっと安堵の息がこぼれていく。

改めて身体の感覚を拾ってみれば、腕だけでなく肩も背中も、……腰を含めた下半身は、半端なく重怠い。ついでに人様には言えないところに、多少の痛みが居座っていたりする。

「ひさしぶり、だったしなあ……いや、明良ってアレで本当に初心者なのか？」

確かに最初は不慣れ丸出しだったが。見るからにおっかなびっくりで、そのぎこちなさを「可愛い」と思ってしまったからこそ、夏生がこれまでやったこともないリードめいた真似をやらかすことになったわけだが。強要されたわけじゃなく頼まれたわけでもなく自主行動だった以上、現状についての文句を言うつもりはさらさらないのだが。

「だからって、いきなりああなるとか反則……」

ああいう時、人もとい男は豹変（ひょうへん）するものだと何かで読んだ覚えはある。明良相手に言った日には怖いことになるのは明白なので黙秘で通すつもりだが、過去の菊池にもそういうところは確かにあった。例えて言えば、「目の色が変わる」ような。

いやその白状すれば、総括的に言えばまったく何の不満もないし、むしろしっかり満たされたという自覚はあるのだが。明良が本気で夏生を望んでくれていたということも、それこそ厭というほど思い知らされた、のだが。

……でも、まさか。おっかなびっくりでぎこちなかった明良が、あそこまで。もとい、アレは本当に明良だったんだろうか。

あり得ない疑問が浮かんだのはそこに至る起点の部分、つまり菊池を前にした時の高揚つまり開き直り状態が一過性だったせいだ。

真っ向から脅されたのを端から断りへ撥ね除けるなど、ふだんの夏生には逆立ちしたってできっこない。いかに「キレた」とはいえ、よくあそこまでやれたものだと思う。

おとなしくしているのに飽きたのか、胸の上で子犬が暴れ出す。あんあん、と鳴き声を上げたのと前後して、少し離れたところから「リオン？」と呼ぶ声がした。

「駄目だぞ、なっちゃん起こしちゃ――って、起きてたんだ？　具合どうかな、キツい？　顔色、はそう悪くないと思うんだけど」

枕元に駆け寄ってきた明良の顔に、「心配です」と大書してあるのが見えた気がした。安堵するのと同時に先ほどまでのあれこれを思い出して、瞬時に顔が熱くなる。返事が出ずに固まっていると、夏生の頬を撫でていた明良が焦ったような声を上げた。

「もしかして具合悪い？　身体辛いとか痛いとか、だったらすぐ電話して往診っ――」

「……いや待てそれはナシ！　あり得ないからっ」

踵を返そうとしたのに、ぎょっとして飛び起きた。とたんに全身、主には腰にダメージが来て、夏生はベッドに沈没する。慌てて引き返してきた明良の、シャツの裾を摑んで言った。

「医者はいらないっていうか、呼んだら絶交するから！　わかった⁉」

「で、でもなっちゃん、ああいう時ってされる側のダメージが凄いって確か書いてあっ」

「ど、こにダメージがあると思ってんだよ、医者にどこ見せてどう説明すんの⁉」

「あ」

ようやく思い当たったらしい明良が、狼狽えたように黙る。赤くなったその顔を見ながら、どうやら明良は明良なりに知識を得ていたようだと知って、なるほどと思う。

明良と夏生の体格差はかなりある。明良が何も知らないまま突っ走っていたら、こちらのダメージはもっとひどかったはずだ。今さらに納得し、だからこの程度ですんでいるのかと納得した。

改めて見れば夏生は寝間着を着ている上、肌に不快感は欠片もない。頬に当たるシーツもさらりと乾いていて快適で、けれど自力で風呂に入ったり着替えたりした覚えがない。

……つまり、明良はちゃんとそれなりの手加減をした上で、そのまま眠るには問題になったはずのあれやこれやの後始末まで引き受けてくれたことになる、わけで。

いや、それって本当に初心者にできることなのか？

再びの疑問にぶつかったけれど、即往診と言い出すあたり間違いないはずと思い直す。いつかのように目が覚めた時には診察済み――にならずにすんだことに、心底安堵した。

「大丈夫だろ、少し休めば落ち着くよ。前もそうだっ……いや、うん平気だって」

前、の一言に明良の目が微妙に光った気がして、夏生は意識して語尾を濁す。怖いぞそれ、と思ったものの、その反応に同じくらい安堵した。

「そっか。夢じゃない、んだ。ちゃんと明良だった」

「勝手に夢にしたら本気で怒るよ。そしたらこのまんまなっちゃんを軟禁するかも」

「へ」

斜めの方から、思いも寄らない返事が来た。枕から少し頭を浮かせて眺めてみると、明良は拗ね顔でじーっと夏生を見ている。

少々の引っかかりを覚えつつも、夏生は明良に苦笑してみせた。

「夢じゃなくてよかったって言ってんの。いろいろいきなりすぎて、まだ頭がついていかない感じ？　でも、おれが明良を好きなのは変わらないから。……ええと、明良、は」

「俺も大好き」

勇気を出して窺うように言ってみたら、満面の笑みで顔を寄せてきた明良にキスされた。頬を撫でた手に浮かせていた頭を枕に戻されたかと思うと、今度は髪に指を搦められる。

再び寄ってきた吐息が、唇を塞ぐ。軽く啄んだかと思うと、唇の合間をなぞってするりと奥に割り入ってきた。え、と思う間もなく舌を搦め捕られて、緩くこすり合わせるようにされて、後ろ首のあたりがじんと痺れてくる。

「ん、……ぅ、あき、――」

執拗なキスに危うく酸欠になりかけて、慌てて分厚い肩を押す。不満げに離れた顔は、けれどすぐに肩口に埋まった。耳の付け根をなぞったかと思うと、今度は耳朶に絡んでくる。

「ちょ、……明良、」

「なっちゃん」

抗議のつもりで呼んだ唇を、塞がれる。気がつけば明良は完全に夏生の上に乗り上がっていて、しかも緩やかに動く手は髪の毛ではなく肩から腰へ、さらに下へと動いており——

あんっ。

ちょっと待てと明良の背中を強く叩いたのと、高めの鳴き声を上げた毛玉が夏生と明良の間に顔を出したのがほぼ同時だった。

「——……」

数秒の沈黙の後、いかにも渋々離れていった明良が長いため息をつく。夏生の顔を嘗めまくっているリオンを睨んでいるあたり「邪魔をされた」とでも思っていそうだが、夏生からすれば救世主だ。正直、あのまま最後までとか望まれたら身が保たない。かといって、明良に例の懇願顔で見つめられた日にはどんなに頑張っても断れる気がしない。

「えーと、明良……？」

何か話題をと上げた夏生の声が、くぐもった——けれどはっきりした音と二重奏になる。あれ、と自分で思った後で、「そういえば」と思い出した。

「ごめん、できれば何か食べたい、かも」

「……そういえばなっちゃんまだお昼食べてなかったよね⁉　ちょっと待って支度できてるからすぐ持ってくるっ」

鉄砲玉の勢いで、台所へと駆けていった。その背中を見送って、夏生はいいタイミングで鳴いた自分の胃袋を褒めておく。追加のように鳴った腹の虫にそういえばと壁際の時計を見上げると、時刻はじき午後五時を回るところだ。

「そりゃ、おなかも空くよなあ……」

ぼやきながらもどうにか座ろうと悪戦苦闘していると、食事を運んできた明良に「なっちゃんっ」と咎められる。持っていたトレイを近くに置いたかと思うと、看護師もかくやとばかりに世話をしてくれた。夏布団やタオルケットだけでなく居間にあったクッションまで持ってきて、ベッドの上の夏生が楽に座れるよう手を尽くしてくれる。

できれば台所で食べたいと思ったが、さすがにそこは断念した。素直に感謝して、夏生は目の前に置かれたミニテーブルから食事を摂る。かつて夏生が寝込んだ時に明良が持ち込んでいた品だが、まだ置いてあったとは初めて知った。ちなみに明良はベッドのすぐ横までワゴンを引っ張ってきて、その上に置いたトレイから食事を摘まんでいる。

「ところでなっちゃん、今朝は何食べた？」

「あー……レトルトのごはんにお茶漬けの素？　と、あと買い置きの漬物——」

「明日から、仕事の日は作って持ってくる。休みの時はここで作るから一緒に食べよう」

語尾を踏み潰す勢いで言う明良は、露骨な渋面だ。今さらにまずいと気がついて、夏生は少々及び腰に言う。

「いや今朝は寝坊したからで、いつもはそのもうちょっとくらいは」

「なっちゃんさ、ずいぶん痩せたよね」

「いや、その」

食欲の有無と体重は、そもそも密接な相関関係にあるものだ——と、口に出すのは悪手だ。なのでそこそこに言葉を濁して、夏生は青菜入りのおにぎりを齧るのに専念する。

「冷蔵庫の中にさ、野菜がほとんどないんだ。なのにレトルトやインスタントの在庫が増えてるのは何でだろうね？」

「う、それは」

「絶対食べるなとは言わないけど、それだけですませるのはナシだよ。俺の恋人になったんだから俺のごはん食べてくれるよね？　あと、朝夕の散歩も一緒に行くから」

畳みかけるように言われて、夏生は困惑する。

「それだとまた明良にばっかり負担かけることになるだろ……」

「負担だったら最初から言わない。あと最初は目的の一致が先だったけど、途中からは付加価値の方が大きかったから、俺としてはむしろ役得」

「役得？　付加価値って何」

「朝一番であっちゃんに会えるし、あっちゃんと一緒に朝ごはんが食べられる」

「えー……」

そんなものが価値や得になるのか。思ったのが、顔に出ていたらしい。手にしていた味噌汁の椀をトレイに戻して、明良は「あのさ」と夏生を見る。

「はっきり言ったことがなかったかもしれないけど。俺は基本、自分がやりたいことしかやらないよ。樋口から何か聞いてない？」

「……実は人づきあいがそうよくないってことと、自分からは滅多に誘わないとは聞いた」

「それ、なっちゃんと遊んでた頃からなんだ。俺、嫌いなものがあまりない代わりに好きなものも多くないんだよね。だから、好きなものは最優先にすることにしてる」

「え？　でも友達多いよな？」

「この先もずっとつきあいたいと思える相手となると二、三人しかいないよ。遊んでて楽しいとか、仕事や諸々（もろもろ）のつきあいがあれば基本的に受けるようにはしてるけど」

　さらりと言われて、思い出したのは昨日の「マモル」だ。一度も、明良から誘われたことがないと言っていた。

「じゃあ、花火大会の時の誘いを全部断ってたのって」

「一番好きな人を最優先するのは当たり前だよね。あとなっちゃんは今日付で俺の宝物になったから、そういうことだと思ってて」

「た、からものって、明良」

　最上級にしか聞こえない言い分に、夏生の顔が熱くなる。かなりひどい顔をしているはずなのに、どうして明良は眩しげに目を細めて夏生を見るのか。

あの花火大会の日に夏生を「ヒーロー」と呼んだ時、みたいに。

思ったとたんにちくりと胸を刺すのは、きっと罪悪感だ。そんなつもりはないのに、どうにも明良を騙しているような。

「それはわかった、けどさ。でも、おれ結構厄介事抱えてるぞ？　今日のあいつとか」

「それ、もう終わったよね。逃げ帰ってったんだし」

「そう決めるには時期尚早だろ。あいつ相当しつっこいし、簡単に諦めるとは思えない」

「……ふうん？　なっちゃんさ、それって俺が詳しく訊いてもいい話？」

食べ終えた二人分の食器を重ねながら言う明良に、夏生は短く息を吐く。

「聞いて楽しい内容じゃないけど、それでよければ話すよ。今さら隠す気もないし」

「わかった。その前にこれ片づけてお茶淹れてくるから、待ってて」

言って、明良は自分が使ったワゴンごと台所に戻っていった。

ベッドの上に残ったミニテーブルを前に、夏生は状況を整理する。——菊池が諦めていない場合、間違いなく明良も巻き込まれる。できればそれだけは避けたい、のだが。

額を押さえて息を吐いた時、インターホンが鳴った。

怪訝に顔を上げた先、廊下を急いで応対に出た明良が玄関先からシエルと子犬を呼ぶ。あれ、と思う間に話し声が途切れたかと思うと、じきに寝室に戻ってきた。どういうわけか、明良だけ。

「シエルとリオンは？」

「散歩。今日の夕方分は樋口に頼んだ。今のなっちゃんを置いて一時間出かけるとか無理」

「……おいこら」

何だその過保護、と呆れてため息をついて、その後で唐突に気がついた。

「は？　え、ちょっと待て明良、樋口さんにって」

「今度のあいつのデートの時に代理で弁当作るってことで取り引きしてるから大丈夫」

「えええええええ……」

そういうことではなく、彼にどう認識されているかが気になるのだが。

明良と和解したと知られるのは構わないが、それでいきなり犬の散歩に行けないとか。しかも、夏生が飼っているリオンまで？　応対に出た明良が元気なのはモロバレなのに？

「――なっちゃん、もしかしてあいつに会いたかったとか言う……？」

「そりゃお礼ってか挨拶くらいは……いや待てごめん当分無理だ、またそのうちってことで」

それが礼儀だろうという気持ちと、どんな顔して会えばいいんだという気まずさが戦った結果、後者が勝利した。

それはそれとして、明良までほっとした顔をするのは何故なのか。疑問が浮かんだけれど、何となく今は追及しない方がいい気がした。なので、夏生はわざと話題を引っ張り戻す。

「じ、じゃあとりあえず例の話な」

明良が淹れてくれたお茶をベッドの上で行儀悪く口にしながら、「聞いていても話していても楽しくない」昔話をする。菊池との出会いから恋人になって自主退職に至り、真藤の誘いを受けて転職した後、初夏になって突然菊池からの連絡が来たことで唐突な引っ越しを敢行して今に至る経緯。改めて口に出してみて思うのは、つくづく自分は馬鹿だったの一言だ。

「やっぱり大丈夫だと思うけどなあ。なっちゃんにあそこまではっきり言われたら、諦めるしかないと思うよ？」

なのに、聞き終えた明良は顔色どころか表情すら変えないままだ。もとい、話のさなかには渋面になったり物騒な気配を出したりしていたが。それと同時進行で、たびたび夏生に触れては強面の頬をふにゃりと緩めてもいたが。

「諦めるって、そんな簡単に」

「だってなっちゃん、恰好よかったよ？　あっちは見事に反論の余地なかったよね」

「恰好よか、……いやそういう問題じゃないだろ」

「なっちゃんは、まだあいつが怖い？　また来たとして、言いなりになりそう？」

「まさか、絶対それはない」

真顔での問いに即答して、そんな自分に少し驚く。口を押さえて瞬いていると、明良が「だよね」と頷いてみせた。

「だったら、なっちゃんが本当に気にしてることって何？」

「……仕事、かな。何か仕掛けられたとしても全部被る覚悟はしてるけど、どうしたって真藤さんには迷惑――って明良ごめん今何時っ⁉」

「あと三分で十九時」

「うわっごめん明良おれ真藤さんと約束っすぐ仕事部屋にっ」

泡を食って訴えた。超特急で着替えをすませ、半ば明良に抱えられるように仕事部屋の椅子に移動する。

パソコンの電源を入れウェブ会議で使うアプリを立ち上げているさなか、インターホンが鳴った。応対に出る明良の足音に重なって、真藤からのコールが届く。

本気でギリギリの間一髪だ。冷や汗もので挨拶をして、夏生は画面の向こうの真藤を見る。

『急に悪いねー。で、ひとつお詫びがあるんだけど、その前に。菊池から接触なかった？』

「ありました、ね。えーと、今日をもって一応、撃退しました、けど」

いきなりの指摘にどきりとして、どうせならと先に白状しておく。おやという顔をした真藤にいわゆる恋愛部分を削除した経緯と、あちらが放言した「予定」について伝えてみた。

そのさなか、散歩から帰宅したらしい子犬の鳴き声が聞こえてくる。

『あー……そっか、後手に回ったかあ。で、西谷は自力でどうにかできたと』

「自力、と言いますか、友人に助けてもらってどうにか、ですかね。それに完全に撃退できたかどうかは……あいつがそう簡単に諦めるとは思えないので」

返事が躊躇いがちになったのは、開いたドアから入ってきた明良が夏生の右前、ちょうどデスクの直角の位置に移動してきたからだ。バーチャル背景使用中なので真藤からは見えないはずだが、だとしても大胆なことだと思う。……まあ、「助けてくれた友人」であれば、見られたところで問題はないが。

それよりむしろ気にすべきは、「助けてくれた友人」発言に明良が反応したこと――ではなかろうか。何となくだが、後々のフォローなり覚悟をしておいた方がいいような気がする。

『あー、確かに菊池ってしつっこいよねえ。だけど、今後についてはさほど心配はいらないと思うよ？　本人、出勤停止が終わってそろそろ処分が決まるみたいだし。わざわざ西谷に絡みに行く余裕なんてなくなるんじゃないかな』

「しゅっきんていし……処分？　え、何ですかそれ。あいつ、夏期休暇だったんじゃあ？」

『それ本人が言った？　だったら詐称だね。まあ、本当のことを言うとも思えないけど』

さらりと言われた内容の、てんこ盛りな不穏さに瞬いた夏生に真藤はあっさり続ける。

『向こうの社に残ってた同期から聞いたんだけど、彼、今年に入ってから社運を懸けたプロジェクトの中核メンバーに選ばれてたんだよね。有効なアイデアや斬新な修正案を次々と出して、これなら次回は大規模なプロジェクトのリーダーを任せても……って話が出てたらしいんだけど、それがどうも他のメンバーやサブメンバーからの盗用だったらしくて』

「は、……？」

『被害に遭ったメンバーのひとりが実は上役の身内だったとかで、いくら何でもあり得ないって直接そっちに訴えた。プロジェクトリーダーやメンバーに言っても相手にされないって報告付きで』

「う、あ……」

『被害者複数だったのと、どうも以前からそういう訴えがちょいちょいあったらしくてね？　手慣れてる感がすごいんで本人をいったん出勤停止にして、その間に社内調査したらしい。結果、過去に被害に遭ったって訴えが次から次へと出てきたと。——だからそういうズルや手抜きはするなって、前にさんざん注意したんだけどなあ』

付け加えられた内容の意外さに瞬いた夏生を見返して、真藤がため息をつくのが聞こえた。

『僕がいた頃から兆候はあったんだよね。もっとも当時はもう少し遠慮がちっていうか、一応は相手を巻き込んで自分を上げるとか、拝借したアイデアに自分で工夫を上乗せするっていうやり方だったんだ。それでも十分グレーだったんで本人に是正を求めてたんだけど、……僕を露骨に煙たがってたし、まともに聞く気もなかったんだろうねえ』

「あー……」

言われて、ふと思い出す。前の職場でも多くの社員から慕われていた真藤を、そういえば菊池は「神経質でやりにくい」と評していたはずだ。

『引き継ぎの時、後任にも菊池のそこには要注意って伝えたはずなんだけど、——まあ、西谷に起きたことを考えると、ソレも無意味だったたってことだよね』

「は、い？　え、おれが、どうか？」

『何で他人事かな。菊池のアレの一番の被害者って、僕からしたら西谷なんだけど？』

「え？　でもおれ、……あ。そっか、そういえば」

あからさまな呆れ顔に慌てて記憶をひっくり返して、気づく。そう言われてみれば、思い当たることがなくはない。

親友だった頃から恋人だった間、雑談などで夏生が口にしたアイデアを菊池がミーティングで提案したり、仕事中にこそりとされた問いに答えたら、菊池がそのまま自分の意見として上司に訴えていたりは日常茶飯事だったのだ。

……この際なので付け加えてしまえば例のプロジェクトトラブルが起きる前には、ストレートに「企画書上げるんだけど何かいい考えはないか」と訊かれたこともある。口頭での説明途中に「面倒だからついでに書いて」と言われ、その通りにしたら最終的に菊池単独の名前で提出・採用されたことまであった。

とはいえ当時の夏生からすれば、それで役に立つのなら——実際に使ってもらえるなら御の字だったのだ。どうせ自分では言えないのだし、企画を出しても夏生の名前だと却下されることも多かったから、むしろありがたいとすら思っていた。

『最近は、西谷もちゃんと自分から言うようになってきたからいいんだけどね。同僚や友人を信じるのはいいけど、そのあたりの線引きには慎重になった方がいい』

「いや、でもおれそう大したことを言ってるわけじゃあ」

『大したことかどうかを決めるのは西谷じゃない。何度もそう言ったよね？』

にこやかに、けれどぴしりと言われて「はい」と頷くしかなくなった。――それはそれとして、視界の端で明良までもがしきりに頷いているのは何なのか。

『菊池だけど、処分がどうあれ今後は楽にいかないだろうね。なまじ高評価だった分、社内での立場も評判も暴落してるらしいし。これは噂の域だけど、婚約解消の話も出てるとか』

「うわあ……」

そんなさなかにわざわざこの土地まで来たのかと、呆れると同時に腑に落ちた。道理で休暇と言いながら同行者がなく、観光する素振りもなかったわけだ。

『ってことで、こっちの本題だけど。西谷の連絡先が菊池に漏れた件、やらかした人間を特定したよ。こないだの会議にも出てた――』

続いて真藤が口にしたのは、前回の出勤日にエレベーター前で夏生の連絡先を知りたがった同僚だ。どうしてまたと訊いてみれば、社外で出会った気になる女の子に頼み込まれてごく軽い気持ちで、という経緯らしい。それが今回表に出てきた理由はといえば、

『菊池が言ってた予定絡みなのかな。今度は僕の連絡先を探ってきてねえ』

緊急時連絡の兼ね合いもあって、夏生の情報は課内であれば比較的簡単に手に入る。けれ

ど社用のスマートフォンを持つ真藤の私的連絡先ともなればそうはいかず、事務課のスタッフにこっそり横流しを頼んだのが直で報告に上がり、そこから問い詰めたのだそうだ。

『その女の子っていうのが見崎さんだったから、まあ菊池に流れるよね。彼女、僕があの社にいた頃から菊池に執心だったし、実はつきあってるんじゃないかって噂もあったよね？』

「ありました、ね……」

社内でも有望株だった菊池は女性社員に人気で、見崎とも何度か食事に行っていたはずだ。ちなみに夏生の退職手続きを担当したのは彼女だったが、精神的にボロボロになっていた中でも露骨にぞんざいに扱われた覚えは、しっかりとある。

ちなみにあの男は夏生と恋人になってからも、当然のように女性社員と一対一での食事をしていた。諌めると露骨に厭な顔で無視されるため、夏生は仕方なく我慢していたわけだが。

——本当に、本気で穴を掘ってあの頃の自分を埋めてやりたい。

『西谷がスマホの買い換えか、番号変更を希望するなら費用は全額負担させるってことで言質は取ったけど、どうする？』

「……ちょっと、考えさせてください」

情報量が多すぎて、正直頭がぱんぱんだ。なので正直にそう伝えると、真藤はあっさり了解してくれた。とはいえ長期には待てないからと、一週間の期限を伝えられる。

短い挨拶を終えて通信を切るなり、寄ってきた明良に椅子の背もたれごと後ろから抱き込まれた。屈み込む気配に振り返るなりこめかみにキスを落とされて、夏生は小さく息を吐く。

「お疲れさま。やっぱり心配はいらなそうだね」

「うん。……ってことはさ、あいつが引っ越しって煩かったのはマジでおれを利用するためとか？　いや待て、おれなんかそんなに役に立ったりしないぞ？」

「それは自分で決めることじゃないって、今上司さんが言わなかったっけ」

「う、……けどさ」

「信頼できる上司さんなんだよね。表向きの噂を聞いて、それでもなっちゃんを部下にした人なんだよね？」

畳みかけるように言われて、頷く以外になくなった。そんな夏生に苦笑して、明良は椅子の背に手をかける。ゆるりと向きを変えさせたかと思うと、今度は夏生と向き合う形でその場にしゃがみ込む。肘掛けの上に置いた、夏生の左右の手を軽く握って言った。

「なっちゃんはさ、昔からそうだったけど自己評価低すぎ」

「……いやだって、おれなんか地味だし仕事もそこそこで大した特技もなくて」

「そこそこの基準って何。具体的に何が普通でどこが平均？　高校大学に進学した時、前はトップだったのに普通に埋没するとかよく聞くよね」

そう言う明良のすぐ傍、床の犬用ベッドではいつの間にかリオンが伸びていた。通話中に食事をすませたのか、いつものように上を向いた腹はぷっくりと膨らんでいる。そこから少し離れた床にはシエルが伏せていて、夏生と目が合うなりぱたりと尻尾を振ってみせた。

「それは、……そうかもしれない、けど」

「他人からの評価なんか、人によって百八十度くらい平気で変わるよ。同じ人でも時と場合で全然違ってきたりもする。……なっちゃんは俺のこと優しいって言うけど、俺を冷たい、優しくないって言うヤツも多いし」

「は？　何で、だって明良は」

「さっきも言ったけど、俺は大事なものしか大事じゃない。好きでも嫌いでもないものは少し離れて見てることが多い。——けど、なっちゃんはいつも一生懸命だよね」

苦笑した明良が、夏生の手の甲をそっと撫でる。それを、不思議な気持ちで見返した。

「スーパーで見た時、俺はすぐなっちゃんだってわかった。けど、俺がなっちゃんに近づきたいって本気で思ったのは、リオンの件があったからなんだ」

「リオン、……？」

「なっちゃん、本気で怒っただろ？　マモルがリオンをぞんざいに扱った時。それまでずっと周りを気にしておどおどしてたのにさ」

言われて、そういえばあれが本当の意味での明良との再会だったんだと思い出す。

「昔からそうだけど、なっちゃんて自分がどう扱われても我慢するくせに、自分以外の誰かに何かあると立ち向かっていくよね。俺と初めて会った時もそうだったけど、覚えてる？」

「は？　え、何だそれ、おれ知らない、てか覚えがない……」

夏生の言葉に、明良は「そうかもね」と可笑しそうにする。

当時ひとりで過ごすことが多かった明良はやや女の子寄りの服装からか、同世代や少し上の子たちからからかいの的にされることが多かったのだそうだ。明良本人はむしろ冷めた気持ちでそれを眺めていたというが、それでかえって事がエスカレートすることがあった。

「三対一で囃し立てられてたところに、なっちゃんが飛び込んできたんだ。多勢に無勢は卑怯だ、恥を知れ、って一喝した」

けれど当時の夏生は年齢の割に小柄でやせっぽちで――結果、からかいの的が夏生に移った。少し癖のある髪や顔立ち、服装やイントネーションの違いまで悪口の種にされて、途中からは言い返さず言われっぱなしのまま、三人が飽きて離れていくことでやっと終わった。

「何だソレ恰好わるすぎ……」

顚末を聞いて、本気で落ち込んだ。ついでに多勢に無勢だの恥云々だのは明らかに祖父の受け売りだ。勢いだけで飛び出したものの収拾がつかずに終わった、の典型だろう。

「俺は恰好いいと思ったよ。ずっと俺の壁になって、時々振り返っていいから逃げろ、うちに帰れって言ってくれた。三人がいなくなった後は、当たり前みたいに家まで送ってくれた」

――リオンを抱っこしてるなっちゃんを見て、その時のことを思い出した」

「……明良さ。前から思ってたけど、やっぱりおれのこと美化しすぎ――」

「なっちゃんは、いつも先に相手の気持ちを考えるよね。リオンを拾った時はリオンにとって一番いいように、俺を庇ってくれた時はとにかく俺ができるだけ傷つかないように、この家にいる時はおじいさんにとってできるだけいいように。……たぶん、家族といる時は家族にとっていいようにって、一生懸命考えてたんじゃないかな」

「え、……」

思いがけない言葉に、すぐには言葉が出なかった。

「なっちゃんて、基本的に人のせいにしないんだよね。その前に、全部自分のせいになる。自分がしたいことは我が儘で自分勝手だし、悪いのも駄目なのも全部自分。だから辛いし苦しいんだと思うけど」

「それは、」

「そこがなっちゃんの長所で、なっちゃんの凄いところだと俺は思ってる。――知ってる？そういう時って人のせいにした方がずっと楽なんだよ」

そろりと腰を上げた明良が、夏生に顔を寄せてくる。少し顔を傾ける様子に予感を覚えて瞼を落とすと、小さなリップ音を立てて唇を齧られた。

「今日だって、あいつに言うことをちゃんと言ったけど、最後まで責めなかったよね。それってあいつがどうこうじゃなくて、なっちゃんが自分で自分の決着をつけたからだ。――いざとなった時にちゃんとそれができるから、なっちゃんは恰好いいんだよ」

続きのように額同士を合わせるようにされて、夏生はつい苦笑する。ピントが合わない距離で、明良を見つめて言った。

「――……明良はさ、やっぱりおれを美化しすぎだと思うよ」

「こんなに近くで見てるのに？」

「あばたもえくぼって言うよな」

「それ言ったら、なっちゃんが俺のこと優しいっていうのも同じだろ。……まあいいや、気長に気づいてもらえばいいことだし」

肩を竦めた明良の、後半の台詞に何とも言えない気分になった。

「そうだなっちゃん、樋口が今度の俺の休みに一緒に店に顔出せって言ってきたんだけど」

「あー……うん、世話になったお礼も言わなきゃ、だな」

腕を取られて、ひどく優しく引き起こされる。当然のように手を貸してくれる明良――年下の恋人に半分体重を預けながら、夏生はわずかに身を縮めた。

立ち上がったシエルが、寄り添うように夏生のすぐ横を歩く。廊下から寝室に向かったところで、後ろから子犬の鳴き声が追い掛けてきた。

今はまだ、とてもじゃないけど届かない。

けれどいつか、と夏生は思う。

いつか、この先の未来に少しでも近づけていればいい。
明良が言ってくれる、「恰好いい自分」に。
……明良が信じてくれている、「ヒーローの自分」に。

今度はきっと、負けない

どうにもこうにも、やりすぎた。

「だからそんな目で見るなって。これでも反省してんだからさあ……」

しんとした寝室の中、ベッド横まで引っ張ってきた椅子に腰を下ろした恰好で、明良は七十センチほど離れて横にいる愛犬——シエルを見た。

丁寧に磨き込まれた年代物の床にお座りしたシエルは、明良の言葉に緩く首を傾げた。

母犬の出産の時からだから、この愛犬とのつきあいはかれこれ四年ほどになる。

明良に一番に懐いているのは事実だが、こちらを妙に見透かしたような行動を見せるのだ。

小一時間ほど前に家の中に入れてやってすぐにベッドの上で眠る夏生を見つけてから、根っこが生えたように傍から動かなくなった。シーツに顎を乗せて夏生を見ていたかと思えば、その枕元に座る明良に窺うような、咎めるような目を向けてくる。

現状の原因を言うなら確かに、ほとんどが明良にある。あるがしかし、屋外にいたシエルにそれがわかるはずがない。なのに、どうにも後ろめたさを覚えてしまった。

短く息を吐いて、そっと夏生の額に触れてみる。軽く口を開けた寝顔は明良の記憶にあるままで、見ているだけで頬が緩んできた。

「……よかった」

ぽつりとこぼれた声が耳についたのか、ベッドの上で夏生が身動ぎする。ん、と声を上げたかと思うと、男にしては長めの睫が小さく震えた。薄く開いて、気だるそうに首を揺らし

――まっすぐに、不思議そうに明良を見る。

「なっちゃん、……大丈夫？　その、ごめん。俺、」

「――うん、」

思わず謝ったら、夏生はふんにゃりと表情を緩めた。無防備な笑みにかちんと固まった明良をよそに、怠そうに腕を動かす。手招きされるまま頭を寄せたら、ぽんと軽く叩かれた。

「なっちゃん？」

それで、力尽きてしまったらしい。見れば夏生の瞼は閉ざされていて、明良の頭上にある腕は今しもずり落ちようとしている。

捕まえた手のひらにキスを落としながら、もし夏生がこれを見ていたら間違いなく真っ赤になったはずと確信した。

かつて恋人がいたという割に――相手とそれなりの関係があったにしては、この幼なじみはとにかく初心だ。だから明良は、夏生にはそうした相手はこれまでいなかったものと勝手に思い込んでいた。

白状すれば、明良には早い段階で「夏生に好かれている」自信があった。昔の関係の延長が含まれているにせよ、昔ながらの人見知りと再会後に見せた人嫌いを思えば、家や庭の片づけについて「明良に任せる」と言ってくれた時点でかなり信頼されていたのは明らかだ。

告白に二の足を踏んだのは、単純に「男同士」だからだ。下手をしたら中学生レベルのデートすら知らなさそうな夏生なだけに、結果忌避されたらと思うだけで及び腰になった。

……現実には夏生自ら、やたら男前な告白をしてくれたわけだが。最初のキスだって夏生からで、そこから雪崩込んだアレだってつい二度見するくらいには夏生が積極的で、見事に煽られた自分が暴走することになった。

ついでに夏生のソレがごく表面上のもので、実は完全初心者の自分よりよっぽど「慣れて」いないということは割と早々に伝わってきたわけだが。

ちなみに明良自身はインターネットや通販を駆使しつつ、たまたま「そっち」だった大学での後輩に相談したため、おそらく夏生以上の知識やノウハウを持っていると思われるが。

「あの男、いつか踏んでやりたいんだよなあ……シエルもそう思うよな？」

慣れない夏生はとんでもなく可愛かったが、それとこれとは話が別だ。そんな気分で愛犬に同意を求めたら、気のせいでなく呆れ顔をされた。子犬のリオンは遊び疲れたらしく、夏生のベッドの足元で爆睡中だ。夢でも見ているのか、時折小さく唸っては脚をぴよんぴよんと動かしている。

「なっちゃんにこうも懐くとは思わなかったけどさあ……おまえの仔って本当に優秀だな」

思わずこぼれたつぶやきに、今度はシエルが短く吠える。その様子に、そこは同意するのかと笑ってしまった。

◆　◆

ずっと楽しみにしていた春休みに「夏生が来ない」と知らされた時、「近々新一年生になる」のを何だか面倒くさいなあと感じていた五歳の明良はかなりのショックを受けた。

（なん、で？　だって、やくそく……）

夏生はいつも長期休暇の初日にやってくる。二年前の春休み終わりに友達になって、次の夏休みは翌日から遊んで、翌年の春と夏には夏生の祖父と一緒に駅で出迎えと見送りもした。だから、この春もそのつもりだった。朝早く祖母に「なっちゃんのお迎えに行く」と告げて、夏生の祖父宅まで急いでやってきた。なのに「今年は夏生は来ない」と言われたのだ。

（来年も、来るから。ぜったい）

去年の夏の別れ際に、夏生は確かにそう言った、のに。

人は意外と嘘つきだ。大人は「事情が」とか「都合が変わった」と言って、平気で約束を破る。兄たちは「守るから」と言いながら、半分近くを「ごめん忘れてた」で終わらせる。そのくらい大したことじゃない、次はちゃんとするからで流してしまう。

でも、夏生は絶対にそんなことはしない。些細なことでもその場の思いつきでも、言ったことは守ってくれる。できない時は誤魔化したりせず、真正面から謝ってくる。

それなのに。

（夏生は悪くないんだ。あの子のせいで、来られないわけじゃない）

食い下がった明良に、夏生の祖父はとても苦い顔をした。夏生と似て曖昧なことはけして言わない彼の、痛いような顔を目にして何も言えなくなった。

（来年は、来られるように……やってはみるつもりだが）

濁された語尾で伝わってきた予感は、的中した。その年の夏休みも翌年の春休みも、……

小学校を卒業する頃になっても、夏生はやって来なかった。

「何か事情があるらしい」とその頃には察しがついて、それでも春休みと夏休みの初日の朝には必ず夏生の祖父宅を訪ねた。そのたび彼は申し訳なさそうな、嬉しそうな顔で明良を迎えてお茶とおやつを振る舞ってくれた。一緒に夏生の話をするのがいつか恒例になって、それは彼が亡くなる十数年後まで続いた。

明良にとっても、夏生の祖父は大好きな大人だったのだ。子どもの扱いは苦手だと言う彼は、小学校に上がる前の明良にも大人に対するような、難しくて容赦のない物言いをした。それは当時の明良にとって、「ちゃんと自分を見てくれる」証拠だと思えていた。

物言いは厳しくとも、愛想がなくても。それ以上に優しい人だったから、なおさら。

彼の通夜と葬儀に出向く時、白状すれば明良は悲しいのと同じくらい期待した。なのに夏生はやっぱり不在で、代わりにその両親と兄が彼をこき下ろすのを聞く羽目になった。とはいえ彼らが夏生の今の住まいすら知らないのも漏れ聞こえていたから、「さもありなん」とばかりに全部聞き流したが。

その時点で、もう二度と夏生と会うことはないかもしれないとは思った。明良の中に残る夏生への感情がいかに鮮明であっても、自ら探して会いに行くことを考えるには会わない時間が長すぎた。

だから、二年ほど無人だったあの家に若い男が引っ越してきたと聞いてもすぐには動かなかった。

それが夏生だとは限らないし、だとしても二十年は長い。何より、人は変わっていくものだ。そんな冷めたような気持ちでいたはずなのに、地元のスーパーでサングラスに帽子という露骨な変装姿を目にした瞬間に呼吸が止まった。

妙におどおどと人目を気にする素振りでいる彼が「夏生」だと、すぐにわかった。

珍しく動揺してレジ待ちの列から抜けることも思いつかず、結果見事に見失った。その直後、とんでもない追い打ちを食らったわけだ。……スーパーの外の手摺りに結んでおいたリードの先から、散歩中だった子犬が忽然と消えていた。

その後は休み返上で、周辺を探し回った。徹夜でも見つからず、店長の兄に頼んで翌日の勤務を午前のみ半日にしてもらい、昼までの捜索をちょうど休みだった姉に頼み込み、自分は午後から祖母と一緒に捜索することになり。仕事上がり早々に警察に届けておこうと決めたところに子犬連れの夏生がやってきた、というのが顛末だ。

明良と祖母にしか懐かない子犬が夏生の顔をべろ嘗めしているのを目にして——文句を言いながらもそれを許している夏生を見て、「チャンスだ」と思った。子犬のためなら平気でマモルに立ち向かうくせ、自分のこととなると急に弱気になる様子に「昔のまんまだ」と確信し、半ば無理やりあの家に押しかけることを宣言した。

実際に出向いてみれば夏生は熱中症で倒れていて、目にした瞬間に肝が冷えた。玄関内にたっぷり用意してあった子犬用の水を横目に何でそうなると呆れながら介抱し、間にも意識朦朧でこちらを気遣う夏生に呆れた。翌日になってもやっぱり「昔のまま」の夏生の反応を目にして、勝手に頬が緩んだのを覚えている。

何かと露悪的なことを口にする割に、夏生は基本的に「人がいい」。明良が勝手に押しかけているのだから家の仕事でも何でも押しつければいいものを、毎回必ず制止する。そこまでしなくていい、せっかくの休みならちゃんと休め、他人のために時間を潰すなと説教したあげく、明良の交友関係まで心配する。

素っ気なくてぶっきらぼうな態度を見せるのに、人でも動物でも褒めるのに衒いがない。そのくせ自分に自信がなくて何かと萎れやすくて、それでも自分で立とうと頑張るところを尊敬するし、可愛いと思う。

明良が何かと夏生に強請るのは、その時の彼の反応が見たいからだ。厭だ断ると意思表示するくせ、ほぼ必ずと言っていいほど折れてくれる。それだって結局は夏生の芯が強くて優しいから――相手の気持ちを慮っているからだと、これは明良が一番よく知っている。

例の熱中症騒ぎの時だって、見方を変えれば明良が責められ訴えられていてもおかしくないのだ。実際に祖母に経緯を話したら、「何で救急車を呼ばなかったの」と呆れられた。

（すぐ往診を頼んだのはいいとして、なっちゃんがあっちゃんに気づいてなかったんでしょ？　おまけに意識がないところに勝手に犬連れで泊まり込みまでして、台所まで使ったのよね。それって相手がなっちゃんでなければ警察沙汰よ？）

（会えて嬉しいのはわかるけど、迷惑はかけないようにね。あっちゃんがなっちゃん大好きなのはわかるけど、なっちゃんまでそうとは限らないんだから）

祖母が刺してくれた釘はとても耳に痛いのと同時に、非常に有り難い助言にもなった。

明良にとって、「好きなもの・大事なもの」はさほど多くない。そのせいで周囲は「人当たりがよくてあっさりしている」と評してくるが、その相手が「大好きで、大事」となると話が別だ。できる限り傍にいたいし、離れたくないし離したくない。自分以外の誰かを、近寄らせたくもない。

（シエルと子犬の散歩？　いいけど子犬ってアレだろ、なっちゃ……じゃない、西谷さんが飼ってるんじゃなかったっけ）

ふと思い出したのはつい先ほど、電話で話した時の親友の言い分だ。昨日の夕方にいきなり明良を呼び出したかと思ったら、夏生とじかに話したこと――ここ数日、彼が同じ人物と一緒に親友の店を訪れていること、関係性は一方的でむしろ険悪に見えること、どうやら夏生本人の意に反した引っ越しを強要されていることを教えてくれ、今日の午前中には必ず話しに行けと背中を押してくれた。もちろんそれ自体にはとても感謝しているが。

（いいけど、報酬は妥協しないからよろしく。ってことは、ちゃんとうまくいったのか。ちょい惜しかったかも）

（何が惜しいって？）

（花火の時も思ったけど話してみると可愛いよな、なっちゃん）

（……おい。勝手になっちゃん呼びすんなって、あれほど）

つい低くなった明良の声に親友はまったく動じる素振りを見せず、「じゃあ時間前には行くから」であっさり通話が切れた。

そういえば、あの親友は当初から夏生に対し興味津々だったと、改めて思い出して後悔した。……とはいえ、現状で他にアテがないのは事実なのだが。

「もう俺のだし、絶対譲ってやらねえけど。……うんざりするほどたっぷり大事にする、し」

シエルの真似をして、明良はベッドのシーツに顎をつける。

早々に夏生の清拭と着替えはすませてあるし、ベッドのシーツも交換して使用済みのあれこれは洗濯して干した。寝起き用にレモン入りの水も作って、食事の支度も万全だ。

夏生が目を覚ましたら、今度こそ全力で甘やかす。二十年前の夏生が明良の頼み事を、当たり前みたいに全部聞いてくれたように。

……そうは言っても今日のアレソレだって結局は夏生が許して甘やかしてくれた結果で、これからもきっとそれが続くんだろうとは思う、けれど。

「でも、これからは負けないように、する」

伸ばした指先で、明良は夏生の頬に触れた。小さく唸った出来たての恋人に顔を寄せ、唇に触れるだけのキスをする。

それを見ていたシエルが、わかりやすい呆れ顔をするのが視界の端で見て取れた。

あとがき

おつきあいくださり、ありがとうございます。現在、人生まるごと渦潮ど真ん中に放り込まれてぐるぐる中……な感じの椎崎夕です。


今回の主人公は、わんこです。

いやもちろんヒトなのですが。主人公自体は犬というより猫寄りな気がとてもしますが。ああでも主人公相手の人は犬系かなー。

というわけで、書いていて一番楽しかったのはカバーにも描いていただいたわんこたちでした。

とはいえ、私自身は実家住まいの頃に中型犬を飼ったことがあるきりなので、結構な割合で捏造も含んでおります。こんな犬がいるわけない、とお思いの方もいらっしゃるかと思いますが、そこは椎崎が無知なんだなあと呆れて……諦めて？　いただければ幸いです。


まずは挿絵をくださった六芦かえでさまに。

引きこもり主人公と、やたら物騒な形容詞がくっついて回った主人公相手のラフを拝見し、

「そのまんま」具合にとても感動いたしました……わんこ連れのカバーがとても気に入っております。本当にありがとうございます。

そして担当さまにも。毎度ながらのご迷惑と、ご面倒をおかけして申し訳ございません。でも今回は過去と比較すればまだマシなはず……いやちゃんと反省はいたします。

末尾になりますが、この本を手に取ってくださった方々に。

ありがとうございました。少しでも楽しんでいただければ幸いです。

椎崎夕

✦初出　いつか、きみのヒーローに……………書き下ろし
今度はきっと、負けない…………………書き下ろし

椎崎 夕先生、六芦かえで先生へのお便り、本作品に関するご意見、ご感想などは
〒151-0051 東京都渋谷区千駄ヶ谷 4-9-7
幻冬舎コミックス　ルチル文庫「いつか、きみのヒーローに」係まで。

幻冬舎ルチル文庫

いつか、きみのヒーローに

2022年8月20日　第1刷発行

✦著者	椎崎 夕　しいざき ゆう
✦発行人	石原正康
✦発行元	株式会社 幻冬舎コミックス 〒151-0051 東京都渋谷区千駄ヶ谷 4-9-7 電話 03(5411)6431[編集]
✦発売元	株式会社 幻冬舎 〒151-0051 東京都渋谷区千駄ヶ谷 4-9-7 電話 03(5411)6222[営業] 振替 00120-8-767643
✦印刷・製本所	中央精版印刷株式会社

✦検印廃止

ISBN978-4-344-85106-1　C0193　Printed in Japan

幻冬舎コミックスホームページ　https://www.gentosha-comics.net